로트르

① 하이에나의 숨결 L'AUTRE

L'AUTRE:
1. LE SOUFFLE DE LA HYÈNE
by PIERRE BOTTERO
Copyright © RAGEOT EDITEUR, Paris, 2006
International Rights Management : SUSANNA LEA ASSOCIATES
Korean Translation Copyright © Sodam&Taeil Publishing Co., 2012
All rights reserved.

This Korean edition was published by arrangement with
RAGEOT EDITEUR C/O SUSANNA LEA ASSOCIATES (Paris)
through Bestun Korea Agency Co., Seoul

이 책의 한국어판 저작권은 베스툰 코리아 에이전시를 통해 저작권자와의 독점계약으로 (주)태일소담에 있습니다. 저작권법에 의해 한국 내에서 보호를 받는 저작물이므로 무단전재와 무단복제를 금합니다.

 하이에나의 숨결

피에르 보테로 지음 | 이세진 옮김

로트르 1 하이에나의 숨결

펴 낸 날 | 2012년 11월 20일 초판 1쇄

지 은 이 | 피에르 보테로
옮 긴 이 | 이세진
펴 낸 이 | 이태권
책임편집 | 최은정
책임미술 | 정혜미
펴 낸 곳 | (주)태일소담
　　　　　서울시 성북구 성북동 178-2 (우)136-020
　　　　　전화 | 745-8566~7 팩스 | 747-3238
　　　　　e-mail | sodam@dreamsodam.co.kr
　　　　　등록번호 | 제2-42호(1979년 11월 14일)
　　　　　홈페이지 | www.dreamsodam.co.kr

ISBN 978-89-7381-293-6 04860
　　　978-89-7381-294-3 (세트)

● 책값은 뒤표지에 있습니다.
● 잘못된 책은 구입하신 곳에서 교환해드립니다.

❖ 숫자 표기 각주는 옮긴이 주석입니다.

중요한 것은 사랑과 가족이기에……
나의 부모님 조제트와 뤽,
나의 누이 브리지트와 크리스티안,
나의 형제 베르나르.
이들에게, 애정을 담아, 변함없이.

차례

하이에나의 숨결　　　　……　17

다른 세상의 집　　　　　……　139

일곱 파미유　　　　　　　……　267

어떤 문　　　　　　　　　……　357

세월이 흐르며 파미유의 주의는 느슨해졌다. 로트르는 이제 그들의 중요한 관심사가 아니었으며 아예 잊어버린 이들도 많았다.

까맣게 잊어버렸던 것이다.

아마도 그런 이유에서 에르네스토 사파티 교수는 계획을 실행하는 데 필요한 허가를 얻을 수 있었을 것이다. 그의 원정대는 레티시아[1]에 상륙한 뒤 이틀간 배를 타고 아마존 강을 거슬러 올라가 볼리비아 아마카야쿠 국립공원에서 브라질로 넘어갔고, 세상에서 가장 원시림이 무성하기로 손꼽히는 곳에 숨어버렸다.

에르네스토 사파티는 실존 여부가 논란이 되고 있던 마야 문명의 도시를 찾고 있었다.

그가 여덟 번째 문을 찾았다.

---

1. 콜롬비아 남동부 아마조나스 특별지구의 수도. 브라질, 콜롬비아, 페루의 국경이 만나는 아마존 강 연변에 자리 잡고 있다.

큐브를.

전문가의 손이 벌채용 큰 칼을 휘둘러 마지막 리아나 덩굴까지 끊어내자 피라미드 꼭대기의 입구가 완전히 드러났다.

브라질인 가이드 주앙 부스카는 원정대가 도착한 다음부터 지체 없이 작업을 진척시켰다. 그는 키가 2미터에 달하는 거구에 피로라는 것을 모르는 위압적인 근육질 사내였다. 주앙 부스카는 교수와 그의 조교가 지나갈 수 있도록 무심하니 비켜섰다.

에르네스토 사파티는 새들과 원숭이들의 요란법석이 아무렇지도 않은 듯 자신을 굽어보는 이타후바 나무와 카리카리 새들의 군주처럼 보무도 당당하게 나섰다. 그는 얼굴에 흐르는 땀을 조급하니 손으로 닦고 앞으로 나아갔다. 교수는 키가 작지만 거동이 민첩하고 정확했다. 교수를 대하는 사람은 그의 오묘한 지성과 술책에 감탄하면서 신중한 태도를 취하게 마련이었다.

"드디어! 마야 문명이 이렇게 남쪽 아래까지는 퍼지지 않았다고 주장한 놈들은 두고 보라지. 그 옹졸한 놈들은 나를 방해하기 위해 수단과 방법을 가리지 않았어."

교수가 외쳤다.

그때 젊은 조교 에밀리아노가 교수의 말을 가로막고 건축물을 이루는 거무튀튀한 돌의 돋을새김을 손가락으로 가리켰다. 돋을새김은 무성한 적도의 식물에 덮여 반밖에 보이지 않았지만 충분히 주목할 만했다.

"이 문양은 욱스말 유적이나 티칼 유적의 장식 문양과 전혀 다른데요. 이건 마치……"

"쓸데없는 소리!" 에르네스토 사파티는 대번에 일축했다. "이 피라미드는 마야인들이 세운 거야. 설계구조를 보면 알아. 우리가 지금 막 올라온 계단을 봐도 그렇고, 방향을 봐도 그렇고……"

"바로 그거예요. 전통적으로는 계단이 네 갈래로 나 있어야 하는데 이 피라미드엔 하나뿐이죠. 게다가 계단참도 아홉 칸이 아니라 일곱 칸이에요."

"계단참 수가 뭐 그리 중요해! 그보다 여기 복도에 불 비추고 잘 따라오기나 해."

교수가 열불을 내며 호통을 쳤다.

에밀리아노는 어깨를 으쓱하며 가방에서 꺼낸 고성능 회중전등의 빛살을 피라미드 안쪽으로 비추었다. 갑자기 거대 박쥐 한 떼가 어둠 속에서 날아올라 그들의 머리를 스치고 나무 위로 올라갔다. 교수는 소스라치며 질겁하는 조교를 멸시하는 눈으로 쏘아보고 통로로 들어갔다.

에밀리아노와 주앙 부스카가 그 뒤를 따랐다.

안으로 들어갈수록 발밑의 먼지가 옆으로 퍼지며 덩굴을 이루는 뿌리들이 금세 사라지고 햇빛이 들지 않는 곳의 이끼와 양치식물이 나타났다. 암벽에는 복잡한 기하학적 무늬가 새겨져 있었는데, 에밀리아노는 좀 더 가까이서 그 무늬를 살펴보고 싶었지만 에르네스토 사파티 교수는 아랑곳하지 않고 발걸음을 재촉했다. 교수는 거의 달리다시피 해서 통로 끄트머리에 있는 방에 도착했다. 그곳에서 마야 신상, 행여 케찰코아틀 신상을 발견하기라도 하면 교수는 드디어 학계의 인정과 명성을 얻게 될 것이었다. 그가 언제나 갈구했지만 번번이 놓치고 말았던 그 인정……

교수가 얼어붙었다.

그 방은 언젠가 신전이었을지도 모르지만 지금은 그곳에 마야 문명이든 여타의 고대 원주민 문명이든 마땅히 갖다 붙일 만한 초상, 제단, 조각 따위는 일절 없었다. 그래도 완전히 비어 있지는 않았다. 모서리 크기가 1미터를 조금 넘는 정육면체 모양의 무시무시하도록 시커먼 돌덩이가 한가운데 떡 버티고 있었던 것이다.

바닥과 천장 사이에 뜬 채로.

영겁의 세월 같은 1분, 에르네스토 사파티와 에밀리아노는 믿기지 않는 눈앞의 광경에 놀라고 당혹했지만 이내 정신을 차렸다. 한 사람은 정육면체 아래를 살피느라 몸을 수그렸고 다른 사람은 그 주위를 천천히 둘러보며 관찰했다.

아무것도 없었다.

돌덩이를 지탱하는 보조물이나 연결 장치는 전혀 없었다. 족히 몇 톤은 나가 보이는 돌덩이가 풍선처럼 공중에 떠 있었다.

"마법이다, 악마의 소행이야!"

주앙이 포르투갈어로 탄식했다.

"입 닥쳐!" 에르네스토 사파티가 욕설을 퍼부었다. "필시 이 현상을 합리적으로 설명할 방법이 있겠지. 내가 그 방법을 찾겠어."

"악마의 소행이야."

거구의 사내는 한 발짝 물러서며 같은 말만 되풀이했다.

교수는 더 이상 가이드에게 신경 쓰지 않고 정육면체로 다가갔다. 화강암. 이 정육면체의 재질은 화강암이거나 어쩌면 덩어리진 대리석의 한 변종인 듯했다. 그렇지만 이 빌어먹을 바윗덩어리가 왜 공중에 떠 있는지는 설명되지 않는다…… 에르네스토 사파티는 설핏 주저하다 손바닥을 돌에 대보았다. 그러고는 얼른 손을 떼었다. 정글은 숨 막히게 더웠다. 최소 섭씨 40도, 습기가 많은 탓에 체감온도는 그보다 10도는 더 높을 것이다.

그런데도 그 큐브는 얼음장 같았다.

"다른 사람들을 데려와. 설비를 장착해야겠어."

교수가 주앙에게 지시를 내렸다.

한 시간 후, 사방에서 비추는 프로젝터 조명이 환하게 그 방을 비추었다. 에르네스토 사파티는 큐브의 사진을 다양한 각도에서 렌즈로 잡아낼 수 있는 최대한 자세하게 50여 장이나 찍었다. 그러나 이 돌덩이의 공중부양이 어떻게 일어났는가에 대해서는 감이 잡히지 않았다.

브라질 인부 여섯 명과 주앙은 입구에 서서 기도문인지 주문인지를 웅얼웅얼 읊조리고 있었다. 그들의 낯빛은 창백했고 '디아보(diabo, 악마)'라는 단어가 끊임없이 터져 나왔다. 에밀리아노는 믿을 수 없다는 듯 멍한 얼굴로 큐브를 지켜보다가 이내 한쪽 벽에 새겨진 벽화를 유심히 살피기 시작했다. 이윽고 조교가 말했다.

"흥미롭네요. 이 벽화의 등장인물들은 일곱 집단으로 나뉘어 있어요. 전설의 나우아(Nahua) 일곱 부족과 관련이 있을까요?"

에르네스토 사파티가 어깨를 으쓱했다.

"자네가 말한 전설은 아즈텍 전설이지 마야 전설이 아니야. 그러니 이 벽화는 우리의 관심사와 하등 상관도 없어."

교수는 조교에게 습관적으로 내뱉는 멸시 어린 말투로 말했지만 그래도 벽화에 다가가 들여다보기는 했다. 그는 손가락으로 돌을 훑으면서 확인했다.

"집단별로 두드러지는 신체적 특징이 있군. 부족이라기보다는 가족 같은데…… 이건!"

교수는 일곱 가족이 정확하게 한곳으로 집중되는 듯한 바로 그 지점에 새겨진 형상을 가리켰다.

큐브였다.

속이 빈 큐브가 굽이치는 절개선을 따라 열려 있었다.

에르네스토 사파티와 에밀리아노는 동시에 눈빛이 번득였다. 두 사람은 황급히 검은 화강암 덩어리로 달려가 조심스레 먼지를 털어 내기 시작했다. 그래도 네 면을 구불구불하니 가로지르는 미세한 홈을 찾아내기란 쉽지 않았다. 벽화를 보지 않았다면 절대로 이 절개선을 발견하지 못했을 것이다.

"주앙! 망치와 끌을!"

"잠깐만요. 찬찬히 살펴봐야 하지 않을까요? 이 물체를 연구실로 옮기는 편이 낫지 않겠어요?"

에밀리아노가 끼어들었다.

"이걸 어떻게 옮길 생각인데? 화강암의 밀도는 세제곱미터당 2700킬로그램이 넘어. 게다가 돌덩이가 공중에 떠 있는 현상을 우리가 어떻게 할 건데?"

교수가 버럭 화를 내며 말했다.

"도움을 청할 수 있을 겁니다."

"쎄빠지게 고생해서 양심에 털 난 동료들한테만 좋은 일하게 생겼나? 말할 것도 없어! 주앙, 망치와 끌을 가져오라니까!"

에르네스토 사파티는 이 거무튀튀한 돌이 화강암보다 더 단단하다고 생각했다. 분명히 그럴 것이다. 검은 돌과의 한판 전쟁은 더디고 힘겨울 것으로 예상되었다. 그는 홈에 끌을 갖다 대고 망치를 치켜든 뒤 힘껏 내리쳤다.

둔탁하게 갈라지는 소리와 함께 큐브가 벌어졌다.

갈라진 두 쪽은 귀청이 떨어질 듯 요란하게 무너져 내렸다.

시커먼 연기가 소용돌이치며 솟아올랐다. 자욱하다 못해 끈적끈적한 연기가 방 안으로 퍼졌다.

바로 그 순간, 네 개의 프로젝터 조명이 폭발하며 현장은 칠흑 같은 어둠에 빠졌다.

고함이 터져 나왔다.

처음에는 공포의 고함이었다.

이내 고통의 울부짖음이 되었다.

참혹했다.

그 소리마저 끊어졌다.

3600년을 갇혀 지내던 로트르가 자유를 되찾았던 것이다.

하이에나의 숨결

1

 나탕은 옆으로 슬쩍 비키는 척하며 공을 등 뒤로 보냈다가 공이 마루판에 떨어지기 직전 다시 낚아챘다. 나탕은 경기 시작부터 줄곧 그를 마크하던 선수를 어깨로 밀어내며 제자리에서 빙글 돌아섰다.
 상대는 나탕보다 적어도 30센티미터는 키가 큰 떡대였는데 힘으로 나탕을 제압하려 했다. 나탕은 자세를 낮추어 상대를 어렵잖게 따돌리고 빠져나왔다. 나탕의 움직임은 입이 떡 벌어질 정도로 날렵했고 공은 신체의 일부가 된 듯 그의 손에서 떨어지지 않았다.
 나탕은 우익 진영으로 드리블을 하다가 중앙으로 달려들었다. 이미 나탕 혼자서만 12골을 넣었는데도 역부족이었다. 상대 팀이 아직 1점 앞서 있었고 경기는 이제 끝나기 일보 직전이었다. 세 명의 수비수들이 달려들어 자유투 구역으로 파고드는 나탕을 저지했다.

나탕은 눈으로 같은 팀을 찾았다. 슛을 쏠 만한 위치에 있는 동료는 한 사람도 없었다. 나탕은 기다렸다.

아르튀르가 가까이에서 눈에 띄었다. 나탕이 보기에 아르튀르는 그럭저럭 플레이가 되고 번개처럼 몰아치는 반격에서 그를 어시스트할 수 있는 유일한 선수였다. 아르튀르는 상대를 따돌리려고 했지만 나탕의 완벽한 패스에도 불구하고 압박 방어에 막혀 공을 잡지 못하고 상대편 선수에게 가로채이고 말았다.

나탕은 이제 졌다고 판단했다. 스타니슬라스 팀은 공을 이리저리 돌리면서 심판이 경기 종료를 알리는 호각을 불 때까지 시간을 끌 테니까. 최소한 모든 팀원들이 총력을 기울인다면 한 가닥 희망이 있겠지만 이번엔 해당사항이 없었다. 아무리 혼자 용을 써봐야 시합을 이길 수는 없었다. 나탕은 점수차가 더 벌어지지 않도록 방어구간으로 다시 내려갔다. 바로 그 순간 나탕은 보고야 말았다.

모드였다.

모드가 관중석에 앉아 있었다!

나탕은 거친 말이 튀어나오려는 것을 꾹 참았다.

모드가 대항전을 보러 와주기를 그렇게 바랐는데 하필이면 그의 팀이 지는 경기라니. 이렇게 창피할 데가!

그녀의 환심을 사려고 몇 주 전부터 착착 밀어붙였던 계획이 이제 결실을 보는가 싶었는데 그만 와르르 무너져버렸다.

아니다. 사실 한 가지 가능성은 남아 있었다. 그러고 싶지도 않았고 후회할 게 뻔했지만, 워낙 특별한 상황이니만큼 한 번쯤 보여줘도 괜찮을 거라 여겼다. 모드가 여기 왔다. 그녀의 마음을 얻고 싶다면……

　상대편 선수가 다른 팀 동료에게 길게 패스를 하는 순간, 나탕이 뛰어올랐다.

　높이.

　아주 높이.

　체육관 안의 사람들이 인간이 뛰어오를 수 있는 높이라고 생각할 수 없을 만큼.

　나탕이 공을 잡았다. 그는 이어진 동작으로 상체를 틀고 그대로 슛을 날렸다. 그것도 뒤로. 골대는 보지도 않고.

　공은 완벽한 포물선을 그리며 날아가 20미터나 떨어진 골대에 쏙 들어갔다. 백보드에 닿지도 않았고 그물만 살짝 스칠 만큼 정확했다. 바로 그 순간, 심판이 호각을 불어 경기 종료를 알렸다.

　고작 고교 팀 대항전일 뿐이었다. 관중은 선수 가족들과 친구를 응원하러 온 소년 소녀들로 그리 많지 않았다. 하지만 나탕 팀이 뜻밖의 승리를 거두자 장내는 몹시 소란스러워졌다. 마리 드 프랑스 고교 피봇플레이어의 플레이에 환호하는 함성이 울려 퍼지는 동안, 스타니슬라스 고교 응원단은 야유를 퍼부었다.

　나탕은 신이 나서 그의 이름을 연호하는 팀 동료들에게 반쯤 파묻혔다가 겨우 관중석으로 고개를 돌릴 수 있었다. 그는 자신을 바라보는 모드의 시선을 느꼈고 그녀의 두 눈에 가득한 탄복의 빛을 발견하고는 활짝 웃어 보였다. 그러고는 경기장으로 눈을 돌렸다. 상대 팀 선수들은 어이없고 믿기지 않는다는 표정이었다. 선수 두 명이 나누는 짤막한 대화 내용이 들렸다. 그들이 손가락으로 공이 날아간 궤적을 그리는 모습도 보았다.
"제기랄."
나탕이 한숨 쉬듯 중얼거렸다.
또다시 튀는 짓을 하고 만 것이다.

"깜짝 놀랐어!"
뜨거운 샤워기 물이 아르튀르의 머리에서 줄줄 흘러내렸지만 녀석은 뜨거운 줄도 모르는 것 같았다. 아르튀르가 나탕을 바라보는 표정은 숭배에 가까웠다.
"정말 놀라웠어. 그런 슛은 한 번도 본 적이 없으니까."
아르튀르가 또 한 번 말했다.
"운이 좋았어, 그뿐이야."
나탕은 말을 아꼈다.
"그런 말 마. 넌 완전 프로 같아. 스타니슬라스 선수들이 오죽 쟁쟁하냐? 네가 오기 전까지는 학교 대항전을 할 때마다 우리가 박살이 났지. 그런데 걔들은 너에 비하면 잠수복이라도 입은 것처럼 굼떠 보이더라!"
"너무 치켜세우지 마."
"치켜세우긴! 말해 봐, 나탕……"
"응?"
"농구 시작한 지 정말 1년밖에 안 됐어?"

나탕은 망설였다. 생각할 시간을 조금이라도 더 벌기 위해 제법 길게 자란 검은 머리에 비누칠을 했다. 또래 남자아이들 사이에선 머리를 박박 밀거나 아주 짧게 치는 것이 유행이었지만 나탕은 그런 데 관심이 없었다.

"말해보라니까?"

아르튀르가 종주먹을 들이댔다.

나탕은 입술을 깨물었다. 이번 시즌이 시작되기 전까지는 농구 코트를 한 번도 밟아본 적 없다는 그의 말은 거짓이 아니었다.

……다만 어떤 스포츠든 일주일이면 완벽하게 터득할 수 있고 한 달이면 프로 수준으로 올라갈 수 있다는 말을 하지 않았을 뿐.

어떤 스포츠든지!

나탕은 알고 있었다. 지금까지 스물세 종목을 시도해보았으니까.

"좋아, 확실히 말해주지. 난 몬트리올에 와서 처음 농구공을 만져봤어. 그게 여덟 달 전이야."

감탄한 아르튀르가 휘파람을 불었다.

"믿을 수가 없는걸? 넌 겨우 열여섯 살인데…… 그 사람들도 분명히 널 보러 왔을 거야. 너한테서 눈을 못 떼더라고."

"어떤 사람들?"

"관중석 첫째 줄에 검은색 양복을 입은 두 사람. 분명히 스카우터일 거야. 어쩌면 국가대표 팀에서 왔을지도 모르지. 넌 그 사람들 못 봤어?"

나탕이 웃음을 터뜨렸다.

"어, 아마 그래서 내가 잘 뛰었나 보다. 난 코트에서 일어나는 일에만 집중하지 관중은 신경 쓰지 않아."

"그 관중이 모델처럼 몸매가 잘 빠지고 이름이 모드라면 사정이 다르겠지."

아르튀르가 놀려댔다.

"너, 말 한 번 잘했다! 내가 너랑 쓸데없이 노닥거려봤자지. 난 간다. 혹시 네가 말한 그 모드가 기특하게도 체육관 출구에서 나를 기다려줄 지도 모르니까."

동료들은 계속 수다를 떨었다. 그들은 모드의 매력에 대해 몇 가지 수상쩍은 농담을 던졌지만 나탕은 그런 말들은 무시하는 편이 낫다고 생각했다. 그는 옷을 갈아입고 서둘러 밖으로 나갔다.

말은 그렇게 했지만 나탕은 이제 모드에 대한 미련이 없었다. 그저 아르튀르나 다른 동료 누군가가 자신이 대답할 수 없는 질문을 던질까 두려워 자리를 떴던 것이다. 차라리 도망쳤다고 하는 편이 낫겠다.

함정 질문을 피해서.

그 누군가가 이런 이야기를 질색하지만 않았어도 나탕은 걱정이 없었을 것이다.

나탕이 절대로 실망시키고 싶지 않은 그 누구.

그가 또다시 엉뚱한 짓을 한 줄 알면 용서하지 않을 그 누구.

그의 아버지.

2

 모드는 출구에서 기다리지 않았다.
 나탕도 어느 정도 그럴 거라 짐작했기에 그냥 어깨만 으쓱하고 말았다.
 모드는 쉽게 넘어오는 여자애가 아니었다. 학교의 수많은 남자애들이 몸소 희생하여 그것을 증명했다. 모드가 경기를 보러 왔다는 것 자체가 괄목할 만한 발전이다. 나머지는 차차……
 나탕은 걸음을 재촉했다. 지난주부터 로렌시아 산맥에서 몬트리올로 불어오는 바람이 거세지기 시작했다. 아직 눈을 몰고 오지 않았지만 이제 곧 오리라. 바람은 매서웠고 기온은 1, 2도를 넘지 않는 것이 분명했다.
 도시는 겨울 채비에 들어갔다. 식물이 눈보라에 피해를 입지 않도록 온상을 만들었다. 빌딩 계단에는 미끄럼 방지판을 덧붙였고 눈치우는 사람들에게 방해가 될 만한 장애물은 보도에서 싹 치웠다.

나탕은 4월에 부모님과 이곳에 왔다. 봄이 퀘벡을 초록빛으로 물들이기 몇 주 전이었다. 트뤼도 공항에 착륙할 때 나탕의 서글픈 마음을 달래준 백색 풍경이 다시 돌아오기까지는 오랜 시간이 걸렸다. 오래전 탄자니아에서 지낼 때 킬리만자로 정상에서 그를 매혹했던 바로 그 백색이었다. 수없이 이사를 다니다 최근에는 키에프에 머물렀는데 그때 우크라이나 평원에서도 백색은 그의 마음을 빼앗았다.

국제거시경제학 컨설턴트로 일하는 아버지를 따라 집과 도시와 나라와 대륙을 몇 번이나 옮겨 다녔는지 그는 이제 헤아리는 것도 포기했다.

이런 유목생활의 결과, 나탕은 5개 국어에 유창했고 탐험가도 울고 갈 만큼 수많은 외국 도시들을 누비고 다닐 수 있었다. 하지만 어디에도 마음 붙일 데가 없었고 친구다운 친구 하나 없었다. 더욱 심각한 문제는 삶에 대한 공허감이 점점 더 심해진다는 것이었다. 이제는 눈만이 남았다. 가옥과 풍경을 뒤덮으며 펄펄 내리는 눈이 가져다줄 평화밖에 기댈 데가 없었다.

아니, 꼭 그렇지만은 않았다. 스포츠가 있으니까. 나탕은 빠르게 공간과 경로를 파악해 상식을 넘어선 움직임으로 몸을 밀어붙일 줄 알았다. 나탕은 그렇게 몸을 움직일 때 행복했고 완전한 자신을 느꼈다. 어떤 종목에서든 챔피언이 될 수 있는 능력을 가졌다. 다만 한 가지……

길게 늘어지는 경적 소리에 문득 정신을 차리고 보니 코트 데 네

주 길을 건너는 중이었다. 나탕은 맞은편 보도까지 뛰어가서 아까 그를 피하기 위해 브레이크를 밟았던 운전자에게 미안하다는 신호를 보냈다.

다시 길을 걷는데 칙칙한 양복을 입은 두 남자가 뒤에서 따라오는 것을 눈치챘다. 추운 날씨에도 두 남자는 외투를 걸치지 않았고 챙 넓은 모자까지 쓰고 있었다. 11월의 캐나다가 아니라 열대지방에서나 어울릴 법한 복장이었다. 큼지막한 선글라스 때문에 그들의 얼굴은 보이지 않았다. 하지만 사람들의 시선을 끌 만큼 기이한 행색은 아니었다. 그들이 갑자기 멈춰 서지만 않았어도 나탕은 그들을 한 번 보고 이내 잊어버리고 말았을 것이다. 하지만 두 남자는 아주 잠깐이지만 나탕을 뚫어져라 주시하다가 자기들끼리 눈빛을 교환하고는 뒤돌아 가버렸다.

어쩌면 아까 아르튀르가 말한 양복 입은 사람들이 저들일지도 몰랐다. 그러나 나탕은 그들이 진짜 스카우터일 리가 없다고 생각했다. 정신적으로 여유가 있었다면 그들을 뒤쫓았을 것이다. 경계심 때문이라기보다는 호기심 때문에. 하지만 시합 중에 저지른 잘못 때문에 걱정이 앞섰다. 아버지가 이 이야기를 들었다가는……

나탕은 또 이사를 가고 싶은 마음이 추호도 없었다.

나탕은 몬트리올 대학교와 공원을 차례로 거닐다가 다시 빌 몽루아얄 구역으로 내려왔다. 그곳에 있는 밝은 색상의 목재와 어우

러진 대궐 같은 석조 건물이 나탕의 집이었다. 몬트리올에는 프랑스 고등학교가 두 곳 있는데 모두 있는 집안 자제들이 주로 다니는 학교다. 하지만 학교 친구들조차도 그의 집을 보면 감탄할 정도로 나탕의 집은 으리으리했다.

나탕은 아버지가 정확히 어떤 일을 하는지 잘 몰랐다. 그래도 돈을 잘 번다는 것만은 알 수 있었다. 다국적 기업에서 보험전문가로 일하는 엄마도 나름대로 두둑한 월급을 받고 있었지만 아버지에 비하면 엄마 일은 자원봉사 수준이었다.

행복은 돈으로 살 수 없다. 자기 삶이 정상적이지 않다는 것을 깨달을 나이가 되자 나탕은 이 진부한 말에 크게 공감했다. 은행계좌는 결코 미소를 대신할 수 없다. 부모님이 수백만 달러를 벌어들이고 물질적 지원을 아끼지 않았음에도 나탕은 애정결핍을 느끼곤 했다.

멀리 있던 기억이 되살아났다.

나탕이 받은 교육, 그리고 지금도 받고 있는 교육은 순전히 뛰어난 성적과 지적 향상에만 초점이 맞춰져 있었다. 뛰어난 가정교사들의 특별 과외. 그를 상류층에 걸맞은 청년으로 만들겠다는 부모님의 의지는 너무 노골적이었고 입맞춤과 다정함은 너무 모자랐다.

사랑도 당연지사 모자랐다. 소극적인 애정이었다.

지나칠 정도로 소극적인.

나탕은 좁은 보폭으로 달리기 시작했다. 서두를 일은 없었지만 달리기를 하면—아주 어려서부터 깨달은 사실인데—머릿속이 정리되면서 그의 하루하루를 좀먹는 우울한 생각들을 쫓을 수 있었다.

달리기를 통해 나탕은 자신의 남다른 능력을 자각했다. 나탕이 여섯 살 때 멜버른에서 다녔던 초등학교의 체육선생님은 나탕이 30분을 기세 좋게 달리고도 전혀 헉헉대지 않는 모습을 보고 입을 다물지 못했다. 경기장을 열광의 도가니로 몰아넣을 미래의 육상 챔피언을 손에 넣었다고 확신한 선생님은 나탕의 부모님을 학교로 불렀다.

사흘 후, 나탕네 집은 이사를 갔다.

나탕은 이해가 가기 시작했다.

문을 밀고 들어섰을 때는 밤이었다. 부모님은 그날 저녁 늦게 들어올 거라고 했다. 부모님이 나탕에게 고아가 된 기분이 들게 하면서까지 간 곳은 그렇고 그런 접대모임의 하나일 뿐이었다.

엄마가 지시한 대로 가사 도우미가 리소토와 생선꼬치구이를 정성껏 마련해두었기 때문에 나탕은 다시 데워 먹기만 하면 되었다. 하지만 그는 손수 핫도그를 만들어 먹는 편이 더 좋았다. 혼자 식탁에 앉아 수업 내용을 대충 훑어보며 핫도그를 먹었다. 나탕은 기를 쓰고 공부하지 않아도 늘 좋은 성적을 어렵잖게 받아왔다.

저녁식사를 마치고 나서는 텔레비전 앞에 자리를 잡고 이 채널 저 채널 돌려가며 저녁 시간을 보냈다. 그러다 어떤 영화가 꽤 재미있다고 생각되어 끝까지 보기로 했다.

나탕이 잠자리에 든 시각은 자정이었다. 그는 모드를 생각하며, 내일 그 애를 학교에서 만나면 뭐라고 말할지 생각하며 잠이 들었다.

부모님이 돌아오자 나탕은 그 인기척에 잠이 깼다. 침대 머리 탁자의 야광자명종은 새벽 2시 반을 가리키고 있었다. 나탕은 이불을 몸에 둘둘 감았다. 다시 눈을 감으려는데 기묘한 느낌이 슬그머니 일어나 의식에 파고들었다. 아니, 단순한 느낌이 아니었다. 어떤 확신이었다.

그는 일어나 창가로 다가갔다.

눈이 내리고 있었다.

큼지막한 겨울의 눈꽃송이들이 수직으로 떨어지며 거리의 불빛을 가리고 있었다.

문득 자신이 더없이 행복한 미소를 짓고 있음을 깨달았다.

드디어!

그는 옷을 집어 들고 최대한 조용히 하나씩 몸에 걸치고 파카까지 입었다. 창문을 조심스레 열었지만 가볍게 삐거덕거리는 소리만 났을 뿐이다.

나탕은 지붕 밑 빗물받이 홈통을 붙잡고 고양이처럼 민첩하게 땅으로 내려갔다. 그는 아홉 살 때 더블린의 한 체육관에서 기계체조를 해본 적이 있고, 그때도 코치는 나탕에게 빛나는 미래를 약속했다…… 역시 이사를 가기 전까지의 얘기다.

나탕은 일단 정원에 내려오자 두 팔을 한껏 벌리고 하늘을 쳐다보았다. 눈송이가 그의 얼굴에 닿아 부서졌다. 눈송이는 너무나 부드럽고 비현실적이었다. 차가운 것도 잘 느껴지지 않았다.

마법의 눈송이.

눈이 내리기 시작한 지 제법 오래된 것 같았다. 하얀 베일이 이미 식물과 땅과 건물에 뒤덮여 요철을 메우고 모서리를 완만하게 둥글리고 있었기 때문이다.

나탕은 주머니에 손을 찔러 넣고 개운한 머리와 가슴으로 걷기 시작했다.

거리에 나서는 순간, 갑자기 거대한 바람이 그의 어깨 사이를 후려치는가 싶더니 가늠할 수 없는 힘으로 땅바닥에 그의 몸을 패대기쳤다. 야성의 으르렁거림이 등 뒤에서 들려왔고 갑자기 눈부신 하얀 빛살에 어둠이 물러났다. 더운 열기가 파도처럼 밀려들며 나탕의 입에서 고통의 신음소리가 새어 나왔다. 그 열기가 물러났을 무렵, 나탕은 한쪽 팔꿈치로 땅을 짚고 간신히 몸을 일으켰다.

뒤를 돌아보았다……

그의 집은 이제 불길이 치솟는 거대한 분화구에 지나지 않았다.

3

"제일 먼저 다가오는 놈부터 죽는다!"

샤에는 검고 긴 머리칼을 뒤로 날리며 두 다리를 땅에 붙이고 우뚝 서서 쌈닭 같은 자세를 취했다. 그녀는 잠깐이나마 이 허세가 먹혀들 거라 예상했다. 다용도실 뒤에서 샤에를 구석으로 몰아세운 네 명의 사내들은 그녀의 협박에 당황해서 망설이고 있었다.

그중 세 명은 시내나 학교 복도에서 여러 번 마주쳤기 때문에 아는 얼굴이었다. 진짜 불량배는 아니고 센 척하고 싶어 하지만 실상은 복슬개만큼도 위험하지 않은 녀석들이었다. 게다가 머리까지 나쁜 녀석들이었다.

어리석은 놈들.

건방진 놈들.

줏대 없는 놈들.

네 번째 놈은 좀 달랐다. 나이도 많아 스무 살은 돼 보였고, 키가 크고, 덩치가 좋은 데다, 추한 흉터가 아랫입술을 가로지르고 있었다. 놈의 번득이는 눈빛은 냉혹하고 왠지 모를 불안을 자아냈다. 딱 보기에도 놈은 대장이었다. 위험이 있다면 틀림없이 놈에게서 나올 터였다.

샤에는 그럴 리 없지만 혹시 도와줄 사람이 있을까 해서 주위를 둘러보았다. 놈들은 비겁한 계략을 썼다. 처음에는 샤에가 꿈꾸던 휴대전화를 비싸지 않은 가격으로 구해줄 것처럼 싹싹하게 굴더니 이렇게 위험한 곳으로 몰고 들어왔던 것이다.

처음에는 가방이 놈들의 목적인 줄 알았다. 그래서 그녀는 가방을 넘겨줄 작정이었다. 돈 몇 푼, 하찮은 물건 나부랭이 때문에 흠씬 두들겨 맞을 수는 없지 않은가. 하지만 얼마 지나지 않아 샤에는 칼자국 사내의 험악한 눈길을 보고 그렇게 쉽게 빠져나갈 수는 없겠다고 깨달았다. 그녀는 겁이 나기 시작했다.

어디까지나 놈들의 신변을 생각해서 말이다.

"제일 먼저 접근하는 놈은 죽어!"

"그래, 우리 예쁜이. 내가 죽겠지…… 좋아서 죽겠지! 내가 차분하게 재미 좀 보게 저년을 붙잡아."

칼자국이 빈정거렸다.

세 명의 공범들은 샤에가 그들의 행동에서 빈틈을 발견할 만큼 오래 망설이지 않았다. 놈들은 욕정과 우둔함이 뒤섞인 표정을 노골적으로 드러내며 샤에에게 손을 뻗고 다가왔다.

샤에의 무릎이 한 놈의 급소를 세게 후려치자 아파 죽겠다고 소리를 지르며 허리를 구부렸다. 그녀의 행동에 모두가 얼이 빠진 틈을 샤에는 놓치지 않았다. 샤에는 자기 앞을 막고 있던 한 놈을 밀어내고 뛰었지만, 다시 두 팔이 앞길을 막아서고 거칠게 그녀를 제압했다. 칼자국이 다가왔다.

"맹랑한 년!"

칼자국이 침을 뱉었다.

놈이 샤에의 따귀를 때렸다. 두 번. 얼얼했다.

샤에는 입속에 역겨운 피 맛이 번지는 것을 느꼈지만 이내 그 느낌은 사라지고 또 다른 느낌이 찾아왔다. 더 깊은 느낌. 끔찍한 느낌.

쇼즈(그것)가 샤에 안에서 깨어났다.

'다잡아야 해, 나를 억눌러야 해!'

샤에는 눈을 감고 부들부들 떨기 시작했다.

"못된 년, 겁날 만도 하지. 화끈하게 처리해주마…… 저년 잡아!"

샤에는 쉰 목소리로 비명을 질렀다. 몸을 구부렸다. 꼼짝 못하게 오른쪽 팔을 붙들고 있던 놈이 뒤로 나동그라졌다. 그놈은 잡았던 손을 놓고 3미터는 더 떨어진 지점에 납작하게 나가 떨어졌다.

'억눌러야 해, 날 다잡아야 한단 말이야!'

두 번째 비명소리가 목구멍에서 터져 나왔다. 사람의 소리가 아니었다.

"말도 안 돼! 나 혼자 상대하라고?"

칼자국이 벌컥 화를 냈다.

놈은 주먹을 쳐들었다.

샤에의 일격이 먼저였다.

놈이 요행으로 피하기에는 너무 빠른 일격이었다.

칼자국은 머리통에 타격을 입고 뒤로 물러났다. 놈은 믿을 수 없다는 듯 중얼거리며 손으로 뺨을 짚었다. 뺨에서 짚고 있던 손을 내리자 손가락에서 피가 줄줄 흘렀다.

"저년에게 칼이 있어!"

칼자국이 고래고래 소리쳤다. 그러고는 샤에의 손을 보았다. 하지만 손에는 칼이 들려 있지 않았다. 단순히 손으로 쳐서는 이렇게 될 수 없었다.

순간적으로 칼자국은 눈으로 보고도 인정하기를 거부했다. 그럴 수는 없었다. 그럴 리 없었다. 그렇게는……

소녀의 길고 검은 머리 뒤로 무시무시한 두 개의 눈동자가 나타나 칼자국의 눈을 쏘아보고 있었다. 세로로 기다란 동공에 노랗게 번득이는 눈이었다. 야수의 눈.

마침내 공포의 비명이 칼자국의 목구멍에서 터져 나오려 발버둥 쳤다. 뺨이 활활 타는 것 같은 아픔도 잊고 그는 냅다 뒤돌아 도망쳤다. 공범들은 아무것도 보지 못했지만 대장을 따라 줄행랑을 쳤다.

샤에는 바닥에 쓰러졌다.

몸뚱이는 그녀에게 포기하라고 외치고 있었다. 받아들이라고 소리치고 있었다.

샤에는 거부했다.

그녀는 바닥에 등을 대고 누워 눈을 감고 심호흡을 하려고 했다. 깊이 숨을 들이마셨다.

'다스려야 해, 나를 다스려야 해!'

심장 박동이 차분해졌다. 샤에는 안도의 한숨을 쉬면서 쇼즈가 물러났음을, 그녀의 내면 깊은 곳으로 돌아가 잠들었음을 감지했다.

반쯤 잠들었을 뿐이지만.

처음으로 눈물이 솟구쳤다.

4

나탕은 눈밭에 무릎을 꿇은 채 힘겹게 숨을 몰아쉬었다.

쓰러지면서 이마와 손이 까졌지만 아픔은 전혀 느낄 수 없었다. 그는 폭발에 날아가지 않은 집의 잔해가 활활 타오르는 모습을 바라보며 도대체 무슨 일이 일어난 것인지 가늠하려 했다. 왜, 어째서……

나탕은 그저 혼란스러웠다.

원래 자신이 침대에 있어야 했다는 것만 겨우 알 수 있었다. 이 시각에 그는 잠들어 있었을 것이다. 눈이 오지 않았다면 그도 죽고 말았을 것이다.

부모님처럼.

거리에서 사람 소리가 들려왔다. 비명소리. 문짝이 열렸다. 여기도, 저기도. 자동차 한 대가 출발했다. 멀리서 사이렌 소리가 울려 퍼졌다. 전화벨이 울렸다.

나탕이 자신의 휴대전화 벨소리라는 것을 깨닫기까지는 다소 시간이 걸렸다.

그는 기계적으로 주머니에서 휴대전화를 꺼내 귀에 갖다 댔다.

"나탕, 잘 들어라. 이건……"

아버지였다! 틀림없이 아버지의 목소리였다.

"……녹음된 메시지다. 네가 이 메시지를 듣고 있다면 상황은 아주 심각하다. 네 목숨이 위험해. 지금 당장 어딘가로 피신해라. 아무에게도 말하지 마라, 특히 경찰은 절대로 안 돼. 정확히 10분 후에 새로운 메시지가 너에게 도착할 거다."

그를 찌르는 듯한 뚜뚜뚜 소리.

통화는 끝났다.

"아빠?"

아무 말도 없었다.

나탕은 인상을 찌푸리며 일어났다. 몽롱한 기분은 차츰 스러지고 그 대신 오만 가지 상반된 생각들이 머릿속을 어지럽게 맴돌아 관자놀이가 지끈지끈했다. 모순 없는 생각은 한 가지뿐이었고, 그는 구명보트에 매달리듯 그 생각에 매달렸다. 어서 몸을 숨겨야 한다!

첫 발짝을 내딛는데 아파서 절로 신음소리가 나왔다. 아까 너무 세게 곤두박질쳐진 바람에 허리뼈가 박살 난 기분이었다. 얼마 지나자 이웃 사람들의 실루엣이 불빛 속에 아른거렸다. 나탕은 울타리가 있는 곳까지 절뚝거리며 걷다가 덤불숲으로 들어갔다. 경찰차들이 현장에 도착했을 때, 나탕은 이미 먼 곳에 가 있었다.

눈이 그쳤다. 자리 공원은 어둡고 한산했다. 나탕은 어느 전나무의 나지막한 수풀에 기대어 휴대전화 액정화면이 이루는 빛나는 반점을 바라보았다. 정확히 10분 후 전화벨이 울렸을 때 그는 준비가 되어 있었다. 그는 떨면서 전화를 받았다. 아버지의 목소리를 금방 알아들을 수 있었다.

아버지의 음성에는 주저하는 기색이 없었다.

아무런 감정도 배어 있지 않았다.

"네가 내 충고에 따라 숨을 곳을 찾았기 바란다. 너는 우선 슬픔이나 후회와 같은 감정은 말끔히 털어버려라. 넌 힘든 시기를 보내게 될 거다. 감정에 휘둘려서는 능력을 잘 발휘하기가 힘들지. 이런 말은 이미 여러 번 했으니 이해했을 게다. 이 메시지에서는 너에게 아무것도 밝힐 수 없다. 들어서는 안 될 사람의 귀에 들어갈 위험이 너무 크기 때문이야. 설명과 지시는 '고라니의 발밑'에서 널 기다리고 있다."

나탕의 등줄기가 쭈뼛했다. 한기, 공포, 불안 때문이었지만 흥분도 한 가지 이유였다. 집이 박살 나고 부모님이 돌아가셨다는 충격을 넘어서, 아니 어쩌면 바로 그 충격 때문에, 그는 현실에서 꿈으로 넘어온 기분이 들었다. 그리고 지금 막 받은 수수께끼투성이의 메시지도 비현실적이었다.

사고로 일어난 폭발이 아니다! 아버지는 이미 그것을 예측하고 고의로 메시지들이 복잡한 순서를 거쳐 차례대로 전달되게끔 손을 써놓았던 것이다. 아버지가 나탕에게 밝혀야 한다는 것이 무엇일까? 누가 이 암살을 조종했을까? 어째서 경찰에 도움을 청하면 안 된다는 것일까? 나탕이 이 난해하고 복잡한 물음들을 연결하는 실마리나마 붙잡고 있지 않았다면 절망하고 말았을 것이다.

'고라니의 발밑.'

지난여름의 일이었다. 극히 드문 일이지만 나탕의 부모는 꼬박 나흘을 내내 가족에게 할애하기로 작정했다. 컴퓨터도 끄고, 휴대전화는 집에 놓아두고, 세 식구가 자동차를 타고 모리시 국립공원으로 떠났다. 나탕은 길모퉁이를 돌아 제임스 커크우드나 페니모어 쿠퍼의 소설을 무색케 하는 풍광 속으로 들어가면서 느꼈던 놀라움이 떠올랐다. 끝이 보이지 않는 숲, 드문드문 자리 잡은 맑은 호수들, 강, 폭포, 그리고 알 수 없는 곳까지 퍼져 있는 수많은 갈래의 길들까지. 나탕 가족은 보트를 빌려 푸 호수를 건너 깎아지른 바위산 아래 자리 잡은 산장에서 시간을 보냈다. 시간을 벗어난 나흘을 지내며 나탕은 부모님을 재발견했다. 미역 감기, 낚시, 등산을 즐기며 세 번째 날 저녁이 되었을 때 나탕은 호숫가 부교에 서서 팔을 뻗고 소리쳤다.

"고라니다! 저기, 오솔길에 있어요!"

하지만 고라니라고 생각했던 동물은 그냥 한 마리 말이었다. 승마에 일가견이 있는 나탕의 엄마는 아들의 착각이 재미있어서 깔깔 웃었고 아버지도 한 마디 하지 않고는 못 배겼는지 놀리듯이 말했다.

"과연 여기 고라니가 있구나. 하지만 그놈은 바로 내 옆, 여기 부교에 두 발로 서 있지!"

다음날에도 부모님은 하루 종일 나탕을 '꼬마 고라니'라고 불렀다. 그 후 가족은 몬트리올로 돌아왔고 이전과 다름없는 생활이 이어졌다.

'설명과 지시는 고라니의 발밑에서 널 기다리고 있다.'

나탕은 어디로 가야 할지 알았고, 조금 전 암흑으로 변해버린 세상에서 그 확신만이 한 줄기 빛이었다.

엄마의 차, 파란색 폰티악 파이어버드는 체스터 가로수 길 쪽에 세워져 있었다. 나탕은 하굣길에 엄마 차가 그곳에 있는 것을 보고 어째서 엄마가 집에서 이렇게 먼 곳에 차를 세워두었을까 의아했었다. 다른 질문들도 그렇고, 이 질문의 답도 그는 결코 얻지 못할 테지만 어쨌든 차라도 있어서 다행이었다.

엄마는 오스트레일리아 출신답게 늘 해오던 습관대로 열쇠 사본들을 차체 아래 교묘하게 감춰둔 자석케이스에 정리해두었다.

나탕은 10초도 걸리지 않아 그 케이스를 찾아냈다. 아예 열쇠를 꽂아두고 다니는 거나 다름없다고 생각하니 웃음이 날 뻔했지만 웃을 일이 아니었다. 이 상황은 전혀 우습지 않았다.

나탕은 어려서부터 탄자니아의 광대한 목장 흙길에서 운전하는 법을 배웠다. 모리시 국립공원에 가는 것은 문제가 아니었지만 한밤중에 경찰 검문에 걸리진 않을까 불안했다.

8기통 엔진이 시동을 걸자마자 부릉거렸다. 계기판 시계는 새벽

3시를 가리키고 있었다. 나탕은 변속기어 레버를 작동하고 부드럽게 액셀을 밟았다. 폰티악은 미끄러지듯 움직이기 시작했다.

　나탕은 그의 집과 비슷한 고급 저택들이 길게 늘어선 가로수 길을 따라가다가 메트로폴리탄 고속도로를 탔다. 그리고 트루아리비에르 방향으로 접어들었다.

　눈이 다시 내리기 시작했다.

5

　나탕은 쇼위니건을 지날 때에야 비로소 운전 속도를 의식했다. 시속 110킬로미터로 달려야 하는 고속도로에서 140킬로미터를 밟고 있었다. 경찰차가 끼어들었다가는 심각한 골칫거리가 될 터였다. 나탕은 조심스레 발을 떼고 운전에만 집중했다.
　눈이 계속 내렸다. 와이퍼가 살며시 내려앉는 눈송이를 착착 밀어냈기 때문에 시야에 방해가 되진 않았다. 나탕은 있지도 않은 구명보트에 매달리듯 그 눈송이들을 붙잡고 싶은 심정이었다.
　헤드라이트가 간간이 밝혀주는 바깥 풍경은 나탕이 생 로랑 지구에서 출발한 이래로 온통 백색이었다. 고속도로를 빠져나와 국립공원으로 이어지는 급커브 구간들에 다다르자 마침내 눈 더미들이 나타나 눈살을 찌푸리게 했다. 아무리 눈을 좋아하는 나탕이라지만 지금 상황에서는 곤란했다. 국립공원을 가로지르는 도로는 동절기에는 관리가 되지 않았다. 그래서 종종 차가 지나갈 수 없는 상태가 되곤 했는데 국립공원 입구에서 푸 호수까지의 거리는 10킬로미터도 넘었다. 걸어서 가기는 힘든 거리였고 기온마저 영하 10도는 될 성싶었다.

계기판에 표시된 외부 온도계를 흘끗 보니 과연 그러했다. 영하 12도. 이제 눈이 너무 많이 쌓이지 않았기를, 그리고 엄마가 스노타이어를 차에 비치해두었기를 바랄 뿐이었다.

엄마.

엄마의 얼굴이 떠오르자 핸들을 잡은 손에 힘이 들어갔다. 그 바람에 자동차 방향이 틀어지면서 경사면을 살짝 스쳤지만 다행히 텅 빈 도로 한가운데로 돌아왔다. 차는 잠시 좌우로 요동을 치다가 이내 안정을 되찾았다.

생각하지 말자. 감상에 빠지지 말자, 목표에만 집중해야 해⋯⋯ 나탕은 몇 번이고 깊이 숨을 내쉬었다. 서서히 심장 박동은 정상적인 리듬으로 돌아왔다. 부교. 고라니의 발밑. 그것만이 중요했고, 나머지는 존재하지 않았다.

모리시 국립공원에 진입할 즈음, 나탕은 마음이 차분해졌다.

매서운 바람이 불어와 구름을 몰아내고 금빛 보름달이 나타나 나무 꼭대기를 비추었다. 나탕은 부모님과 함께 왔을 때처럼 갑자기 변한 바깥 풍경에 강한 인상을 받았다. 이제 차 한 대, 불빛 하나, 건물 하나 보이지 않았다. 오직 도로만이 세상과 이어진 최후의 고리 같았다.

나탕은 차를 세웠다.

하얀 양탄자가 깔린 아스팔트 도로가 그의 눈앞에 끝없이 펼쳐져 있었다. 나탕은 배 속에 들어 앉은 덩어리가 펄떡대는 기분이 들었다. 아직은 돌아갈 수 있다, 경찰에게 알리고 도움을 청할 수 있다, 주저앉을 수 있다……

나탕은 잠시 눈을 감았다.

눈을 다시 떴을 때는 철통같은 결심이 서 있었다.

그는 속도를 올려 서서히 국립공원으로 들어갔다.

부샤르 호수까지 가는 길에는 장애물이 없었다. 나탕은 차를 부드럽게 몰았고 폰티악은 노면에서 미끄러지지 않았기에 이제 모든 일이 잘 될 거라는 생각이 들었다. 그런데 갑자기 도로에 쌓인 눈이 점점 두꺼워진다 싶더니 오르막길이 나타났다. 결국 차가 노면에서 미끄러졌고 나탕은 까다로운 지점을 통과하기 위해 잠시 후진을 했다가 차를 몰았다. 곧바로 나타난 커브 길에서는 급하게 돌았다가 도랑에 빠질 뻔했다.

푸 호수를 800미터 남겨둔 지점에서 폰티악이 더는 굴러갈 수 없게 되자 나탕은 차를 버리고 걸어가기로 마음먹었다. 그는 파카의 칼라를 세우고 모자를 귀까지 눌러쓴 후 겨울장화를 신고 나오지 않은 것을 아쉬워하며 걷기 시작했다.

호숫가로 내려가는 길 어귀에 도착하는 데는 15분도 걸리지 않았다. 나탕은 나중에 올라올 때 힘들 일은 생각하지 않고 이따금 무릎까지 푹푹 빠지는 눈밭을 내려갔다.

호숫가 비탈에 이르러 불안한 눈으로 호수를 바라보았다. 수면이 벌써 얼어붙었다면 5킬로미터 이상 돌아가야만 했는데 나탕은 그럴 여력이 있을지 자신이 없었다. 호수의 잔물결이 가볍게 찰랑대며 가까운 나무뿌리들에 부딪치는 소리가 들렸다. 나탕의 입에서 안도의 한숨이 나왔다. 호수를 건너갈 수 있을 터였다.

보트를 훔치는, 아니 빌리는 데는 양심에 거리낄 것이 없었다. 나탕은 임대업자가 보트들을 보관하는 오두막으로 다가갔다. 오두막은 큼지막한 자물쇠로 잠겨 있었지만 문에 걸린 사슬은 고작 엉성한 걸쇠 두 개가 지탱하고 있을 뿐이었다.

나탕은 여기서 적어도 20킬로미터 이내에는 사람이 살지 않으리라 확신했다. 그렇더라도 신중하게 주위를 살폈다. 아무도 없음을 확인한 나탕은 숨을 깊이 한 번 들이마시고 손으로 사슬을 움켜쥐었다.

호수를 건너자니 추웠다. 몹시 추웠다. 나탕은 이가 따닥따닥 부딪쳤다. 온힘을 다해 노를 저었지만 추위는 가시지 않았다. 수면 부족과 마음속에 가득한 복잡한 감정이 위험스럽게 느껴졌다.

호수 반대편의 깎아지른 바위산을 보자 용기가 다시 솟았다. 나탕이 익히 잘 아는 바위산. 눈에 반사된 보름달 빛이 산을 은색으로 물들였다. 하지만 나탕은 그 산을 이루는 암석에 보크사이트가 들어 있어서 대낮에 보면 벌겋게 녹슨 쇠 보루처럼 보인다는 것을 잘 기억하고 있었다. 산장은 그 산기슭에 있었다.

나탕은 보트를 부교까지 몰고 간 뒤 거기서부터 기어 올라갔다. 부교 위에 선 나탕은 아버지의 지시를 떠올렸다. '꼬마 고라니'가 서 있던 자리에는 널판이 덮여 있었고 눈이 가득 쌓여 있었다. 그는 쌓인 눈을 열심히 치워보려고 했다.

추위에 곱은 손으로는 잘 되지 않았다. 빗자루나 삽 같은 도구가 필요했다. 나탕은 산장을 향해 뛰었다.

베란다로 통하는 돌계단에 다다랐을 때 누군가의 흔적을 발견했다. 거대한 발자국들이 길 건너 나무들 사이로 사라지고 있었다.

곰 발자국이었다.

국립공원에서 곰을 발견하는 것은 흔한 일이었다. 그런 일이 워낙 잦다 보니 캠핑하는 사람들에게 한밤중에 먹을 것을 탐하는 야생동물의 방문을 받고 싶지 않다면 텐트에서 자는 동안 음식물을 가까이 두지 말라는 경고도 있었다. 하지만 모리시 국립공원에 사는 곰들은 크게 놀랐을 때가 아니면 사람을 공격하지 않았다.

산장 앞에 쌓인 눈을 밟은 곰은 겨울잠을 준비하는 덩치 큰 수컷이 분명했다. 곰 발자국에는 아직 눈이 쌓이지 않았다. 곰은 조금 전까지도 여기 있었던 것이다. 나탕은 곰이 겨울잠에 들어가기 전에 마지막으로 깨어 지내는 시간을 자신이 방해한 것 같았다.

나탕은 문을 잡고 들보 뒤에 움푹 패인 곳에 손을 넣어보았다. 운이 좀 따라준다면⋯⋯ 역시나, 열쇠가 있었다. 퀘벡 사람들은 아직 이웃을 믿을 수 있는 고장에 살고 있었다.

나탕은 산장으로 들어가 자동 차단기를 눌러 전기가 들어오게 하고 입구의 벽장을 열었다. 고무로 된 장화, 이불, 제설장비와 생필품, 양초, 회중전등이 갖추어져 있대도 놀랄 건 없었다. 캐나다에서는 가정 대부분이 폭풍에 대비하여 생존에 필요한 물품을 곧바로 사용할 수 있게끔 준비해두기 때문이다.

나탕은 회중전등과 날이 넓적한 삽을 챙겨 다시 부교로 나갔다. 피곤도 잊고 열심히 작업에 매달렸다. 덕분에 나탕은 금세 다른 널판들에 비해 유독 밝은 색상의 널판을 발견할 수 있었다. 이 널판은 박힌 못들도 새것처럼 반짝거렸고 아직 행인이나 악천후에 닳은 흔적도 없었다.

나탕은 삽날을 그 널판과 옆 널판 사이의 틈새에 끼우고 온몸의 무게를 삽자루에 실었다. 그때 삐걱 소리를 내며 널판이 부교에서 떨어져 나왔다. 그곳에 금속으로 된 함이 하나 있었고, 나탕은 함을 집어 들고 그 자리에서 당장 열어보고 싶은 마음을 억누르며 산장으로 돌아갔다.

산장에 들어와 문을 닫고 어둠으로 난 커다란 통유리창을 뒤로 한 채 소파에 앉았다. 심장이 요란하게 두방망이질치고 손이 떨렸다.

금속함은 정육면체에 가까웠고 티타늄으로 만들어진 듯 몹시 무거웠다. 자물쇠 대신 금속 테에 고정된 거무스름한 유리판이 둘러쳐져 있었다. 나탕은 그것이 생체인식소자라는 것을 알았다.

나탕은 숨을 멈추고 엄지손가락을 갖다 댔다.

딸깍 소리와 함께 함이 열렸다.

6

 파르스름한 빛살이 가느다랗게 뿜어 나오며 한 남자의 삼차원 영상이 나타났다. 영상이 뚜렷해지면서 아버지의 모습이 나타났다.
 10센티미터 높이의 홀로그램이 아버지의 실제 모습과 너무도 닮아서 나탕은 놀라 입을 다물 수가 없었다. 나탕은 함이 떨어질까 봐 낮은 탁자에 올려놓았다.
 "상황이 안 좋게 돌아가버렸구나."
 홀로그램에서 새어 나오는 아버지의 목소리는 마치 영상이 살아서 자기 의사를 표현하는 것 같은 착각을 불러일으켰다.
 "⋯⋯애석한 일이지만 중요한 건 네가 이 난관을 극복하는 거란다. 내 예상이 맞다면 넌 지금 머릿속이 터질 정도로 넘치는 궁금증과 쏟아질 듯한 눈물을 안고 푸 호수 근처에 와 있겠지⋯⋯"
 나탕은 턱에 힘을 주고 눈물은커녕 바짝 마른 눈으로 다음 말을 기다렸다.
"……먼저 그 눈물부터 닦아야지. 네가 배워야 할 것들이 너무나 많은데 시간은 부족하다. 시간이 너무 없어."
짧은 침묵, 그리고.
"네 목숨이 위험하단다, 나탕!"
놀랍게도 이 경고는 나탕에게 아무런 느낌도 불러일으키지 못했다. 일단 아까 휴대전화 메시지에서도 아버지는 이 말을 했었다. 무엇보다 집이 연기 나는 분화구로 변해버렸을 때부터 나탕의 온몸 조직 하나하나가 그 위험을 절박하게 느끼고 있었다.
"잘 들어라, 그리고 내 말을 명심해라. 비록 너에게 한 번도 말한 적은 없지만 너는 어떤 파미유에 속해 있단다. 전 세계적으로 그 구성원이 몇 안 되는 파미유, 오늘날 누리는 부를 헤아릴 수 없는 파미유, 소유할 만한 가치가 있는 것은 모두 다 소유한 파미유, 필요하다면 나라를 세울 수도 있고 무너뜨릴 수도 있는 파미유. 그런 파미유다. 내가 과장해서 말한다고 생각하면 곤란하다. 너에겐 남다른 피가 흐르고 있어. 바로 능력의 혈통이지."
나탕은 본의 아니게 눈살이 찌푸려졌다. 능력의 혈통? 수상쩍기 그지없는 소리였다. 아버지는 이미 말을 이어나갔다.
"우리 부모님과 또 그 부모님의 부모님도 옛날옛적부터 그랬듯이 파미유에 속해 있다. 그렇지만 네가 태어나기 직전에 나는 파미유와 거리를 두기로 결심했다. 구구절절 설명하자면 너무 길어질 테지만 그래도 네 엄마를 만났기 때문에, 우리 파미유의 반대에도 네 엄마와 결혼하기로 마음먹었기 때문에 그런 선택을 했다는 점은 알아두어라. 나는 우리 파미유를 피하지 않고 거리를 두고 살아왔다. 하지만 절대로 너에 대해서는 말하지 않았다. 관용과는 거리가 먼 자들이기 때문에 그들이 어떻게 나올지 두려웠고 나에겐 그 방법이 최선이었다. 지금은 더 이상 그런 망설임이 없다."

짧은 침묵이 흘렀다.

"파미유는 언제나 강력한 적을 상대해왔다. 우리는 그 적을 제거했다고 생각했지만 최근 몇몇 조짐은 사실 전혀 그렇지 않았다는 것을 보여주고 있다. 나와 네 엄마의 죽음이 이 두려움을 확증한 셈이지."

자신의 죽음을 거론하는 아버지의 이야기를 듣는 것은 정말로 고통스러웠다. 아버지는 이 홀로그램을 녹화할 때 이미 위험에 처해 있음을 알고 있었다. 어째서 나탕에게는 말하지 않았을까? 정녕 이 비극을 피할 방도가 전혀 없었단 말인가?

"나탕, 너는 캐나다에서 도망쳐야 해. 최대한 빨리. 신분증과 돈은 네 앞에 있는 함에 숨겨두었다. 그걸 가지고 가거라."

나탕이 고개를 숙였다. 그의 엄지손가락 지문으로 홀로그램이 작동하면서 정육면체 아래쪽에 있던 작은 서랍이 열렸다. 안에는 성명 '나탕 게른', 국적 '프랑스'로 기재된 여권과 캐나다 달러와 유로 돈다발이 들어 있었다. 지폐다발을 묶은 종이 띠에는 전화번호 하나가 정성껏 적혀 있었다.

"마르세유로 가는 비행기를 타거라. 오늘 당장. 아무리 늦어도 내일은 타야 한다. 직항이 없으면 경유 항공편이라도 좋다. 핵심은 네가 최대한 빨리 떠나는 거야. 마르세유에 도착하거든 이 번호로 전화를 걸어라. 누군가가 너를 데리러 나올 거다. 캐나다의 파미유 구성원들과 너를 연결해줄 수도 있었겠지만 그들이 너를 좋게 대하지 않을까 봐 걱정이 됐다. 어떤 원한은 끈질기게 오래가는 법이니."

"알아요."

나탕은 어쩔 줄 몰라 대답했다. 그는 기운을 차리기 위해 여권과 지폐다발을 파카 주머니에 넣었다.

"네 목숨을 빼앗으려고 하는 자들은 우리만큼 조직적이지 못하고 힘도 많이 딸린다. 프랑스에 가면 넌 안전하다. 하지만 어디까지나 네가……"

순간 귀청이 떨어질 것 같은 소리가 나더니 나탕 뒤의 통유리창이 박살 났다.

커다란 물체가 소파 등받이로 떨어졌다. 회색 털이 가득한 근육질 팔이 공기를 갈랐다. 족히 10센티미터는 되는 예리한 발톱이 나탕의 목을 향해 다가왔다.

……하지만 나탕은 이미 그곳에 없었다.

유리창이 박살 난 바로 그 순간 나탕은 무의식적으로 몸을 굴려 상대의 손이 닿지 않는 탁자 밑으로 몸을 피했다. 나탕은 자신의 눈을 의심했다. 소파에 웅크리고 있는 것은 절대로 사람이 아니었지만…… 짐승도 아니었다.

먼저 누런 송곳니가 인상적이고 거품을 질질 흘리는 흉측한 아가리가 눈에 들어왔다. 늑대의 면상이었다.

그 위로는 주황색 눈동자와 밝게 빛나는 야광의 수직 동공이 보였다. 뾰족한 귀는 삐죽삐죽 솟은 털 뭉치에 둘러싸여 있었다. 길고 탄탄한 팔 끝의 손에는 한 번만 휘둘러도 사람의 몸을 두 동강 낼 만큼 무시무시한 손톱이 나 있었다.

나탕은 돌처럼 굳어졌다. 공포보다는 머릿속에 떠오른 확신 때문에 꿈쩍도 할 수 없었다.

늑대인간!

그것은 늑대인간이었다!

괴물은 서서히 소파에서 내려왔다. 뒷발로 우뚝 선 늑대인간은 사람보다 컸고 마음을 사로잡을 만큼 우아하게 움직였다. 유리창을 깨고 들어올 때 난 상처에서 철철 흐르는 피가 회색 털에 불안한 미로를 그리고 있었다. 늑대인간은 상처 따위 아랑곳하지 않는 듯 보였다. 순간 늑대인간이 앞으로 튀어나왔고 그 속도는 가히 압도적이었다. 이대로 끝장이었다.

하지만 나탕이 그보다 빨랐다.

나탕은 멍한 상태에서 벗어나 탁자 위의 티타늄 큐브를 낚아채서는 곧바로 괴물의 머리통에 메다꽂았다. 있는 힘을 다해서.

제네바에 살 때 핸드볼 팀에서 뛰었었다. 나탕의 오른손 슛은 무서울 정도로 정확했기 때문에 금세 명성을 날렸다. 그 슛을 막아내는 골키퍼는 아주 드물었다. 금속 큐브는 누구라도 나동그라질 정도의 힘으로 괴물의 두 눈 사이에 명중했다. 괴물은 약간 비틀거렸을 뿐 큰 타격을 입진 않았다.

나탕은 곧바로 달려 나갔다. 도망가야 한다는 생각밖에 없었다.

간담을 서늘하게 하는 야성의 울음소리가 등 뒤에서 일더니 돌진해오는 소리가 공포스럽게 다가왔다. 나탕은 황급히 위층으로 올라가는 계단으로 향했고 늑대인간이 바로 뒤까지 쫓아왔을 때 겨우 방으로 들어갔다.

문을 세게 닫았다.

괴물의 덩치가 끔찍한 소리를 내며 문짝에 부딪히기 직전에 간신히 빗장을 걸 수 있었다. 두툼한 나무 문짝은 거실의 통유리창보다 한결 튼튼하니 괴물은 들어올 수 없을 것이다. 괴물은 들어올 수 없을 것이다. 괴물은……

흉측한 다섯 개의 발톱이 종잇장 찢어발기듯 문짝을 갈랐다. 발톱은 문짝을 다시 부수기 위해 잠시 물러났고 문짝에는 접시만한 구멍이 생겼다. 나탕은 필사적으로 주위를 둘러보았다. 침대, 작은 탁자, 옷장…… 아무것도, 방어에 쓸 만한 물건은 아무것도 없었다.

새로운 일격이 문짝을 뒤흔들었다. 이대로라면 다음 공격에서 문짝이 부서지고 괴물이 방 안으로 들어설 것이다.

나탕은 두려운 마음을 다잡고 침착해지자고 생각했다. 늑대인간은 존재하지 않는다는 믿음 따위 소용없었다. 이놈은 지금 나탕을 노리고 있었고 기어이 그렇게 하고 말 것이었다. 적어도……

갑자기 문짝이 문틀에서 떨어져 마루판에 요란하게 부딪혔다. 괴물이 방 안으로 들이닥쳤다.

7

샤에는 피로에 지친 손으로 얼굴을 쓸어보았다.
목이 말랐다. 몸속의 세포 하나까지 바짝 말라버린 것 같은 타오르는 갈증이었다. 그녀 안의 쇼즈와 싸울 때마다 느끼는 끔찍한 느낌이었다. 쇼즈를 몇 번이나 상대했던가? 앞으로 얼마나 더 버틸 수 있을까? 매번 전보다 더 힘겹게 싸워야만 이길 수 있었고 샤에는 끝내 녹초가 되었다.
목이 말랐다.
불량배 네 놈과의 싸움에서 회복되자면 시간이 필요했다.
아니, 그건 아니었다. 그놈들은 별것도 아니었다.
변신을 참아내느라 쏟아부은 기운을 회복하려면 시간이 필요했다. 샤에는 지금도 자기 안에서 꿈틀대는 쇼즈를 느낄 수 있었다.
쇼즈.

영원히 끝나지 않는 걸까?

"무슨 문제라도 있니?"

중얼거리듯 묻는 말에 샤에는 곰곰이 빠져 있던 생각에서 벗어났다. 사미아가 옆에 앉아 그녀를 다정하게 바라보고 있었다. 둘은 친구 사이가 아니었지만 딱히 친구가 없는 샤에에게 사미아는 그나마 같은 반 여자애들 중에서 관심을 써주는 유일한 아이였다.

"아냐, 괜찮아."

샤에는 아무렇지도 않다는 듯 대꾸했다.

"정말? 얼굴이 너무 안 좋아 보여서 그래……"

"괜찮다니까. 난 그냥 이 염병할 수업이 끝나기를 기다릴 뿐이야."

사미아가 살짝 소리 내어 웃었다.

"넌 너만 그렇다고 생각하니?"

"사미아, 잘 봐요!"

보건사회를 가르치는 자농 선생님의 따가운 목소리는 충분히 위협적이었기 때문에 사미아는 수다 떨 마음이 싹 달아났다.

샤에는 의자에 앉은 채 몸을 웅크렸다. 그녀는 기다렸다. 수업이 끝나기를, 갈증이 사라지기를, 쇼즈가 자신을 가만 내버려두기를, 자신의 삶이 어떤 의미를 갖기를…… 언젠가는 이 고된 기다림이 멈출 날이 올까?

오후 5시에 샤에는 교문으로 황급히 빠져나가는 학생들 무리에

껴서 학교를 나섰다. 세워두었던 스쿠터를 찾아 시동을 걸었다. 그 순간 연료가 거의 다 떨어졌는데 수중에 돈이 한 푼도 없다는 것을 알아차렸다. 수중뿐만이 아니라 어디를 간다 해도 돈은 없었다.

전에 사미아가 연료를 가득 채울 돈을 빌려주었는데 그 돈을 갚느라 마지막 1유로까지 다 써버렸던 것이다. 어쩔 수 없이 후견인에게 돈을 조금 더 달라고 손을 벌려야 할 텐데 샤에는 그가 기분이 좋길 바라야 했다. 그렇지 않으면 이달 말까지 걸어 다닐 수밖에 없다.

샤에는 스쿠터를 타고 복잡한 도로를 어렵잖게 뚫고나갔다. 비트롤은 마르세유에 직장이 있는 사람들이 많이 사는 베드타운이자 다른 곳에 거주하는 많은 이들에게는 직장이 있는 도시였다. 하루가 끝나갈 무렵이면 이 도시를 떠나는 사람들과 집으로 돌아오는 사람들이 엇갈리는 통에 마치 뉴욕의 러시아워를 방불케 했다. 이륜원동기는 도둑만 맞지 않으면 단연 최선의 교통수단이었다.

샤에가 사는 도시에 진입하는데 스쿠터가 털털거리기 시작했다. 스쿠터는 그렇게 10미터쯤 굴러가다 멈춰 섰고 다시 시동을 걸어보아도 걸리지 않았다. 샤에는 스쿠터에서 내려 성난 발길질을 앞바퀴에 먹였다. 얼굴을 가리는 검은 머리카락을 넘기고 보도 연석에 침울하게 앉았다. 피곤이 몰려와 주변의 모든 색깔들이 흐릿한 회색으로 변하고 도시의 소음은 솜방망이로 귀를 틀어막은 듯 아득하게 들렸다.

갈증은 사라지지 않았다.

순식간에 그녀는 자신이 벌떡 일어나 책가방을 도랑에 내던지고 가버리는 모습을 보았다. 앞으로, 똑바로. 어디로 가든 여기보다 끔찍하진 않을 것이다. 이어서 피로가 다시 엄습했고 한숨이 나왔다. 모든 것을 내버리고 삶을 모험하는 꿈을 자주 꾸지만 그 꿈을 실현할 용기는 전혀 없었다.

그렇지만 샤에는 자신이 사라져도 아쉬워할 사람은 아무도 없다고 생각했다. 후견인들은 샤에에게 수상쩍은 속셈을 지닌 파수꾼일 뿐이었다. 자초지종을 알 수 없는 의문의 사고로 부모님이 돌아가시고 난 후, 후견인들은 샤에를 맞아주었다―그 이유는 오직 그들만 알리라―처음부터 삐걱거렸던 관계는 차츰 갈등으로 변했고 후견인들은 어서 샤에가 성년이 되어 나가기만을 기다렸다. 부모도 없고 친구도 없고 미래도 없고, 쇼즈 그리고 갈증…… 한 소녀에게 이건 너무 벅차다, 그렇지 않은가?

"그렇지. 하지만 한편으로 넌 끝내주게 강하잖아."

"네? 뭐라고요?"

샤에는 자기 옆에 앉아 있는 남자를 멍하니 바라보았다. 언제 와서 여기 앉았는지 보지도 못했다. 흰색 젤라바와 셰키아[2]로 전통 복장을 한 늙은 아랍인이었다. 고생깨나 한 얼굴, 산속의 호수처럼 깊고 푸른 눈동자. 베르베르인의 푸른 눈이었다.

"저한테 말씀하신 거예요?"

샤에가 물었다.

남자는 입가에 온화한 미소를 담고 고개를 주억거리며 그렇다고 했다.

"뭐라고 하셨죠?"

---

2. 튀니지에서 주로 쓰는 챙 없는 모자.

샤에의 심장이 마구 내달렸다. 혼자만의 생각에 이 노인이 대답을 했단 말인가?

"계절에 비해 날이 무척 덥고 아가씨가 목이 마르다고 했는데."

불안한 떨림이 샤에의 등줄기를 타고 내려갔다. 지금은 11월이다. 날씨는 덥지 않았다. 날씨가 덥다니, 어림없는 소리였다. 도대체 이 사람은 무슨 뜻으로 목이 마를 것 같다고 했을까?

"전……"

남자가 샤에의 어깨에 손을 얹었다. 애정과 존중이 깃든 몸짓이었다. 샤에는 누구든 자기 몸에 손을 대는 것을 참지 못했지만 꼼짝 않고 입을 다물고 있었다.

"싸우면 목이 마르지. 어떤 음료로도 채울 수 없는 갈증. 그게 전사의 갈증이다. 목마른 너는 아무도 네가 싸우도록 강요하지 않는다는 것을 아느냐? 너는 이해하려고 노력해볼 수 있어."

샤에는 안간힘을 써서 남자의 손과 푸른 대양 같은 시선에서 빠져나왔다.

"아저씨 이야기는 도통 못 알아먹겠네요."

샤에는 공격적인 말투로 쏘아붙였다.

늙은 베르베르인은 소년처럼 가뿐하게 일어났다. 그는 미소를 거두지 않았다.

"이해는 싸움보다 더 풍요로운 길이지. 길을 잘못 들지 말거라."

남자는 그렇게 덧붙이고는 방향을 틀어 느릿느릿 걸어갔다.

샤에는 남자가 길모퉁이를 돌아 사라질 때까지 눈으로 좇았다.

"완전히 돌았군."

혼잣말로 중얼거린 샤에는 자리에서 일어나 스쿠터를 잡고 그녀가 사는 아파트까지 밀고 갔다.
　잊으려 해도 소용없었다. 노인의 말은 샤에의 속을 완전히 헤집어놓았던 것이다. 이 동네에서 한 번도 본 적 없는 노인이었지만, 그는 샤에를 오래전부터 아는 것 같았다. 그리고 그의 말, 그 말에 담긴 속뜻이란…… 그 사람은 정말로 정신 나간 노인이었을까?
　아파트 문을 여는 순간, 샤에는 어느새 갈증이 사라졌음을 깨달았다.

8

흉악한 송곳니를 드러내고 거품을 질질 흘리는 늑대인간의 아가리와 예리한 발톱은 끔찍한 죽음의 약속 같았다. 이 완벽한 살인기계는 한순간 눈앞의 먹잇감이 무릎을 구부리고 팔을 건들거리며 꼼짝 않는 모습을 노려보다가 앞으로 달려들었다.

나탕은 마지막 순간에 움직였다. 오른쪽으로 피하는 척하면서 늑대인간이 덮치는 순간 어깨를 뒤로 빼고 왼쪽으로 몸을 날렸다. 그는 럭비 경기에서 여러 차례 이 기술을 써서 상대 팀을 농락한 바 있다.

늑대인간도 속아 넘어갔다.

늑대인간의 근육질 팔이 허공을 휘젓는 사이 나탕이 일격을 가했다. 팔꿈치로 괴물의 옆구리를 정확하게 가격했기 때문에 놈은 균형을 잃었다. 나탕은 서둘러 방을 나갔다.

나탕은 계단 난간으로 뛰어내려 두 발로 유연하게 착지하고는 통유리창으로 달려갔다. 나탕이 발코니로 나가려는 찰나 늑대인간이 방문에 우뚝 섰다. 괴물은 한 방 단단히 먹은 것 같았고 나탕은 고소한 마음에 절로 웃음이 났다. 아버지는 나탕이 무술을 익히는 것에 반대했지만 나탕은 이미 오래전부터 어디를 쳐야 하고 어떻게 해야 타격을 입힐 수 있는지 잘 알고 있었다.

정확히 그 순간, 그의 마음속에는 한 점의 두려움도 없었다.

수수께끼의 전설에서 튀어나온 듯한 괴물이 자신을 죽이려 하는데도 심장 박동조차 빨라지지 않았다. 아니, 엄청난 에너지가 혈관을 타고 흐르며 확고한 자신감을 몸속에 퍼뜨렸다. 그는 파미유의 사람이었던 것이다. 파미유의 구성원들은 늑대인간을 무서워하지 않는다!

"올 테면 와봐라! 너 따위에 끝장날 내가 아니야!"

나탕은 고함쳤다.

괴물이 거실로 뛰어내려와 그에게 덤벼들었다.

나탕이 몸을 틀었다.

나탕은 상대의 민첩성을 무시한 채 호수로 내려가는 오솔길을 있는 힘을 다해 내달렸다. 뒤를 슬쩍 보고 늑대인간이 빠르기는 하지만 아직 따라오지 못한 것을 보고 안심했다. 계획을 실행할 수 있었다. 그는 방향을 바꾸어 부교를 지나 바위산으로 올라가는 길을 탔다.

　나탕은 넓은 보폭으로 빠르게 뛰었다. 다행히 환한 달빛과 눈밭 덕에 그의 모습은 선명했다. 늑대인간의 헉헉대는 숨소리가 5미터 내에서 들려왔지만 나탕은 여전히 두렵지 않았다.

　'늑대인간들은 은제 탄환에 맞아야 죽는다고 했지……'

　이 말이 어둠속에서 터져 나왔다. 나탕은 주춤하느라 귀중한 2미터를 따라잡히고 말았지만 다시 정신을 차리고 힘차게 달렸다. 도대체……

　'일반적인 무기는 늑대인간들에게 소용없어.'

　나탕은 재빨리 주위를 둘러보았다. 누군가 덤불숲에 숨어 있다면 어째서 도움을 주지 않는 걸까? 도와달라고 외쳐야 할까? 나탕이 결심을 내리기도 전에 다시 한 번 그 말은 울려 퍼졌다.

　'일반적인 무기는 늑대인간들에게 안 먹힌다니까!'

　순간적으로 번쩍 하고 깨달았다. 꿈을 꾼 것이 아니었다. 나탕은 분명히 목소리를 들었다.

　자기 안에서!

　이 계시가 머릿속에 수문을 연 것처럼 기대치 않았던 앎이 기억 속 미지의 지대에서 솟구쳐 올랐다.

　'늑대인간이라고 곧잘 잘못 부르는 리칸트로프(Lycanthrope)들은 저주에 걸린 인간들이 아니라 모양을 바꿀 수 있는 능력을 타고난 아주 오래된 종족의 일원들이지. 그래서 그들은 사람의 모습을 할 수도 있고 늑대의 모습을 할 수도 있고 그 둘을 합친 모습을 할 수도 있어. 그들은 포스 아르카디아의 한산한 도시와 메조페의 어두운 숲에 출몰하며 길 잃은 여행자들의 살을 뜯어먹고 살지. 은제 탄환이나 칼이 없으면 리칸트로프를 처치할 수 없어. 일반적인 무기는 그들에게 먹히지 않아.'

사납게 으르렁거리는 소리가 나탕을 현실로 끌어냈다. 늑대인간은 유리한 위치를 차지하고 있었다.

나탕은 불현듯 길을 잃은 것 같아 두려웠다. 지면을 살폈다. 실마리를 잃었다면 끝장이었다. 다행스럽게도 발자국이 금방 눈에 들어왔다. 등 뒤에서 리칸트로프가 불길하게 딱 소리를 내며 턱을 악물었다. 나탕은 속도를 높여 다시 2미터 남짓 거리를 벌리고 걸음걸이를 괴물의 것에 맞추었다. 그는 늑대인간을 따돌릴 마음이 없었다.

놈을 처치할 작정이었으니까.

나탕이 쫓은 자취는 작은 초목 사이로 들어갔고 간격은 좁아졌다. 수풀 사이의 눈 덮인 좁은 오솔길, 그것도 어둠 속에서 선두를 유지하기란 쉬운 일이 아니었고, 나탕은 자신감이 지나쳐 계획이 틀어지는 게 아닌가 생각했다. 늑대인간은 그 생각이 맞다고 알려주려는 듯 앞으로 튀어나와 세찬 한 방을 날렸다. 날카로운 손톱이 나탕의 파카를 찢어발기며 척추에서 간발의 차로 빗겨나갔다.

나탕은 욕설을 숨죽여 내뱉으며 속도를 올리려고 안간힘을 썼다.

갑자기 보름달의 으스스한 은빛으로 둘러싸인 빈터가 나왔다. 눈 덮인 커다란 바위가 그 중앙에 우뚝 서 있었다.

곰은 거기에 있었다. 나탕이 상상했던 것보다 더 큰 놈이었다. 털가죽과 근육의 산 같았다.

두 침입자가 자기 쪽으로 거세게 달려오는 소리를 듣고 곰은 놀랄 만큼 재빨리 뒤로 돌아 뒷발로 번쩍 일어났다.

나탕은 이미 곰 가까이 와 있었다.

곰은 거칠게 으르렁댔다. 자신의 목숨을 염려하는 생명체라면 절대로 무시해서는 안 될 경고였다. 나탕은 눈밭에 배를 깔고 납작하게 누워 움직이지 않았다. 뒤이어 도착한 늑대인간은 속도를 줄이지 못하고 그대로 곰을 들이받았다.

그렇지만 아직 두고 볼 일이었다. 늑대인간은 뒤로 물러나 도망가거나 나탕처럼 엎드리고 볼 수도 있었다.

놈은 공격하는 쪽을 택했다.

괴물의 이빨이 곰의 어깻죽지를 물고 목덜미 아래 대동맥을 찾았다. 일단 대동맥을 끊어버리면 승리를 거머쥘 테니……

그때 곰의 발이 늑대인간을 턱 아래에서 붙잡고 머리통을 반쯤 뽑아놓았다.

늑대인간은 쓰러질 겨를조차 없었다. 고삐 풀린 숲의 지배자는 늑대인간을 공중으로 내던졌다가 헝겊인형 받듯 다시 잡아채 갈가리 찢어발기기 시작했다. 상황이 종료되었을 때 늑대인간은 형체를 알아볼 수 없을 만큼 묵사발이 되어 반경 10미터 내에 흩어져 있을 뿐이었다.

나탕은 조금씩 꿈틀대다가 네 발로 기어서 조심스럽게 물러났다. 나무에 다다라서야 겨우 몸을 일으켰다. 잠시 조금 전 참혹한 살육의 현장을 바라보고 깊이 숨을 들이마셨다. 그리고 신중한 걸음으로 산장에 돌아갔다.

머릿속에서 부딪치는 수많은 생각들 중 하나가 차츰 분명해지더니 일종의 확신으로 변했다.

명백했다.

유쾌했다.

곰은 그 무엇보다 특별한 병기였던 것이다!

9

홀로그램 장치가 들어 있던 금속 큐브는 이제 작동하지 않았다. 아까의 충격을 감안하면 놀랄 일은 아니었지만 나탕은 침통함을 어찌할 수 없었다. 아까 홀로그램이 끊어진 지점부터 다시 돌려볼 수 있었으면 좋겠다는 생각이 들었다. 아버지가 다른 정보도 전달할 예정이었다면 이제 그 정보를 얻을 방법이 어디에도 없는 셈이었다.

나탕은 벽장들을 열어보며 아까 찢어진 파카를 대신할 다른 옷을 찾았지만 헛수고였다. 이제 어깨를 짓누르는 납덩이마냥 무거운 피로가 밀려왔다. 그는 하품을 참으며 시계를 들여다보았다. 아침 7시! 이제 곧 해가 뜰 텐데 나탕은 두 시간밖에 자지 못했다…… 그의 삶이 완전히 뒤집히기 전의 두 시간이었다.

누군가가 사주한 폭발로 부모님이 돌아가셨고, 아버지에게 불안하고도 수수께끼 같은 메시지들을 받았다. 알 수 없는 파미유에 소속되었다는 이야기, 존재 자체를 의심했던 괴물의 습격…… 나탕이 뻗어버린다 해도 이상할 것 없었다. 하지만 여전히 그는 두렵지 않았고 비록 기진맥진하긴 했어도 못 버틸 정도는 아니었다.

나탕은 산장을 떠나기 전에 잠시나마 쉴까도 생각해보았지만 또 다른 늑대인간이 나타날지도 모른다고 생각하니 내키지 않았다. 이 괴물이 부모님의 목숨을 앗아간 테러와 관련이 있을 거라고 짐작만 해볼 뿐이었다. 게다가 또 다시 곰이 궁지에서 구해주리라는 보장도 없었다. 아버지의 지시를 따라 비행기를 타고 캐나다를 떠나 프랑스로 가야 했다. 최대한 빨리.

나탕은 피곤을 억누르고 산장을 나섰다.

카누를 타고 호수를 건너려면 힘에 부칠 것이 뻔했지만 다시 한 번 군센 의지로 자신을 넘어섰다. 짧고 넓적한 노를 잡고 허리를 구부린 채 나탕은 그 의지만을 생각했다. 그렇게도 주위 사람들을 놀라게 했던 그 의지. 그는 가능한 한 객관적으로 그것에 대해 숙고했다.

의지.

나탕은 부모님의 아낌없는 교육 지원 덕분에 한 해 한 해 쌓아올린 지적 능력과 신체 능력이 남달랐고, 의지 역시 또래 소년들에 비해 단연 뛰어났다.

의지.

그것이야말로 나탕이 속한 그 신비로운 파미유의 표식이었을까? 지금에서야 알 것 같았다. 부모님, 특히 아버지는 나탕이 파미유에서 자리를 잡을 수 있도록, 그리고 한 걸음 더 나아가 어떤 상황에서든 대처할 수 있도록 끊임없이 준비시켰던 것이다. 지금 막 겪었던 상황에서도 빠져나올 수 있도록. 부모님은 나탕이 준비되었는지 세심하게 살폈고 그 덕분에 그는 위기에서 살아남았다. 나탕은 파도처럼 밀려드는 슬픔을 겨우 억눌렀다. 그는 살아남았고 여전히 살아 있었다. 부모님 덕분이었다.

  자동차를 다시 찾은 나탕은 쇼위니건까지 천천히 차를 몰았다. 그 사이 해가 솟아 눈의 결정체와 밤새 지붕을 덮은 서리가 빛을 받아 반짝반짝 빛났다. 피곤을 주체 못할 지경이 되자 나탕은 차를 어느 슈퍼마켓 주차장에 세우고 뒷좌석에 웅크려 누웠다. 늑대인간이 자신을 찾아낼지도 모른다는 생각이 들었지만 어쨌거나 이제 진이 다 빠져서 다른 곳을 찾을 기력도 없었다.

  나탕은 곧바로 잠에 빠졌다.

  나탕은 정오가 조금 안 되어 깨어났다. 자신이 어디에 있는지도 모를 만큼 정신이 멍했다. 몽롱한 머릿속에 현실이 파고들기까지는 한참이 걸렸다. 겨우 안정을 찾은 나탕은 차에서 내려 기지개를 폈다. 그때 부모님의 죽음이 의식을 후려쳤다.

  세차게.

  정신이 번쩍 든 나탕은 두근거리는 심장이 가라앉고 숨이 차분해질 때까지 폰티악 문짝에 의지해야 했다.

  몸과 마음이 가라앉자 나탕은 슈퍼마켓으로 들어갔다. 작은 여행

가방, 세안도구, 갈아입을 옷가지 몇 벌을 구입하고 화장실에 들어가 말끔한 차림을 갖추기 위해 몸을 씻고 옷을 갈아입었다. 그럼에도 얼굴에 남은 간밤의 흔적 때문에 피곤한 표정과 눈 아래 늘어진 다크 서클은 어쩔 수 없었다.

그는 다시 몬트리올와 트뤼도 공항으로 향했다. 마르세유행 비행기 좌석이 있을지 확신할 수는 없었지만 걱정이 되기는커녕 몸속에 기분 좋은 아드레날린이 퍼지면서 차츰 더 마음 상태가 나아졌다.

그는 고속도로를 빠져나와 몬트리올 시의 거리로 들어갔다. 마지막으로 한 번 집을 보지도 않고 캐나다를 떠날 수는 없었다. 아니, 집에 남은 자취라도.

금속 바리케이드와 제복 차림의 경찰관들이 거리를 막고 비극의 현장으로 달려드는 구경꾼들의 접근을 차단하고 있었다. 텔레비전 방송 차량 두 대가 현장에 와 있었고 수십 명의 취재기자들이 사진 찍으랴 경찰이나 이웃과 인터뷰하랴 부산을 떨었다. 조용한 부자 동네가 전에 없을 북새통을 치르고 있었다.

나탕은 주차할 자리를 찾다 검은 양복 차림의 두 남자를 보았다. 그들은 집 근처 울타리에 서서 군중을 유심히 살펴보고 있었다. 나탕은 그들의 모자와 얼굴을 다 가리는 선글라스를 알아보았다. 어제 자신을 미행했던 자들이 분명했다. 그들이 여기 있다는 것은……

'엘브륌은 메조페의 변방에 살지. 모습도 없고 영혼도 없는 엘브륌들은 파워에 따라 모양을 취할 수 있어. 악을 추종하고 맹목적인 복종밖에 모르는 저들은 검은 야욕의 하수인들이야. 어둠의 위계질서에서 저들은 가장 낮은 계급이야.'

지난밤에도 그랬듯이 앎이 예고 없이 머릿속에서 튀어나왔다. 이번에는 나탕도 놀라지 않았고 지극히 작은 의문조차 품지 않았다. 그는 번개처럼 순식간에 이 앎을 자기 것으로 받아들였다. 양복 입은 사내들은 인간이 아니라 엘브룀이었다. 그리고 저들은 나탕을 찾고 있었다!

나탕은 자리에 웅크리고 차를 왼쪽으로 돌렸다. 그는 서둘러 눈에 띄지 않게 서서히 이동하다가 마침내 그들의 시야에서 벗어나자 공항 쪽으로 액셀을 밟았다.

엘브룀.

나탕은 이제껏 그런 존재들에 대한 이야기를 들어보지 못했다. 하지만 그들의 본성에 대해서는 단 1초도 의심하지 않았다. 머릿속에서 튀어나왔던 설명은 가정도 망상도 아니었다. 그건 확신이었다.

리칸트로프, 엘브룀…… 나탕은 문득 자기 인생이 궤도에서 벗어났고 이제 미지의 영역으로 나아가고 있다는 느낌이 들었다. 파미유에 속한다는 것이 이런 걸까?

마르세유행 비행기는 해 저물 무렵에 있었다. 요금을 현금으로 치르는 바람에 에어프랑스 직원의 호의 섞인 놀라움을 사기는 했지만 어렵잖게 좌석을 구할 수 있었다. 비행기가 뜰 때까지 다섯 시간이나 남았기 때문에 나탕은 공항을 어슬렁거리며 지난밤에 일어난 의문의 폭발사고 소식을 전하는 신문들을 들춰보았다.

어떤 기사도 그럴싸한 설명을 제시하지 못했고 모두들 앞다투어 사건을 꾸며내기 바빴다. 대부분의 기사에는 사망자가 세 명이라고 되어 있었고 어떤 신문에는 그의 이름과 부모님의 이름이 버젓이 나와 있었기에 나탕은 흠칫 몸을 떨었다. 그는 아직 살아 있었고 어떻게든 살아남겠다는 굳건한 의지를 불태우고 있었다.

세관 통과는 형식적이었고 그의 여권은 아무런 관심도 불러일으키지 않았다. 가짜 신분증명서. 아버지는 가짜 신분증명서를 마련해두었다. 며칠 전만 같았어도 나탕은 이런 일에 어안이 벙벙했을 것이다. 그러나 이제 이런 일은 아무것도 아니었다.

스튜어디스가 탑승객들에게 휴대전화 전원을 꺼달라고 부탁했다. 나탕은 시키는 대로 했다. 아버지가 일러준 전화번호로 당장 전화를 걸고 싶은 충동이 몇 번이나 일어났지만 아버지의 메시지는 분명했다. 프랑스에 도착할 때까지 기다려야 했다. 나탕은 최대한 편안하게 자리를 잡고 기억 속에서 리칸트로프와 엘브륌에 대한 정보가 저장된 곳을 뒤져보려고 했다. 그러나 아무리 머리를 짜내어도 아무것도 발견할 수 없었다.

서서히 눈이 감겼다. 마비 상태가 되는가 싶다가 꿈도 없는 깊은 잠으로 빠져 들어갔다.

10

"안 돼, 너에겐 1유로도 못 준다! 돈이 저절로 생기는 요술 지갑이라도 있는 줄 아니?"

샤에는 후견인을 험악한 눈으로 노려보았다. 후견인은 그 눈길에 흠칫하기는커녕 입을 비죽거리며 못된 웃음을 흘렸다.

"우리가 너에게 과분한 은혜를 베풀어주니 우습게 아는구나. 우리의 자비심을 이용해먹을 속셈이냐? 돈이 필요하면 네가 일을 해서 벌면 되잖아!"

아침 8시였다. 스쿠터 연료는 바닥났는데 후견인은 연료 채울 돈을 안 주겠다고 버티니 당장 등굣길에 나서야 했다. 하지만 지금 상대하는 이 사내의 협박조 표정이 샤에의 발목을 잡았다. 그는 분명히 샤에를 한껏 업신여기며 즐기고 있었고, 뻔뻔하게도 선한 사마리아인이라도 되는 양 샤에를 통제 불능한 비행소녀 취급하고 있었다.

일을 하라고?

샤에가 하루하루를 어떻게 지내는지 눈곱만큼도 관심없고 마누라에게 얹혀살며 도시의 뒷거래를 지휘하는 주제에, 감히 이딴 소리를 내뱉다니.

가차 없는 한마디로 저 잔소리 늘어놓는 입을 꾹 다물게 하고 싶었지만 샤에는 말주변이 없었다. 그녀는 말 없이 서 있었다.

하지만 샤에의 눈은 언어보다도 전달력이 뛰어났다. 그리고 그 눈은 말하고 있었다.

모질고 냉랭한 메시지, 그 메시지에 담긴 무서운 경멸에 샤에 앞의 사내는 주먹으로 얼굴을 맞은 듯 얼굴이 창백해져서 뒷걸음질쳤다.

사내가 정신을 차리기 전에 샤에는 떨리는 손으로 문을 열고 계단으로 나갔다.

"샤에! 이리 와!"

대답하지 않았다.

"샤에, 이건 명령이야!"

샤에는 이미 현관에 다다라 건물 밖으로 나갈 태세였다. 그녀는 잠시 멈칫했다가 고개를 절레절레 흔들고 책가방을 더 세게 움켜잡았다. 후견인에게 돌아가면 어떤 대접을 받을지 생각하기도 싫었다. 샤에는 서둘러 학교로 향했다.

샤에는 지각이었다. 사회학 선생님은 수업에 들어오지 못하게 할 것이다. 교무주임 선생님은 지각사유서를 요구할 것이다. 이번이

처음도 아니니 샤에가 난관을 벗어나려면 타협이 필요할 터였다. 말, 그렇다면 또 말을 해야 하는데!

"바쁘다면 태워줄 수도 있어."

샤에가 고개를 돌렸다. 어제 만났던 노인이 샤에에게 다가와 멈추었다. 노인은 낡은 라이트밴을 몰다가 보행자도로 쪽 차창을 내리고 샤에에게 말을 건 것이다. 샤에는 아주 잠깐 망설였다. 골치 아픈 일을 만들고 싶지 않은 소녀에게 모르는 사람 차에 타서는 안 된다는 것은 기본 중의 기본이다. 하지만 샤에는 이대로는 지각을 할 위기였고 이 노인의 미소에서는 분명히 안심해도 될 법한 기운이 풍겼다.

샤에는 고개를 끄덕이고 차 문을 열어 라이트밴에 올라탔다.

"저는……"

"어디 가는지는 알아, 아가씨."

노인이 샤에의 말을 끊었다.

"아저씨는……"

"나는 길을 아주 잘 알지. 네가 다니는 길도 나에겐 친숙해. 아무 걱정 말아."

샤에는 입을 다물고 노인을 바라보았다. 그는 젤라바 대신 청바지와 파란색 니트 풀오버를 입고 있었는데 그 때문에 파란 하늘 같은 눈동자 색깔이 더 돋보였다. 평온한 얼굴에는 주름살이 자글자글했고 아주 짧게 친 머리칼은 거의 완전한 백발이었지만 묘하게도 나이를 가늠할 수 없었다. 노인은 맞다, 하지만 예순인지 여든인지 종잡을 수 없었다. 게다가 알 수 없는 말에 노골적인 암시를 담아 툭툭 내뱉는 버릇이라니…… 이게 혹시 치매의 초기 증상은 아닐까?

"가끔은 나도 치매였으면 좋겠어. 사람들을 이끄는 일을 그만둘 수 있게. 퍼질러 앉아 잊어버릴 수 있게. 그게 내 길은 아니지만……"

노인이 말을 이었다.

섬광처럼 뚜렷한 깨달음이 샤에의 머릿속을 스쳤다. 이 사람은 그녀의 생각을 읽고 있었다. 그렇지 않다면 어떻게 한 번도 아니고 두 번이나 샤에가 입 밖으로 내지도 않은 물음에 대답을 할 수 있겠는가?

샤에는 퍼뜩 정신을 차렸다. 텔레파시는 없다. 이건 그냥 우연의 일치일 뿐이다.

노인이 자신 있게 운전하는 라이트밴은 어렵잖게 교통 흐름에 끼어들어 동쪽 방향으로 파도바니 대로를 유유히 달렸다. 한동안 차 안에는 침묵이 감돌았다. 샤에는 편안하고 쾌적한 기분이 밀려드는 것을 느꼈다. 긴장이 풀렸다. 평온했다.

샤에는 아주 힘들게, 그것도 늘 일시적으로만 마음을 터놓을 수 있는 소녀였지만, 지금은 불현듯 알고 싶고 말하고 싶다는 욕구가 샘솟았다.

"아저씨 이름이 뭐예요? 전 아저씨를 우리 동네에서 한 번도 뵌 적이 없는데요."

"내 이름은 라피 하디 맘눈 압둘 살람이다. 하지만 날 아는 사람들은 대부분 그냥 라피라고 부르지. 왜인지는 나도 모르겠다."

꾸밈없는 말투의 노인의 대답에 샤에는 가벼운 웃음이 나왔다.

"라피 아저씨, 그런데 여기서 뭐하시는 거예요?"

"그냥 라피라고 불러라. 그럼 줄줄이 늘어지는 이름을 다 주워섬기지 않아도 되니까."

"좋아요, 제 이름은……"

"샤에."

샤에의 평온함이 단번에 날아가버렸다.

"어떻게 제 이름을 아세요?"

라피는 아무 감정도 드러내지 않은 채 그저 미소만 지었다. 샤에는 차창 밖을 내다보고 불안이 솟았다. 그들은 파도바니 대로를 벗어나 고속도로에 진입해 앙졸리의 공장지대를 지나는 중이었다.

"이 길이 아니잖아요!"

샤에가 외쳤다.

라피는 그녀 쪽으로 눈도 돌리지 않았다.

샤에의 배 속에서 불안이 스멀스멀 일어나 제멋대로 가지를 뻗어나가며 이성과 규범을 압도했다. 쇼즈가 꿈틀댔다. 아직 깨어나지는 않았지만 완전히 잠들어 있지도 않았다.

샤에는 손잡이를 잡았다. 달리는 자동차에서 뛰어내리면 위험천만이겠지만…… 라피가 깜박이를 켜고 속도를 늦춰 어느 폐쇄 창고의 텅 빈 주차장으로 들어갔다.

"뭐하시는 거예요? 저는……"

샤에는 냉정을 유지하려고 애쓰며 더듬거렸다.

라피는 차를 세우고 파란 눈을 그녀에게 돌렸다. 예상과 달리 그 눈에서 샤에가 두려워하던 광기는 조금도 엿보이지 않았고 다만 차분한 광채가 빛날 뿐이었다.

"다 왔다."

라피가 다정한 목소리로 말했다.

"하지만……"

"내려라!"

목소리는 여전히 다정했지만 단호한 명령이었다.

샤에는 차에서 내렸다. 세차게 불어오는 차가운 미스트랄에 몸이 비틀거렸다. 라피는 몸을 숙여 차 문을 닫더니 샤에에게 눈길 한 번 주지 않고 차에 올라탔다. 라이트밴은 천천히 멀어지며 이내 보이지 않았다.

샤에는 바람에 나부끼는 긴 머리카락을 얼굴에서 치웠다. 이게 꿈인가 싶었다. 모든 것이 너무 이상했다. 라피. 주차장. 이곳을 지배하는 초현실적인 침묵……

개가 짖는 듯한 사나운 울음소리에 샤에는 현실로 돌아왔다. 뒤를 돌아보았다.

네 덩어리의 실루엣이 샤에를 향해 다가오고 있었다. 그중 하나는 거품을 질질 흘리는 집채만 한 개를 마음대로 부리고 있었다.

'로트바일러[3] 한 마리. 게다가 입마개도 씌우지 않았잖아……'

샤에는 생각했다. 실루엣이 선명해지자 개 주인의 얼굴에 난 칼자국이 보였다. 등줄기가 쭈뼛했다.

"자, 그래, 우리 또 만났군……"

새로운 등장인물이 낄낄대며 말했다.

---

3. 가축 보호나 경호에 주로 이용되는 맹견의 일종.

11

나탕이 잠에서 깨어보니 비행기는 프랑스 루아시 샤를드골 공항으로 내리기 시작하고 있었다. 젊은 스튜어디스가 미소를 지으며 나탕에게 몸을 숙였다.

"수선스러운 승객이라고는 못하겠네요. 이륙할 때부터 착륙할 때까지 내내 주무시는 손님은 거의 못 봤습니다만."

"잠을 늦게 자서요."

나탕은 구겨진 옷을 손바닥으로 펴며 말했다.

"저도 그러실 거라 생각했어요. 마지막 기내식 서비스가 끝났습니다만 원하신다면 크루아상 한 쪽과 커피 한 잔을 가져다 드릴게요."

나탕은 스튜어디스의 미소에 화답하는 미소를 지었다.

"그래주시면 고맙겠습니다. 지금 몇 시인가요?"

"프랑스 시각으로 6시 5분입니다. 20분 내에 착륙할 예정이고요."

나탕은 곰곰이 생각하며 커피를 마셨다. 전화를 걸면 누가 받을지도 모르는 상태였다. 저쪽에서 자신을 바로 알아볼까, 아니면 자신의 신분을 증명하기 위해 싸워야 할까? 전화받는 쪽에서 바로 도움을 줄 수 있을까, 아니면 시간을 두고 기다려야 할까? 그 사람은 파미유의 일원일까, 아니면 일개 중재인일까?

비행기가 착륙할 때까지 나탕은 이 물음들에 대해 아무 대답도 얻지 못했고, 그저 그 자리에서 당장 전화를 걸고 싶다는 바람밖에 없었다. 하지만 아버지는 마르세유에 도착한 후에 전화를 걸라고 했고, 마르세유 연결편을 탈 때까지는 20분밖에 남지 않았다. 나탕은 꾹 참고 다른 비행기로 갈아탔다.

국내선 항공기의 짧은 비행시간이 그에게는 영원처럼 길게 느껴졌다. 비행기가 드디어 마르세유 프로방스 공항에 착륙하자 나탕은 다른 승객들의 못마땅한 시선에도 불사하고 서둘러 기내를 빠져나갔다. 거의 뛰다시피 해 로비로 나오자마자 휴대전화를 꺼냈다.

전화번호를 누르는데 큼지막한 트렁크를 든 한 남자가 나탕의 어깨에 부딪쳤다. 그 바람에 휴대전화가 손에서 빠져 바닥에 떨어졌다. 나탕이 몸을 숙여 주워볼 겨를도 없었다. 남자가 놀라 트렁크를 놓치는 바람에 약한 휴대전화는 그대로 깔려 쪼개져버렸다.

"죄송합니다! 다치지 않으셨습니까?"

낯선 남자가 외쳤다.

나탕은 망가진 휴대전화를 꼼짝 않고 노려보다가 언짢은 투로 대꾸했다. 나탕에게 와서 부딪친 사내가 조금만 더 젊거나 정정한 사람이었더라면 기꺼이 욕이라도 퍼부었을 것이다. 자기 몸도 못 가누는 얼간이!

"어쩌다 이런 일이, 제가 보상하겠습니다."

노인이 다시 말했다.

"됐습니다. 선생님 잘못이 아니니까요. 그냥 트렁크가 잘못 넘어졌을 뿐인데요."

나탕이 볼멘소리로 말했다.

"저기, 전 휴대전화 개발회사를 운영하고 있습니다. 우리 사무실이 바로 이 공항 옆에 있어요. 제가 그쪽 휴대전화를 망가뜨렸으니 그 보상으로 새 기기를 드릴 수 있게 해주시면 감사하겠습니다."

나탕은 좀 더 주의 깊게 상대를 관찰했다. 60대로 보이는 남자였고 구릿빛 피부 때문에 놀랄 만큼 새파란 눈동자가 돋보였다. 거의 다 밀다시피 짧게 친 머리는 백발이었고 어두운 색상의 양복을 세련되게 빼입고 있었다. 행색으로 미루어봐서는 그가 한 말이 다 맞는 것 같았다. 다른 상황에서라면 제안을 받아들였겠지만 나탕은 지금 바빴다. 무엇보다 불과 몇 미터 거리에 있는 공중전화 부스가 이제 막 눈에 들어온 참이었다.

"고맙지만 그러실 필요 없습니다."

"부디 받아들여주시지요."

노인은 나탕의 팔을 손으로 잡았다. 갑자기 나탕의 마음이 평온해졌다. 도쿄에서 잠시 지낼 무렵 잘못된 운동으로 결린 등을 마사지사가 풀어주었을 때의 느낌과 비슷했다.

"바빠서 그래요. 받을 수 없습니다."

나탕은 대답했다.

"10분밖에 걸리지 않을 겁니다. 딱 10분이면 됩니다."

나탕은 주저했다. 사실 시간을 낼 수는 있었고, 휴대전화가 필요한 입장인 데다 낯선 이의 파란 눈동자는 엄청난 설득력을 뿜어내고 있었으니……

"좋습니다."

두 사람이 로비를 떠나는 순간, 브라질에서 오는 비행기가 착륙을 시도했다. 그 비행기 안에서 주앙 부스카, 사파티 교수 원정대의 가이드였던 그 남자가 묘하고 어두운 눈빛으로 프랑스 영토를 바라보고 있었다.

번쩍이는 검정 리무진이 정문 앞 주차금지 구역에서 기다리고 있었다. 희한하게도 공항 앞에서 경비를 보는 보안기동대원들이 그 리무진에는 전혀 신경을 쓰지 않고 있었다. 나탕은 운전수가 모자를 손에 들고 리무진 옆에서 대기하고 있을 줄 알았지만 그런 모습은 전혀 없었다. 파란 눈의 노인은 트렁크에 가방을 넣고 몸소 운전석에 앉았다. 그러고는 시동을 걸고 불안한 눈으로 시계를 쳐다보았다. 노인은 옆 좌석에 앉은 나탕에게 설명했다.

"너무 많은 일들이 간발의 차로 정해지는 법, 기드(안내하는 자)는 모름지기 시간을 맞춰야지. 어떤 길들은 잠시 나타났다 사라지기에 오직 가이드들만이 여행자를 행선지로 이끌 수 있어."

나탕은 눈썹을 치켜떴다. 이 헛소리는 무슨 뜻이지? 하지만 더 이상 의문을 품을 겨를도, 급작스러운 반말에 항의할 겨를도 없었다. 노인은 액셀을 힘차게 밟았고 리무진은 앞으로 돌진했다. 요란한 차량 소음과 함께 그들은 출구로 내달리고 있었다.

그들이 트럭에 충돌하지 않고 어떤 보행자도 치지 않은 것, 그들을 들이받기로 작정한 듯한 그 모든 차량들을 피할 수 있었던 것은 기적이었다. 그들은 공항을 100킬로미터쯤 벗어나 도로의 차량들 틈으로 들어갔고 그 바람에 족히 열 대 정도 되는 다른 차들은 급브레이크를 밟아야 했다. 노인은 카레이서도 구역질이 날 만큼 험난한 장애물 경주를 마치고서야 겨우 속도를 늦추고 안전벨트에 매달려 있는 나탕에게 희색만면한 얼굴을 돌렸다.

"좋아, 시간 맞춰 왔어."

"당신은…… 운전을 늘 이렇게 해요?"

"바쁠 때만. 그게 라피 하디 맘눈 압둘 살람의 신조거든."

"뭐의 신조라고요?"

"라피 하디 맘눈 압둘 살람, 그게 내 이름이지. 하지만 날 아는 사람들은 대부분 그냥 라피라고 불러. 왜인지는 나도 모르겠지만……"

구역질할 것 같은 기분이 아직 가시지 않았지만 나탕은 미소 지었다. 이 라피라는 노인은 비록 정신줄을 놓고 운전을 할망정 나탕의 마음에 들었다. 얼마 지나지 않아 그들은 주도로를 벗어나 한산한 공업지대로 들어갔다.

라피는 이제 차를 서행으로 몰았다. 나탕은 차창 밖으로 완벽한 사각형 대로를 따라 줄줄이 지어진 창고들을 살펴보았다. 단조롭고

별로 마음을 끌지 않는 풍경이었다. 그러다 오른쪽에서 감지된 낌새에 주의가 쏠렸다. 어느 창고와 가까운 주차장에서 길고 검은 머리의 한 소녀가 속셈이 뻔해 보이는 네 명의 남자들에게 포위되어 있었다. 소녀는 곤란한 처지에 놓여 있는 것이 분명했다.

"멈추세요!"

나탕은 소리를 질렀다가 이미 차가 멈추어 있음을 깨달았다.

소녀가 방금 쓰러졌다.

"도와줘야 해요!"

나탕이 라피의 팔을 잡고 말했다.

"불가능해, 친구. 난 폭력을 쓰지 않거든."

"뭐라고요?"

라피가 새파란 눈동자로 나탕의 눈을 들여다보았다. 그의 시선에서 한없는 지혜가 배어났다. 그리고 그만큼이나 깊은 슬픔까지 배어났다.

"하지만 넌 아직 그렇게 되지 않았지. 자, 가봐, 지금이 때야."

나탕은 노인의 마지막 말은 듣지 못했다. 이미 자동차에서 튀어나가 쏜살처럼 주차장을 가로질러 갔기 때문이다.

"강해져라, 나탕. 길고 위험한 길을 가야 할 테니."

거대한 리무진이 서서히 멀어져갔다.

12

칼자국은 놈의 개, 그리고 전날의 공범들과는 차원이 다른 세 남자들까지 대동했다. 스무 살 남짓에 둔한 얼굴과 사악한 눈빛의 남자들은 한눈에도 정체를 알만했다. 놈들은 악당이었다.

"네가 말한 계집애가 이년이야, 에디?"

머리를 박박 깎은 덩치 한 놈이 무뚝뚝하게 물었다.

"그래, 이년이야."

칼자국이 대답했다.

"이상한 손이 달렸다는 년?"

"그렇다니까."

네 남자는 샤에 앞에 버티고 서서 거만하게 그녀를 내려다보았다.

"괴물 치고는 반반하게 생겼는데."

빡빡머리가 샤에에게 다가가며 말했다.

"조심해, 저년 때문에 내 얼굴이 다 망가질 뻔했어."

샤에의 혈관에 진짜 공포는 조금도 흐르지 않았다. 그보다는 잠시나마 안도감을 주었던 라피에게 배신당했다는 낭패감이 더 컸다. 그리고 치밀어 오르는 실망감이 이 상황에서 마땅히 느껴야 할 두려움을 압도해버렸다.

"네 얼굴은 이미 망가졌거든, 이 쥐새끼야!"

샤에의 입에서 욕설이 아주 적절게 튀어나왔다. 에디라는 놈 얼굴에 핏기가 가셨다. 로트바일러는 주인의 긴장을 눈치챘는지 사납게 짖어댔다. 빡빡머리가 샤에의 어깨를 움켜잡고 마구 흔들었다.

"혓바닥 뽑히고 싶지 않으면 네가 무슨 말을 하는지나 알고 지껄여, 알았어?"

샤에는 눈 깜짝할 사이에 빡빡머리의 손을 확 밀쳐냈다.

"내 몸에 손대지 마!"

샤에가 경멸하는 눈으로 쏘아보며 명령하자 빡빡머리는 이성을 잃어버렸다. 빡빡머리가 세게 후려치는 바람에 샤에는 땅바닥에 나동그라졌다.

샤에는 곧바로 벌떡 일어났다. 그녀가 자신을 후려친 놈의 코에다 주먹을 메다꽂자 한 패인 놈들도 흠칫 떨 만한 소리가 났다. 샤에 자신도 완벽한 한 방이라고 생각했다. 빡빡머리는 뒤로 나가떨어져 엉덩이로 주저앉았다. 핏줄기가 턱까지 흘러내리고 있었다. 놈의 부하들은 습관대로 재빨리 대처했다. 다른 놈들은 샤에에게 달려들었고 칼자국 에디는 이 쟁탈전에 뛰어들려는 로트바일러를 잡아놓느라 쩔쩔매고 있었다.

샤에는 배 속에서 소스라치며 깨어나는 쇼즈를 느꼈다.

쇼즈와 함께, 두려움도 일어났다.

"안 돼!"

샤에가 비명을 질렀다.

그리고 그 순간 시야 가장자리에서 뛰어들어오는 한 소년을 보았다. 대단한걸, 어떻게 저렇게 빨리 뛰지?

한 손이 샤에를 덮쳤다.

느닷없이 등장한 소년은 이미 그 자리에 와 있었다. 그는 팔로 공격을 막아내고 이어서 상대의 다리를 쓰러뜨렸다.

"뛰어!"

소년은 샤에에게 외치고는 면상에 정통으로 맞을 뻔한 주먹을 잽싸게 피했다.

여전히 빨랐다. 터무니없이 빨랐다. 춤이라도 추듯 유유히 두 번의 공격을 피한 소년은 주먹을 날렸다. 딱 한 번이었다. 다시 일어난 빡빡머리가 땅바닥에 쓰러지더니 더 이상 움직이지 않았다.

"뛰어!"

쇼즈가 샤에의 배 속에서 떨고 있었다. 그녀는 뛰었다. 낯선 소년이 말도 안 되는 높이로 뛰어올라 다시 한 번 주먹을 날리는 모습을 보며.

나탕이 다리를 쫙 뻗었다. 한 놈의 이마에 발차기가 제대로 먹혔다. 나탕은 여유 있게 착지한 후 몸을 숙여 섣부른 공격을 막아내고 왼쪽으로 돌아서는 척했다.

"공격해, 킬러, 저 자식을 곤죽으로 만들어버려!"

지금까지 거리를 두고 있던 칼자국이 로트바일러를 풀었다.

나탕은 개에 대해 잘 알았다. 잔인한 습성을 지닌 맹견들은 사고를 피하기 위해 입마개를 씌워야 한다. 원칙은 그래야 한다. 하지만 이런 놈들이 불법적인 싸움에 써먹기 위해 기르는 맹견들도 많이 보았다. 그런 놈들은 안 그래도 위험한 개들을 진짜 살인마로 길러낸다.

나탕은 몸을 틀면서 다리를 굽혔다. 이번 공격에는 곰을 짠, 하고 내놓을 수 없으니 참으로 유감이었다. 로트바일러는 간담이 서늘하게 으르렁대고는 달려들었다.

창고 모서리로 돌아가는 소녀를 뒤쫓아.

"킬러, 여기야! 킬러, 여기라니까……"

에디는 말을 미처 맺지 못했다. 나탕의 팔꿈치가 녀석의 갈비뼈를 짓눌러 숨도 못 쉬고 바닥에 나가떨어졌기 때문이다. 아직 멀쩡한 마지막 한 놈은 이 광경을 지켜보다가 자신의 운을 걸고 내빼는 쪽을 택했다.

나탕은 숨 돌릴 겨를도 없이 전광석화처럼 잽싸게 로트바일러를 쫓아갔다. 이 괴물 같은 놈을 어떻게 처치해야 할지 몰랐지만 나탕이 손쓰지 않으면 소녀가 변을 당할 터였다. 창고 뒤에서 싸움박질하는 소리가 나더니 잠시 뒤, 흘러나오던 참담한 고통의 울음소리가 뚝 끊어졌다. 흡사 누군가가 급작스럽게 음향을 꺼버린 것처럼.

나탕은 튀어나오는 욕설을 뱉으며 창고의 모서리를 돌아갔다.

그리고 굳어버렸다.

소녀가 그곳에 두 팔로 얼굴을 가린 채 몸을 둥글게 웅크리고 있었다. 소리도 내지 않고 흐느끼면서.

로트바일러도 거기에 있었다.

피 웅덩이에 갈가리 찢어진 토막들이 나뒹굴고 있었다.

샤에는 부들부들 떨다가 자신의 어깨를 짚는 나탕의 손길을 느끼고는 휙 하고 그 손길을 밀어냈다. 쇼즈는 아직도 있었다. 설명할 수 없는 어떤 이유로, 그것을 굳이 다스리려고 애쓰지는 않았지만 어쨌든 쇼즈가 아직 있었다. 경계 태세로 위험하게. 치명적으로.

샤에는 쇼즈가 개를 어떻게 했는지 알고 있었다. 그녀는 로트바일러가 폭발적인 힘으로 산산조각 나는 모습을 무력하게 바라볼 수밖에 없었다. 샤에가 지금 이 사람도 그 개와 같은 신세로 만들어버릴 마음만 먹는다면……

"다쳤어?"

걱정 섞인 목소리는 샤에를 공격했던 그 악당들 중 하나가 아니었다. 샤에는 아주 서서히 긴장이 풀렸다. 쇼즈가 물러나기 시작했다.

"이제 안전해. 놈들은 갔어."

샤에가 눈을 뜨고 고개를 돌렸다.

자신을 돕기 위해 어디선가 쏜살처럼 달려와 놀랄 만큼 맹렬하게 난투극에 뛰어들었던 소년이 눈앞에 있었다. 샤에는 아직도 믿기지 않았다. 하지만 소년은 분명히 여기에, 개의 사체와 피바다에는 조금도 신경 쓰지 않은 채 초록색 눈동자로 그녀를 뚫어져라 바라보고 있었다. 샤에가 일어섰다.

"다쳤어?"

소년이 다시 물었다.

"아니."

샤에는 얼굴을 가리는 머리카락을 뒤로 넘겼고, 순간 나탕은 보이지 않은 화살에 가슴을 맞은 듯 경직됐다. 결코 완벽한 미모의 얼굴은 아니었지만 마음을 사로잡는 야성적 매력이 풍기는 얼굴이었다. 특히 동공이 완전히 잠겨 있는 듯한 칠흑같이 검은 눈이 그랬다. 흑단처럼 검은 머리칼과 완벽하게 맞아떨어지는 검은 눈동자였다.

밤의 시선이었다.

가무잡잡한 피부, 튀어나온 광대뼈, 다소 너무 홀쭉하다 싶은 뺨도 그만큼 강한 인상을 주었고 그 때문에 소녀의 입술은 한층……

나탕은 시선을 다른 데로 돌리려고 애썼다.

"일어나는 거 도와줄까?"

"아니."

예쁘지만 말수가 적구나, 무슨 재주로 이 아이가 그녀와 비슷한 덩치의 로트바일러를 이렇게 박살 냈을까? 아마도 어떤 무기를 가지고 있을 테지만 바주카포나 절단기가 아니고서야 무엇으로 이 정도 끔찍한 상해를 입혔을지 나탕은 알 수 없었다.

샤에는 주저하며 주차장으로 두 발짝 내딛었다. 목이 바짝 타다 못해 아플 지경이었다. 머리를 통째로 저수조에 처박고 물을 마시고 싶은 마음에 애가 탔다. 물을 마시다 죽어도 좋을 것 같았다. 샤에가 비틀거리자 나탕이 재빨리 손을 뻗어 그녀의 팔을 잡아주었다. 샤에는 놀라 나탕을 밀어냈다.

"미안해. 난 정말…… 누가 내 몸에 손대는 게 싫거든."

나탕의 놀라는 기색에 샤에가 변명을 했다.

두 사람은 로트바일러의 피비린내 나는 시체 토막들을 조심스레 피해 주차장으로 돌아갔다. 창고 모서리를 돌아 나오자 나탕은 라피의 검은 리무진을 눈으로 찾았다.

가로수 길에는 아무것도 없었다.

노신사는 아마 폭력을 쓰지 않는 사람이었겠지만 비겁했다. 나탕은 적어도 그가 기다려주거나 경찰에 알릴 수도 있었을 거라고 생각하면서 속으로 투덜거렸다.

샤에를 공격했던 악당 넷 가운데 에디밖에 남아 있지 않았다. 에디는 그들이 킬러와 맞서고 무사한 모습으로 돌아올 거라고는 기대하지 않은 게 틀림없었다. 놈은 굳은 얼굴로 꼼짝 못하더니 나탕과 더 이상 깊게 연루되고 싶지 않은 듯 가까이 세워둔 자동차로 절뚝거리며 달아났다. 다른 놈들 역시 제 발로 도망친 듯했다.

"괜찮을까? 그러니까, 내가 뭐 도와줄 게 있는지?"

나탕이 걱정스럽게 말했다.

샤에는 얼굴을 가리는 검은 머리카락을 뒤로 넘겼다.

"넌 이미 나를 많이 도와줬어. 내가 알아서…… 저건 뭐지?"

나탕은 보도 옆에 정차하는 검은 자가용을 뚫어져라 바라보며 움직이지 않았다. 머릿속이 갈라지듯 기묘한 예감이 뚜렷해졌다. 그 예감은 메시지가 되었다.

'엘브림들은 지능이 낮아서 장기적인 계획을 밀고나갈 능력이 없지. 그 대신 놈들은 아주 빨리 배워. 본래 지닌 모방 능력에 이 특성까지 더해져서 놈들은 가공할 만한 적수가 되는 거지.'

챙 넓은 모자와 선글라스로 무장한 검은 양복 다섯 명이 자동차에서 내렸다. 나탕이 샤에의 팔을 붙잡았다.

"가자."

13

에디는 전혀 이해가 되지 않았다.

그렇지만 일은 더없이 완벽하게 시작되었다.

예기치 않게.

일주일 전부터 경찰은 그를 지척에서 감시하며 잡아넣을 구실만 찾고 있었다. 시내 중심가를 드나들기란 너무 위험해졌고 에디는 아예 세상에서 잊히기로 작정했다. 그래서 특별한 목적 없이 한패 친구들과 한산한 주차장을 어슬렁거리던 중에 그 계집애가 눈에 띄었던 것이다. 전날의 모욕을 톡톡히 갚아주겠노라 벼르고 있었던 바로 그 계집이었다. 에디는 그 여자애를 발견하고는 기뻐 뛰었다. 그렇잖아도 밤새 울분을 삭였는데 이렇게 저절로 굴러들어오다니. 우연이기엔 이상하리 만큼 일이 잘 풀렸다.

함께 있던 친구들도 이번에는 모두 강한 놈들이었다. 그들이 계집애를 몰아세우는 데 도움을 주었다. 그 계집은 마지막 순간에야 에디 패거리들의 접근을 알아차렸는데, 에디 입장에서는 되레 그 점이 아쉬울 정도였다. 그년이 마구 뛰어 도망쳤더라면 킬러를 풀었을 텐데…… 하지만 에디는 이내 마음을 고쳐먹었다. 그년이 킬러에게 참혹하게 당하는 꼴도 물론 재미있겠지만 그래서야 너무 짧은 여흥밖에 되지 않을 테니까.

그런데 그놈이 나타나서 일을 다 망쳐버렸다.

불과 몇 초 만에 몇 번 치고받는가 싶더니 놈은 철부지 어린애 상대하듯 에디의 세 친구들을 순식간에 쓰러뜨렸다. 상황을 역전시킬 수 있는 유일한 싸움꾼 킬러는 다른 방도를 찾지 못하고 그 계집애를 쫓아가버렸다.

에디는 숨이 턱 막힐 만큼 강한 한 방을 맞았고 친구들은 그 틈을 놓치지 않고 그를 주차장에 혼자 내버려둔 채 꽁무니 빠져라 도망쳤다.

에디는 킬러를 불렀다.

자신은 없었다.

어떤 목소리가 이번만은 로트바일러가 더 센 놈을 만나 쓰러졌다고 전해주었다. 그 직감에 쐐기를 박듯 소년과 소녀가 다시 걸어 나왔다. 멀쩡한 모습으로.

킬러는 보이지 않았다.

에디는 내빼고 보는 게 상책이라고 생각했다. 자동차로 절뚝거리며 달려가는데—그 자식 주먹에 갈비뼈가 나갔던 모양이다—뒤에서 누군가가 그를 불렀다.

"기다려!"

에디는 뒤를 돌아보았다. 친구들을 줄행랑치게 하고 킬러까지 처치한 게 분명한 그 소년이 에디를 향해 뛰어오고 있었다. 뛰어온다? 그 말로는 부족했다. 펄쩍펄쩍 내달린다? 돌진한다? 아니, 말도 안 되게 빠른 그 속도를 제대로 표현하기에 적합한 단어는 없었다. 에디도 더 빨리 도망치려 했지만 숨쉬기조차 힘들었고 저 총알처럼 내달리는 소년을 떼어놓기에는 역부족이라는 사실을 그 자신도 잘 알고 있었다. 그 사이 소년은 에디 앞을 가로막고 험악하게 손을 내밀었다.

"열쇠 내놔!"

젠장, 이 자식은 헐떡거리지도 않잖아!

생각할 여지 따위 없었다. 에디는 열쇠를 내어주었다.

나탕은 열쇠를 받자마자 뒤를 돌아보았다.

나탕이 샤에를 잡아끄느라 팔을 잡자 샤에는 냅다 그 팔을 뿌리쳤다.

"내 몸에 손대지 마!"

샤에가 소리를 질렀다. 그들에게 다가오는 다섯 명의 검은 양복들을 나탕이 가리켰다. 다섯 엘브륌이었다.

"저놈들은 위험해! 저들이 날 쫓고 있어……"

"저 사람들이 널 쫓는다면 네가 위험하다는 거잖아. 내가 아니라고."

소녀의 목소리에 두려움은 없었지만 꺾을 수 없는 고집이 배어 있었다. 순간, 나탕은 이 여자애 말이 옳다고 판단했다. 엘브륌이 쫓는 것은 나탕 자신일 뿐, 이 여자애는 위험할 일이 없었다. 그는 옳은 길에서 벗어나는 것 같은 묘한 기분을 느끼면서도 내달렸다.

혼자서.

나탕은 눈으로 엘브륌들을 찾았다. 놈들을 결정적으로 따돌리기 전에 그들에게 잘하면 자신을 잡을 수 있겠다는 착각을 심어주고 마지막 순간 에디의 차에 올라탈 작정이었다. 그러면 놈들이 다시 자기들 차로 달려가는 동안 나탕은 거리를 더 벌려놓을 수 있을 터였다.

엘브륌들을 발견한 나탕의 입에서 거친 욕이 튀어나왔다. 그들은 쫓아오고 있었다. 뛰어온다기보다는 굼뜬 움직임이었다. 놈들을 따돌리는 건 일도 아니겠다만……

……놈들은 셋뿐이었다.

나머지 두 놈은 주차장 한복판에 멀거니 서 있는 에디에게는 신경도 쓰지 않고 다른 방향으로 달려가고 있었다. 뛰어가는 방향을 보건대 놈들의 표적이 누구인지는 의심의 여지가 없었다.

그 여자애.

나탕은 사태를 파악했다. 무슨 일이 벌어지고 있는 건지 몰랐지만 어쩔 수 없었다. 일단 행동으로 옮기고 볼 일이었다.

샤에는 천천히 숨을 내쉬려고 노력했다.

소년의 손이 팔에 와 닿았을 때 쇼즈가 안에서 흠칫 오그라드는 것을 느꼈다. 사나운 개를 찢어발겼던 쇼즈, 하루가 다르게 강해지는 쇼즈, 샤에를 공포에 몰아넣는 쇼즈가 잠깐 손이 닿은 정도로 오그라들다니! 샤에는 너무 놀라 소년의 손을 홱 뿌리치고 자기가 바라던 이상으로 퉁명스럽게 대해버렸던 것이다.

소년은 멀리 가버렸다.

샤에는 그 소년의 이름조차 몰랐다.

샤에는 힘겹게 침을 삼켰다. 목이 말랐다. 바싹 탔다. 그러다 아까 양복 입은 다섯 남자 가운데 두 남자가 자신을 향해 주차장으로 달려오는 것을 보았다.

소름이 등줄기를 타고 흘러 샤에는 한 발짝 뒤로 물러났다. 선글라스와 챙 넓은 모자 때문에 남자들의 얼굴은 보이지 않았지만 그나마 알아볼 수 있는 부분도 괴이했다. 그들이 풍기는 위협, 그 기묘한 위협은…… 사람의 그것과는 달랐다.

바로 조금 전까지만 해도 샤에는 그들과 대적할 생각이었지만 갑자기 도망쳐야겠다는 생각이 들었다. 아무 잘못도 저지르지 않았지만 그래도 왠지……

자동차 엔진 소리가 들렸다. 샤에가 고개를 돌렸다. 자동차 한 대가 달려오고 있었다. 운전석에는 아까 샤에를 구해주었던 소년이 타고 있었다. 그와 동시에 샤에에게 다가오던 두 양복남의 발걸음이 빨라졌다. 한편, 다른 놈들은 다소 멀리 세워둔 그들의 자동차로 서둘러 이동하는 중이었다.

나탕은 샤에 바로 옆으로 차를 몰았다.

엘브륌 두 놈들도 샤에를 덮치려는 찰나였다.

"어서 타!"

양복남들이 둔한 걸음을 재촉했다. 그때 그중 한 사람의 선글라스가 땅에 떨어졌고 샤에는 그자의 얼굴을 보고 비명을 질렀다. 미끈했다. 코의 흔적 비슷한 것이 있을 뿐, 아무것도 없었다. 눈썹도, 눈도, 머리카락도……

샤에가 조수석에 오르자마자 나탕은 질풍처럼 차를 몰았다.

두 엘브룀들 또한 달려와 멈춘 자기네 차에 올라타는 데 1초밖에 걸리지 않았다. 차 문이 소리 내며 닫히고 타이어가 주차장 아스팔트 바닥을 요란하게 긁었다. 커다란 검정색 자동차는 도망자들을 쫓아 맹렬하게 달렸다.

새파란 눈의 노인 한 사람이 울타리 뒤에 숨어 이 광경을 바라보고 있었다. 노인의 입가에 묘한 미소가 떠올랐다.

14

"놈들이 우릴 쫓아와."

나탕은 백미러를 바라보며 침착하게 말했다. 샤에는 뒤를 돌아보았다. 양복남들이 탄 육중한 검정색 볼보가 뒤에서 조금씩 거리를 좁히더니 이제 50센티미터 남짓밖에 처져 있지 않았다. 나탕은 속도를 늦추었다가 거칠게 액셀을 밟았다. 에디의 하얀색 클리오가 날아올랐다. 나탕은 그들 앞에 있던 라이트밴을 추월하고는 다른 방향에서 달려오던 트럭까지 핸들을 틀어 간신히 피했다. 샤에는 겁이 나 소리쳤지만 대형 화물트럭이 빵빵대는 경적에 묻혀버렸다.

"미안, 하지만 놈들에게 잡힐 순 없어."

"저 사람들이 뭘 원하는 거지?"

샤에는 문짝에 바짝 매달리며 물었다.

"내 말을 믿을지 모르겠지만, 나도 전혀 모르겠어."

나탕은 다른 차를 추월하며 직선 구간에 다섯 번째로 진입했다. 클리오는 놀라운 주행 실력을 보여주었다. 엔진의 힘을 받아 속도는 시속 220킬로미터까지 치솟았다.

"저들을 따돌려야 해."

나탕이 내뱉었다.

"다음 원형교차로에서 오른쪽으로."

"그러면 어디로 가는데?"

"시내로. 초입에 경찰서가 있어."

"왼쪽으로 가면 어디로 나가?"

"고속도로를 타게 되지. 경찰서는 가기 싫어?"

나탕은 답하기가 어려워 화제를 돌렸다.

"우린 아직 통성명도 안 했잖아. 이름이 뭐야?"

"샤에."

"난 나탕이야. 좋아, 샤에, 난 왜 저들이 우리를 쫓는지 모르겠어. 하지만 저들을 엘브륌이라고 부른다는 것, 아주 위험한 놈들이라는 것 정도는 알아…… 음, 어떻게 설명을 할까?"

"저들이 인간이 아니라는 것?"

나탕은 옆 좌석 소녀를 잠깐 쳐다보았지만 소녀는 창밖에 시선을 둔 채 말하고 있었다. 게다가 길게 늘어뜨린 검은 머리카락 때문에 샤에의 표정을 알아보기 힘들었다.

"왜 그런 말을 하는데?"

나탕은 놀라움을 감추지 못한 채 물었다.

"아까 한 놈의 선글라스가 떨어졌었어."

"그래…… 그런데 충격받지도 않았어? 그냥 그뿐이야?"

"난 비정상적인 것들에 익숙하니까."

나탕은 다시 한 번 놀란 눈으로 소녀에게서 실마리를 찾아보려 했다.

이번에도 찾을 수 없었다.

나탕은 입을 열어 다시 질문을 하려고 했지만 원형교차로가 바로 코앞이었고 추격자들의 차가 바짝 따라붙어 있었다. 나탕은 클리오의 엔진을 요란하게 가동하며 잠시 감속했다가 마침 속도를 늦추고 있던 소형 트럭 한 대를 추월하고 원을 그리는 도로에 빠른 속도로 진입했다. 클리오의 바퀴가 옆으로 살짝 미끄러지긴 했지만 나탕은 자동차 전복을 잘 막아냈다. 그는 왼쪽으로 빠지는 길을 타고 재빨리 고속도로로 나갔다. 100미터 뒤에서 엘브륌들도 똑같은 수법으로 따라오고 있었다.

"너 경찰한테 걸리면 안 되는 문제라도 있어?"

샤에가 물었다. 아무런 감정도 찾아 볼 수 없는 목소리였다.

"아니."

"도둑질? 마약판매? 밀매업자?"

"아니라니까!"

"그럼 왜 경찰서에 안 가려고 수를 쓰는 거야?"

나탕은 망설였다. 아버지의 지침은 분명했다. 아무에게도 말하지 말라고. 다만, 아버지는 나탕이 엘브륌들에게 쫓기게 될 거라고 예상하지 못했을 뿐이다. 엘브륌에 대해 아무것도 모른 채, 그들이 수상적은 관심을 보이는 기묘한 소녀와 함께 도망치게 되다니!

나탕은 다시 자신의 동행을 향해 고개를 돌렸다. 이번에는 두 사람의 눈이 마주쳤다. 나탕은 샤에의 밤처럼 어두운 눈빛에 덥석 덜미를 잡혔다. 아버지도, 아버지의 이해할 수 없는 지시들도 이 순간만큼은 모른 척하고 싶었다.

그는 이야기를 풀어놓기 시작했다.

나탕은 간간이 백미러를 살폈다. 시속 200킬로미터 가까이 밟아도 소용없었다. 볼보는 그들을 앞지르지는 못해도 여전히 줄기차게 따라오고 있었다.

샤에는 나탕의 이야기를 단 한 번도 중간에 끊지 않고 끝까지 들었다.

"널 이 일에 끌어들이게 돼서 미안해. 하지만 이젠 너도 내가 왜 경찰의 도움을 받을 수 없는지 알겠지. 너에게 휴대전화가 없다는 게 안타깝다. 휴대전화만 있어도 일이 쉽게 풀릴 텐데."

나탕이 말을 맺었다. 샤에는 고개를 끄덕이며 그 말을 인정하고는 고속도로에서 이제 곧 나올 연결도로를 가리켰다.

"저리로 빠져야 할걸."

"왜?"

나탕이 놀라서 물었다.

"10킬로미터 더 가면 톨게이트가 나온단 말이야. 그러면 차를 세워야 하잖아."

"그래, 알았어."

나탕은 의도했던 것보다 더 퉁명스러운 말투로 대꾸했다. 사건의 자초지종을 듣고도 샤에가 별다른 반응을 보이지 않았기 때문에 나탕은 좀 실망했다. 집이 박살 나고 부모님이 돌아가셨다는 말까지 했는데 어쩌면 이렇게 눈곱만큼도 감정을 내비치지 않을까? 늑대인간 이야기를 듣고도 어떻게 이처럼 무감각할 수 있단 말인가?

나탕은 자기 생각에 너무 빠져서 하마터면 연결도로로 나가는 커브를 놓칠 뻔했다. 그는 고속도로의 긴급대피구역까지 넘어갔다가 겨우 클리오를 제어할 수 있었다. 엘브룀들의 볼보를 여전히 꽁무니에 매단 채 나탕과 샤에는 배후지로 빠지는 국도를 탔다.

"난 여길 잘 알아. 어렸을 때 자주 왔었거든."

"우리가 놈들을 따돌릴 수 있다고 생각해?"

"몰라. 하지만 우리를 도와줄 사람을 알고 있어."

"아무에게도 도움 받을 수 없다고 분명히 말했잖아. 심지어 너에게 한 이야기도 원래 해서는 안 될 이야기였다고."

나탕은 화를 냈다.

"엘브룀들에게 잡혀서 죽는 편이 더 좋아? 네가 도망치는 건 저들이 아까 깡패 네 놈을 해치웠듯이 해치울 수 없는 상대이기 때문이라고 생각하는데. 내 말이 틀려? 우회전해."

나탕은 욕이 나오려는 걸 꾹 참고 샤에의 지시에 따랐다.

샤에는 미소를 지었다. 이 차에 올라탄 순간부터 두려움 따위는 단 한 번도 느끼지 않았다. 오히려 그 반대였다. 드디어 그녀의 삶이 활기를 띠기 시작했다. 아니, 그 이상이었다. 나탕의 고백은 그녀 안에 감춰져 있던 알 수 없는 어둠의 지대에 새로운 빛을 비춰주었다.

그녀는 추격전이 시작된 다음부터 괴롭던 갈증이 사라진 것을 깨달았다.

"좌회전하고 100미터쯤 더 가서 다시 좌회전."

국도는 산등성이에 자리 잡은 포도밭을 구불구불 가로지르는 한산하고 좁은 도로로 바뀌었다. 국제공항과 인구 80만이 넘은 대도시 마르세유에서 한 시간도 채 걸리지 않는 곳에 이런 시골길이 있다니 믿기 어려웠다.

커브를 틀면서 나탕은 시야가 전혀 확보되지 않은 상태에서 차 한 대를 지나쳤고 다른 차가 또 나타나지 않기만을 간절히 바라며 정면을 주시했다. 볼보는 망설이는 기색 없이 바짝 따라왔.

나탕은 다시 한 번 저주를 퍼부었다. 언제든지 트랙터나 트럭, 아니면 그냥 속도가 느린 차량에라도 가로막힐 수 있었다. 샤에는 자기가 지금 뭘 하고 있는지 정말 알기나 할까?

샤에는 나탕의 생각을 읽기라도 한 듯 어느 언덕 꼭대기를 손가락으로 가리켰다.

"저기로."

"난 누구에게든 도움 받고 싶지 않다니까!"

나탕은 있는 힘을 다 실어서 내뱉었다.

"넌 아무 도움도 청할 필요 없어. 우회전, 지금 바로!"

클리오는 딱 그만한 차가 겨우 지나갈 만한 흙길로 접어들었다. 그 뒤로 먼지구름이 일며 가는 자갈들이 튀었다.

"어디로 가는……"

나탕이 급브레이크를 밟았다. 자동차는 크게 회전하다가 거친 돌담을 불과 몇 센티미터 앞에 두고 멈췄다.

거기서 흙길은 끊어졌다.

"막다른 길이잖아, 어떡해?"

나탕이 다급하게 말했다. 샤에는 문을 열고 밖으로 튀어 나갔다.

"뛰어야지!"

15

 어째서 엘브륌들은 달리기를 못한다고 생각했을까?
 틀림없이 사업가 같은 그들의 옷차림 때문이었을 것이다. 또한 몬트리올에서도 아까 주차장에서처럼 덜 떨어진 움직임을 보여주었기 때문이었을 것이다. 그 꼴은 우스꽝스러웠다. 그리고 부자연스러웠다. 자동차로 돌아가기 위해 뛰었던 자들, 샤에를 궁지로 몰아넣기 위해 뛰었던 자들, 그리고 지금 그들은 샤에와 나탕을 따라잡기 위해 또 뛰고 있었다.
 상당히 빨랐다.
 나탕은 힘겹게 앞장서서 달리는 샤에에게 불안한 시선을 던졌다. 오르막길이었고 샤에는 기세 좋게 달리고 있었지만 대장간 풀무처럼 쉭쉭 숨소리를 내며 헐떡였다. 나탕이라면 어렵잖게 샤에를 앞지르고 엘브륌들을 따돌릴 수 있겠지만 샤에가 무너질까 봐 두려웠다. 다섯 엘브륌들이 샤에를 따라잡는 데 10초도 걸리지 않을 것이다. 첫 번째 공격에서 놈들이 샤에에게 그렇게 관심을 보이지 않았다면 나탕은 모험을 감행했을 것이다. 하지만 일이 돌아가는 상황을 보건대, 그럴 수는 없었다.

미스트랄이 불고 간 아침 하늘은 청보라색을 띠고 있었다. 그들의 머리 위 아주 높은 데서 맹금류 한 마리가—아마도 보넬리 독수리가—무심하게 날아다녔다.

나탕은 돌아섰다. 엘브륌들이 그들을 바짝 추격했다. 추격전이 시작될 때만 해도 100미터 이상 벌어졌던 거리가 이제 40미터도 안 되었다. 무슨 수를 써서 저들의 발길을 막든가, 아니면 적어도 속도라도 떨어뜨려놓아야 했다. 지체해서는 안 된다. 하지만 나탕은 아까 샤에를 구하기 위해 망설임 없이 싸움판에 뛰어들었어도 이들을 자기가 다 해치울 수 있다는 환상은 품지 않았다.

'엘브륌의 힘은 외모를 보고 판단해서는 안 돼. 캐멀포드 마상 시합에서 힘세기로 이름난 벤위크의 반 왕을 때려눕혔다는 기사는 분명히 엘브륌이었어. 바닌과 보호르가 끼어들지 않았다면 벤위크의 반 왕은 아마 토막 난 시체가 되고 말았을 거야.'

나탕은 머릿속에서 때맞춰 튀어나온 목소리가 어디서 비롯되었는지 단 한순간도 의심하지 않았다. 그의 내면에는 놀라운 정보의 저장고가, 깊이를 헤아릴 수 없는 기억의 우물이 있었다. 나탕은 그곳에 자유롭게 다다르는 방법은 몰랐지만 산발적으로 튀어나오는 정보들의 타당성까지 의심하지는 않았다.

보호르, 캐멀포드, 벤위크의 반 왕이니 바닌이니 하는 이름은 켈

트족의 기사들 이름 같았지만 지금은 그게 문제가 아니었다. 그는 이제 엘브륌과 맞서 싸운다는 것이 무모한 짓이라는 것을 알았다.

"거의 다 왔어."

샤에가 헐떡이며 말했다. 그녀는 나탕에게 궁지를 빠져나갈 수 있다며 과장되게 자신감을 보여주었다. 이 포도밭에 마지막으로 발을 들였을 때 그녀는 여섯 살이었다. 지난주에 사미아가 최근 이곳에 등산 왔다가 잘못될 뻔한 이야기를 하면서 기억을 되살려주지 않았더라면 샤에는 결코 그 미친 노인네를 떠올리지 못했을 것이다. 사미아가 과장한 게 아니길 바라며……

폐가 활활 타는 것 같았고 허벅지도 몹시 아팠다. 하지만 샤에는 두려움이나 피로보다 한층 더 강렬하고 새로운 기쁨에 사로잡혔다. 그녀는 마침내 자신의 길을 찾았다는 느낌이, 아니 그보다 더 탁월한 확신이 들었다. 그것이 막다른 길이라 해도 별 수 없었다.

그녀는 손을 입에 대고 마지막 젖 먹던 힘까지 짜내어 날카로운 휘파람 소리를 냈다. 100미터 앞에서 풍경 속에 파묻힌 작은 돌집의 문이 대번에 열렸다. 한 남자가 요란한 몸짓으로 튀어나왔다. 그는 총을 마구 휘둘러댔다.

"엎드려!"

샤에는 소리치고 포도밭 고랑 사이에 몸을 숨겼다. 나탕도 곧바로 샤에를 따랐다. 첫 번째 총알이 바람을 가르며 귓가에 스쳐 지나가는 소리를 들었다.

납탄이 아니라 실탄이었다.

탄환이 맞고 터지는 소리가 곧바로 일어났고 뒤이어 총을 쏜 노인네의 성난 외침이 들렸다.

"꺼져! 내 포도밭에서 나가! 도둑놈들! 살인자들!"

다시 총성이 일었다. 샤에와 나탕은 자갈투성이 바닥에 납작하게 엎드려 누웠다. 그들 뒤에서 엘브룀들은 발길을 멈추고 총질을 해대는 이 낯선 노인을 바라보았다. 그중 한 놈은 팔로 가슴팍을 누르며 몸을 구부리고 있었다.

"맞았군."

샤에가 살피며 말했다. 바로 그 순간 엘브룀의 몸집이 흔들린다 싶더니 윤곽선이 가물거리다가 투명하게 변했다. 어느새 양복 입은 남자들은 넷밖에 남지 않았다.

"뭐, 뭐야······"

나탕이 더듬거렸다. 세 번째 총소리에 그는 말을 맺을 수 없었다. 또 한 놈이 보이지 않는 주먹에 맞은 듯 뒤로 나가떨어졌다.

그자는 땅바닥에 닿기도 전에 증발해버렸다.

남은 놈들은 서로 눈길을 주고받더니 뒤로 돌아 마구 뛰어 달아났다. 그 뒤로 총알이 한 발 더 날아왔지만 간발의 차로 빗나갔다.

"나를 따라와."

샤에가 속삭였다.

두 사람은 마구잡이로 자란 풀밭에 코를 박고 거친 돌담까지 기어가 몸을 숨겼다. 그곳에서 겨우 몸을 조금 일으켜 포도밭에 인접한 소나무 숲으로 향했다. 총질하던 노인네는 고래고래 퍼붓던 욕설을 그만두고 총을 앞세운 채 아까 엘브룀들이 서 있던 곳까지 성큼성큼 걸어 내려왔다.

나탕과 샤에는 큼지막한 소나무에 딱 붙어서 노인이 자기 영토의 침입자가 물러난 것을 확인하고 집으로 돌아갈 때까지 꼼짝도 하지 않았다.

"너 배짱 좋다. 하마터면 그대로 당할 뻔했는데!"

나탕의 말에 샤에는 그냥 어깨만 으쓱했다.

"네 친구야?"

나탕이 다시 물었다.

"말하자면 그래. 벤이라는 할아버지인데 반쯤 맛이 간 농부라서 이웃사람들은 무서워하지. 난 어릴 때 주말마다 여기랑 가까운 마을에 놀러 왔었어. 그런데 하루는 아빠 엄마랑 산책을 하는데 저 할아버지가 우리한테 총질을 하지 뭐야. 그땐 총알 대신 굵은 소금을 넣어서 쐈지! 나중에 아무도 벤의 포도밭에 발을 들이지 않는다는 얘기를 들었어. 별 웃기는 일도 다 보겠다고 우린 일주일 내내 웃었는데……"

나탕은 샤에를 주시하며 놀랐다. 이 여자애는 말을 하면 할수록 지금 떠올리는 추억에 영혼의 은밀한 상처를 치유받듯 얼굴이 환해졌다. 나탕은 엘브륌도, 부상을 입은 엘브륌이 사라지는 희한한 현상도 잊고 있었다.

"왜 그렇게 나를 보는 거야?"

샤에가 미소를 지우고 경계 어린 눈으로 나탕을 바라보고 있었다.

"아무것도 아냐. 이제 여기서 더 꾸물댈 필요 없겠지?"

샤에는 고개를 끄덕였고 벤의 눈에 띄지 않도록 조심히 방향을 돌렸다. 그들은 다시 도로 쪽으로 내려갔다.

나탕은 방금 일어난 사건과 샤에가 맡은 역할을 곱씹어보았다. 샤에는 꾀를 내어 엘브룀들을 물리쳤다. 나탕도 어제 꾀를 써서 리칸트로프를 처치할 수 있었다. 그 뚜렷한 닮은꼴을 생각하자니 이 소녀를 처음 만났을 때부터 들었던 의문들에 또 다른 일련의 의문들이 더해지지 않을 수 없었다. 그 의문들에는 답이 없었다.

돌담을 넘어갈 때 샤에가 다시 입을 열었다.

"음, 벤 할아버지에게 무슨 원한 같은 게 있었던 건 아냐. 다만, 너무 오래 아무하고도 말을 안 하고 혼자 살다 보니까 벤 할아버지는 이제 사람보다는 곰에 더 가까운 존재가 된 거지."

16

두 사람은 한동안 황무지 들판을 나란히 걸어갔다. 샤에는 자기 생각에 푹 빠져 있었고 나탕은 주위를 살피며 잔가지 부러지는 소리, 초목이 스치는 작은 소리에도 신경을 곤두세웠다. 엘브룀들의 기척은 전혀 보이지 않았다.

벤 할아버지의 대접에 단단히 놀란 그들은 서둘러 후퇴했다. 나탕은 새로운 싸움에 들어가기 전의 소강상태라고 생각했다. 그럼에도 이 잠깐 숨 돌리는 틈에 전화를 찾아 자신을 도와주기로 되어 있는 사람에게 연락할 수 있길 바랐다.

포도밭을 굽어보는 위치에 있는 벤의 집에서 눈에 띄지 않게 나가려니 상당히 돌아가는 길을 택해야 했다. 우선 미스트랄에 떠밀려 바스락바스락 스치는 소리를 내는 울창한 소나무숲을 지나 가시덤불 사이에서 올리브나무 몇 그루가 은빛 가지를 하늘로 뻗고 있는 버려진 들판을 가로질렀다. 마침내 클리오를 세워두었던 곳에 도착했으나 헌병대 차량이 바로 옆에 주차되어 있는 것을 보고 깜짝 놀랐다. 헌병 세 사람이 주위를 살피는 중이었고 다른 헌병 한 명이 차량 내부를 뒤지고 있었다.

"쳇, 저들이 여기서 뭐하는 거지?"

나탕은 화가 났다.

"총성 때문일까?"

샤에가 짐작해보았다.

등 뒤에서 소리가 났다. 두 사람이 뒤를 돌아보기도 전에 웬 손아귀가 그들의 어깨를 움켜잡았다.

"설명을 좀 해주셔야겠습니다만……"

힘 있고 권위적인 목소리로 말하는 남자였다. 남자의 말이 미처 끝나기 전에 나탕이 상체를 홱 틀어 손을 뿌리쳤다. 그는 옆으로 한 발짝 물러서서 새로운 인물의 정체를 확인하고는 샤에에게 위험을 알리려고 입을 열었다.

하지만 그럴 새가 없었다.

샤에가 뱀처럼 민첩하게 방향을 틀어 일격을 날렸다. 곧추세운 무릎을 힘차게 들어 올려 남자의 다리 사이를 강타했다.

푸른 제복과 헌병모 차림의 남자였다.

헌병은 헉 소리를 내며 허리를 구부렸다. 그는 아랫도리를 손으로 감싼 채 그 자리에 엎어져 몸을 둥글게 말았다.

"아, 안 돼. 네가 경찰을 쳤어."

나탕은 탄식했다. 샤에는 창백한 낯빛으로 아파서 신음하며 숨을 고르려고 애쓰는 남자를 응시했다.

"난 엘브룀인 줄 알았단 말이야."

샤에가 변명했다. 소란한 소리를 듣고 자동차 가까이 있던 다른 헌병들이 고개를 들었다. 나탕은 샤에를 그 자리에서 밀어버리고 싶었지만 너무 늦었다. 경계 태세를 알리는 외침이 울려 퍼졌다. 헌병 한 사람은 차량용 무전기를 붙잡았고 다른 헌병들은 무기를 들고 이쪽으로 달려오고 있었다.

"이런! 이제 어떡하지?"

나탕이 흥분해서 외쳤다. 샤에가 검은 눈동자로 나탕을 바라보았다.

"평소처럼 해야지. 뛰어!"

처음에는 아무도 쫓아오지 않는 줄 알았다. 뒤에서 아무 소리도 나지 않았고 야트막하니 쌓인 돌더미에 올라서 돌아보았을 때도 잡목림에서 별다른 움직임이 보이지 않았기 때문이다.

"헌병들을 잘 따돌린 것 같아?"

샤에가 헐떡거리며 물었다.

"프랑스에선 어떤지 잘 모르겠지만 내가 살아본 나라들에서는 대개 헌병을 건드렸다간 한동안 쥐 죽은 듯이 살아야돼. 너도 그래, 다짜고짜 일단 저지르고 보면 어쩌자는 거야."

이 말에 샤에는 경멸적인 눈빛을 보냈다.

"안됐군."

샤에는 냉담한 말투로 내뱉었다. 가까운 곳에서 연달아 지시를 내리는 목소리가 들려와 나탕은 더는 대꾸할 수 없었다. 헌병들이 그들의 왼쪽에서 나타났다. 아까 생각했던 것보다 머릿수가 더 많았다. 위장복을 입은 군인들도 함께였고 모두 철통같이 무장하고 있었다.

두 도망자는 수풀을 헤치고 점점 더 언덕 깊숙이 파고들었다.

쫓고 쫓기는 추격전이 반복되는 가운데 나탕과 샤에는 마침내 빠져나왔다고 생각했다가 체포당할 뻔했다. 그러면 두 사람은 또 죽어라 뛰었고 피곤과 절망을 잊으려고 노력했다. 그들은 세 번이나 어느 마을로 접근을 시도했지만 세 번 모두 헌병과 군인에게 밀려 언덕으로 다시 돌아왔다. 지치고 굶주리고 목이 말라 죽을 지경이 된 나탕과 샤에는 해 저물 무렵 거대한 노간주나무 아래서 잠시 몸을 쉬었다.

"헌병에, 군인에…… 이건 좀 심하지 않아?"

샤에가 겨우 숨을 고르고 물었다.

"무슨 말이 하고 싶은 건데?"

"내가 무슨 사람을 죽인 것도 아닌데!"

나탕은 잠시 생각해보았다.

"네 말이 맞아. 다만……"

"다만?"

"넌 내려가도 돼. 그래도 크게 위험하지 않을 거야."

나탕은 입을 다물었다. 불현듯 답이 바로 나왔다는 확신이 들었다. 샤에가 제 발로 내려간다 해도 경찰을 폭력적으로 대했다는 죄목밖에는 문제될 것이 없었다. 샤에는 어렵잖게 풀려날 것이다. 나탕 혼자 남는다면 훨씬 더 쉽게 빠져나갈 수 있다. 그래서 샤에를 설득하려고 했다. 하지만 샤에는 나탕이 끝까지 말하게 내버려두지 않았다.

"그건 논의할 것도 없는 얘기야."

"왜? 이봐, 넌 나에게 아무것도 신세진 거 없어. 난……"

샤에는 딱 부러지게 혀 차는 소리를 냈다.

"아냐, 나트. 내가 유치장에서 하룻밤 보내면 끝이라는 건 생각할 필요도 없는 일이야……"

나트.

샤에가 그를 나트라고 불렀다.

친구들은 대부분 나탕을 이 간단한 애칭으로 부르곤 했다. 특별한 추억이랄 것도 없는 애칭. 딱히 정감 어린 의미도 없는 애칭. 그렇지만 그 애칭만으로 샤에를 설득하기 위한 이야깃거리들이 싹 날아갔다…… 혼자 떠나고 싶은 마음도 사라졌다. 나탕은 벌떡 일어나 더 이상 말할 필요가 없다는 것을 보여주었다.

"가자. 저들과 최대한 거리를 벌려놓자."

해가 뉘엿뉘엿 넘어갈 때쯤 그들은 동쪽에서 서쪽으로 쭉 뻗은 철로 가장자리에 이르렀다. 샤에는 나탕이 뭔가 곰곰이 생각하는 것을 눈치채고 먼저 선수를 쳤다.

"꿈도 꾸지 마. 이 길로는 초고속 열차 테제베(TGV)밖에 안 다녀. 전속력으로 달리지. 열차에 올라타는 건 무리야."

나탕은 수긍하는 척 고개를 끄덕였다. 두 사람은 유일하게 인간의 존재를 나타내는 표식에서 멀어질 수 없다는 듯이 철로를 쭉 따라 걸었다. 그러다 샤에가 철로의 자갈밭에 넘어지고 말았다.

"이제 더는 못 가겠어."

샤에는 오한이 들었다. 밤이 되자 바람은 살을 에듯 차가웠고 피곤은 해결할 길이 없었다. 배고픔은 둘째치더라도 말이다.

"힘내." 나탕이 샤에의 어깨에 손을 얹으며 말했다. "저기 작은 건물이 보인다. 저기 가면……"

샤에는 냅다 나탕의 손을 밀쳐내고 아무 말 없이 일어났다. 나탕은 놀란 눈으로 쳐다보기는 했지만 아무 말도 하지 않았다. 금세 건물에 다다랐다. 한 면이 2미터나 될까, 결코 그보다 크지 않은 그 건물은 철로를 따라 일정한 간격으로 세워진 현장작업용 간이건물 중 하나였다. 열쇠로 잠겨 있기는 했지만 잠금 장치를 힘으로 떼어내기는 별로 어렵지 않았다.

나탕이 문을 미는 순간, 첫 번째 울음소리가 들렸다.

두 사람 바로 뒤에서.

17

"뭐지?"

샤에가 퍼뜩 놀랐다.

나탕은 대답 대신 샤에를 얼른 건물 안으로 밀어 넣고 쾅 소리 나게 문을 닫았다. 좁은 창으로 새어 들어오는 마지막 햇살에 의지하여 겨우 서로의 위치만 알아볼 수 있었다.

"싫어! 여기서 나갈래!"

샤에는 발버둥치며 소리를 질렀다. 나탕은 샤에의 항의에 신경 쓰지 않고 바닥에 굴러다니는 잡동사니 도구들을 살폈다. 그는 묵직한 강철막대를 집어서 벽과 손잡이 사이에 걸쳐놓았다. 이렇게 해두면 문이 열리지 않을 테니까.

"젠장, 뭐하는 짓이야? 내가 말했지, 난……"

샤에가 화를 냈다.

다시 한 번 울음소리가 들렸다.

아주 가까이서.

그 소리는 힘차게 솟아올라 믿을 수 없는 야성의 음을 뽑아내고는 한동안 허공을 떠돌다 서서히 물러나며 스러졌다.

샤에는 문과 창에서 가장 먼 오두막 한 구석으로 몸을 움츠렸다.

"저건…… 늑대 울음소리?"

샤에는 이미 자기 질문의 답을 알고 있었지만 그래도 물었다.

"아니, 그보다 끔찍한 놈일까 봐 두렵군."

"네가 차에서 말해줬던 그 괴물?"

샤에의 목소리는 이제 더 이상 우물거리지 않았다.

"그러긴 힘들겠지. 그놈의 형제쯤 된다고 해두자."

나탕은 대답하며 간이건물 내부를 살폈다. 벽과 천정은 콘크리트, 문짝은 강철, 잠금 장치는 이미 망가졌지만 그 대신 강철막대로 빗장을 걸었으니 외부에서 침입할 수 없을 것이었다. 리칸트로프든 아니든 간에, 그들은 위험할 것이 없었다.

"나…… 난…… 갇혀 있는 거 못 참아."

샤에가 더듬더듬 말했다. 그녀는 바닥에 미끄러지듯 주저앉아 무르팍을 가슴께로 당겨 팔로 꼭 감쌌다. 나탕은 옆에 쭈그리고 앉아 샤에의 팔에 손을 얹었다.

"나한테 손대지 말라니까!"

샤에가 고함쳤다.

고함소리에 화답하듯 지척에서 리칸트로프의 울음소리가 세 번째로 울려 퍼졌다. 퍼뜩 놀란 나탕은 손에 잡히는 대로 곡괭이를 붙잡고 두 다리로 구부려 앉은 채 낌새를 살폈다. 샤에는 몸을 움츠리고 신음소리를 내기 시작했다.

강력한 충격이 문짝을 뒤흔들었다. 이어서 야수의 발톱이 금속을 긁어대는 불안하고 거슬리는 소리가 났다. 사납게 으르렁대는 소리가 점점 더 커지고 육중한 발소리가 나는가 싶더니, 갑자기 우람한 팔이 작은 창문을 통해 불쑥 건물 안으로 들어왔다.

나탕은 곡괭이를 내리쳤다.

곡괭이가 리칸트로프의 팔꿈치를 후려쳤다.

다시 한 번 울음소리가 진동했다. 이번에는 아파서 내지르는 소리였다. 팔이 없어졌다.

나탕은 창문을 막을 것이 없는지 눈으로 급히 찾았다. 괴물이 들어오기에는 매우 좁은 창이었지만, 놈이 창문으로 팔을 뻗어 문을 잠근 강철막대를 잡고 날려버릴지도 몰랐다. 놈이 안으로 들어왔다가는……

나탕은 조명이 없어서 앞을 제대로 볼 수 없는 처지를 한탄하며 연장을 뒤졌다. 조금 전에 알맞은 크기의 양철통을 본 것 같았는데 아무리 더듬어도 손에 잡히지 않았다.

"날 도와줄 수 있겠어? 응?"

나탕은 여전히 탈진해 있는 샤에에게 물었다.

샤에의 대답은 목이 쉰 듯한 크르릉 소리로 돌아왔고 나탕은 고개를 돌렸다. 그는 폐소공포증에 시달리는 사람들이 있다는 것, 그러한 증상이 심한 경우에는 심각한 질환으로 여겨질 정도라는 것쯤은 알고 있었다. 문득 이 건물이 굉장히 협소하다는 것을 깨달았다. 만약 샤에가 폐소공포증 환자라면 끔찍한 고통을 겪고 있을 것이다.

"괜찮겠어?"

나탕은 최대한 친절하게 물었다.

다시 한 번 크르릉 소리가 났다. 이건 동물의 울음소리였다. 나탕은 구석에 웅크린 샤에의 몸뚱이라고 생각되는 시커먼 덩어리로 더듬더듬 다가갔다.

"잘 버텨야 해. 어디……"

나탕이 샤에를 안심시켰다. 그때 뒤에서 사나운 포효가 일어났다. 나탕은 겨우 방어 동작만 취할 수 있었다. 창으로 불쑥 들어온 리칸트로프의 팔이 표적을 놓쳤다. 괴물의 발톱은 소년의 목을 치지 못했지만, 어깻죽지를 찢어 놓았다.

상처 입은 나탕은 바닥으로 나동그라지면서 머리를 콘크리트 벽에 찧고 쓰러졌다. 한동안 완전한 공황 상태에서 아픔밖에 느끼지 못했다. 정신을 수습하지 못하는 와중에도 리칸트로트가 뻗은 손가락이 문에 걸어놓은 강철막대로 향하는 것이 보였다.

나탕은 힘겹게 다시 일어났지만 부질없는 짓인 걸 깨달았다. 바로 그때 사나운 울음소리와 함께 시커먼 덩어리가 그를 향해 달려들었다.

샤에다.

아니, 샤에가 아니다.

여자애가 아니다.

사람도 아니다.

기형적이면서도 늠름한 몸집, 송곳니를 인상적으로 드러낸 무서운 아가리를 가진 짐승이었다. 짐승의 아가리가 리칸트로프의 팔을 잡아채더니 우두둑 우두둑 뼈 부러지는 소리를 냈다. 괴물은 아픔을 견디지 못해 울부짖으며 미친 듯이 발버둥치더니 겨우 팔을 빼내고 어둠 속으로 사라져버렸다.

라칸트로프를 쫓아낸 짐승은 빛나는 노란 눈을 바닥에 널브러져 있던 나탕에게로 돌렸다. 위협적인 울음소리가 짐승의 목구멍에서 새어 나왔다.

나탕은 배 속이 꼬이는 느낌이 들었다.

나탕은 육식포유류 중에서 가장 센 놈에 속하는 저 다부진 아가리를, 탄자니아에서 자주 보았던 특유의 몸집을 알아보았다. 또한 지금 바로 앞에 있는 이 동물이 썩은 고기를 먹고 산다는 속설과는 달리 힘세고 지구력이 뛰어나고 머리도 좋은, 진짜 무서운 사냥꾼이라는 것도 알고 있었다.

살육의 귀재라 불리는 블랙 하이에나.

하지만 무슨 까닭으로 옆에 있던 샤에가 사라지고 60킬로그램은 족히 넘는 블랙 하이에나가 버티고 있는지는 알 길이 없었다.

하지만 그깟 일은 중요하지 않았다. 왜냐하면 이제 곧 죽을 테니까.

하이에나가 다가왔다.

나탕은 눈을 감았다.

18

길고도 길게 느껴진 1분 남짓, 침묵이 건물 안을 지배했다. 침묵 속에서 하이에나가 깊이 들이쉬는 숨소리만이 고르게 이어졌다.
　두려움의 침묵.
　죽음의 침묵.
　나탕이 대처할 기력을 쥐어짜내기에는 충격이 너무 컸다. 그는 짐승의 아가리가 자신을 향해 쩍 벌어지는 끔찍한 순간을 기다렸다. 상처에서 피가 솟아 파카 속으로 스며들어 상체를 따라 흘러내리고 있었다.
　아무래도 좋았다. 나탕은 난생 처음으로 체념이란 것을 하고 있었다.
　하이에나의 숨결이 그의 얼굴을 간질였다. 썩는 냄새가 진동해야 마땅할 텐데 희한하게도 전혀 그렇지 않았다.

나탕은 부들부들 떨기 시작했다.

억제할 수 없는 떨림이 온몸을 사로잡았고 뒤이어 고통스러운 구역질이 밀려왔다. 나탕이 실신하려는 찰나, 하이에나의 숨소리가 달라졌다.

처음에는 뚜렷이 감지되지 않았다. 하지만 차츰, 한참이 지난 후에는 분명히 알 수 있었다.

고막이 터질 듯 가슴속에서부터 울려 나오던 울음소리가 신음으로 변했다.

흐느낌으로.

나탕이 눈을 떴다.

나탕의 발치에서 샤에가 몸을 둥글게 말고 처량하게 흐느끼고 있었다.

나탕이 맨 처음 느낀 것은 안도감이었다. 그는 아직 살아 있었다.

두 번째 감정은 걱정이었다. 샤에의 진짜 본모습이 무엇이든 간에 지금 그 애는 너무나 딱해 보였다.

그리고 여타의 감정들을 다 쓸어버린 세 번째 감정은 고통이었다. 어깨가 떨어져 나갈 것처럼 아팠고, 더는 팔을 움직일 수 없었다. 머리통을 바이스에 넣고 죄는 것처럼 왈칵 토하고 싶었다.

나탕은 있는 힘을 다해 샤에에게 손을 뻗어 머리를 쓸어주었다.

"손대지 말란 말이야……"

잔뜩 쉰 그 목소리는 인간의 것 같지 않았고 나탕을 노려보는 눈 역시도 야수의 눈이었다.

"손대지 마…… 절대로!"

나탕의 손이 힘없이 툭 떨어졌다. 샤에의 뺨을 타고 흐르는 한 줄기 눈물이 달빛을 받아 얼핏 보였다.

나탕은 그대로 기절했다.

의식이 돌아온 것은 한참 뒤였다. 얼음처럼 찬 공기가 활짝 열린 간이건물 문으로 파고들었다.

나탕은 혼자였다.

어깨는 간단하게 싸매여 있었고 더 이상 출혈도 없었다. 하지만 몸을 일으키려고 하자 다시 엄청난 아픔이 밀려와 비명을 지르지 않을 수 없었다.

다시 눈을 감았다.

"나트."

나탕의 고통스러운 잠결을 가르고 나타난 목소리였다.

"나트, 우린 가야 해."

샤에가 걱정스러운 표정으로 옆을 지키고 있었다. 이제 낮이었다.

"가야 해, 나트. 놈들이 와."

나탕은 앉았다. 관자놀이에서 뛰는 맥박이 욱신거릴 정도였고 몸이 불덩이처럼 뜨거웠다. 그의 눈길이 샤에에게 머물렀다. 호리호리한 소녀의 몸집, 보기 좋은 달걀형 얼굴…… 하이에나 생각은 하지 말자…… 그건 나중에……

"헌병들?"

"엘브룀이야. 여섯 놈. 아직은 멀리 있지만 우리 쪽으로 향하고 있어."

나탕은 간신히 몸을 가누며 일어났지만 샤에는 부축해주려는 용의가 없어 보였다. 머리가 어지럽기는 해도 일단 일어서니 걸을 수는 있겠다 싶어 안심했다. 한기가 들었다. 샤에는 나탕의 파카를 찢어서 어깨를 싸맸다. 나머지는 나탕이 자는 동안 몸에 덮어주었지만 이제 입을 수 없는 상태였다.

그들은 간이건물을 나와 남쪽 방향의 소나무숲으로 들어갔다. 아직 이른 아침, 11월의 청명하고 쌀쌀한 아침이었다. 공기는 향기로운 식물과 흙의 냄새를 머금고 있었다. 나탕은 첫 걸음을 힘겹게 옮겼지만 차츰 기분이 나아졌다. 상처를 빨리 의사에게 보여야 한다는 것, 이렇게 열이 심하니 언제 쓰러질지 모른다는 것을 알았지만 별 수 없었다. 그렇지만 그에겐 엘브룀들을 피해 도망칠 힘이 있었다.

그게 핵심이었다.

샤에는 생각에 잠겨 말없이 걸었다. 지난밤에는 쇼즈가 지배권을 쥐었다. 그것도 완전히. 쇼즈는 리칸트로프를 쫓아버렸지만 나탕을 죽일 뻔했다. 샤에는 자기 몸뚱이가 마구 날뛰는데도 무기력한 관객 역할밖에 할 수 없었다. 최후의 순간에야 겨우 쇼즈를 다스릴 수 있었다.

최후의 순간!

이제 샤에의 마음속에서 확신이 솟았다. 다음번에는 이 싸움에서 지고 말 것이다. 쇼즈가 더 강력했다. 샤에는 피와 죽음에 목마른 사나운 짐승으로 변할 운명이었다.

옆에서는 나탕이 입을 굳게 다물고 힘겹게 걷고 있었다. 이 소년은 다른 사람들과 달랐다. 너무나 달랐기에, 이 소년이 자신을 도와줄 거라고 믿고 싶었다. 하지만 샤에는 착각일 뿐이라고 인정해야 했다.

그녀를 위해 뭔가 해줄 수 있는 사람은 아무도 없으니까.

그래서 자신이 뱉은 말을 듣고 놀랐다. 그녀의 정신 상태처럼 음침하고 불안하지만 진실한 말을. 한 번도 자신이 할 수 있을 거라고 생각하지 않았던 말.

"나트, 넌 내가 괴물이라고 생각하지?"

나탕이 걸음을 멈추고 샤에를 유심히 바라보았다. 그는 자신의 대답이 샤에의 정신적 균형에 미칠 수 있는 영향을 의식하고 있었다. 나아가 샤에의 삶에 미칠 영향까지. 그는 샤에가 자신의 시선을 알아차리고 그에 답하는 눈길을 보낼 때까지 기다렸다가 입을 열었.

나탕은 힘주어 말했다.

"아니! 샤에, 넌 괴물이 아니야."

샤에의 눈에 희망의 빛이 반짝였다. 처음부터 좌절될 수밖에 없는 희망이었지만.

"하지만 어젯밤에 날 봤잖아? 내가 리칸트로프랑 다를 게 뭐야?"

"어마어마한 차이가 있지. 넌 내 목숨을 구해줬으니까!"

샤에는 기쁨 없는 웃음을 터뜨렸다.

"쇼즈가 스스로 물러났으니까. 단지 그게 다야. 내 안의 쇼즈가 힘이 남았더라면 널 죽였을걸. 망설이지도 않았을 거야."

나탕은 샤에의 목소리에 깃든 절망을 눈치챘다. 잘못 생각하고 있다고 설득해야만 했다. 나탕 자신이 어떤 의심을 품고 있든 간에……

"하지만 그게 계속 널 장악하진 못했잖아! 샤에, 넌 너야. 무슨 괴물이나 물건이 아니라고. 넌 너고 앞으로도 계속 그럴 수 있어. 그리고 날 믿어도 좋아. 내가 변신 전문가는 아니지만 날 믿어도 괜찮아."

샤에는 여전히 말이 없었다.

갈증이 조금 가신 것 같았다.

19

 엔진 소리가 그들의 귓전에 울렸다. 가파른 비탈길을 오르는 크로스컨트리 오토바이 특유의 엔진 소리였다. 두 사람은 서로 눈치 볼 것도 없이 방향을 바꾸어 그쪽으로 다가갔다.
 언덕자락에 낸 경주용 서킷이 금세 눈에 들어왔다. 곤충처럼 생긴 세 대의 오토바이들이 중력의 법칙에 도전하며 서킷을 달리고 있었다. 자연적으로 솟은 기복들을 거치며 두 바퀴를 돌고 나면 믿기지 않을 만큼 가파른 비탈길이 정상까지 쭉 이어지는 코스였다. 일단 꼭대기에 도착한 오토바이들은 날아올랐다가 산등성이 반대편으로 떨어지면서 시야에서 벗어났다. 오토바이들은 부릉부릉 소리를 내며 코스를 따라가다가 몇 분 후에 서킷 아래쪽에 다시 나타났다.
 그곳에는 견인차가 한 대 주차되어 있었고 그 바로 옆에 장거리

경주용 오토바이 두 대가 세워져 있었다. 잘하면 이동수단을 얻을 수 있겠지만 피곤으로 정신이 흐려진 나탕은 선택권을 샤에에게 넘겼다. 그는 의사를 묻는 표정으로 샤에를 돌아보았다. 샤에가 고개를 끄덕였다.

"신중하게 다가가자. 열쇠가 꽂혀 있길 바라야지."

차를 훔치다니, 푸 호수에서 보트를 '빌린' 것부터 시작해 걱정될 만큼 자질구레한 범죄행각들을 거듭해왔다. 하지만 달리 해결책이 없었다.

나탕과 샤에는 들키지 않게 나무를 타고 자동차까지 접근했다. 자동차 문은 열려 있었지만 안에 열쇠는 꽂혀 있지 않았다.

나탕은 욕이 나오려는 걸 애써 속으로 삼켰다. 열이 점점 더 오르면서 기운이 빠졌다. 샤에는 무표정으로 뒷좌석에서 꺼낸 가죽잠바를 나탕에게 내밀었다.

"이거 입고 거기 있어봐. 잠깐이면 돼."

"뭘 어쩌려고?"

"오토바이를 타자."

"열쇠도 없이?"

샤에가 고개를 끄덕였다.

"두 바퀴짜리는 내가 좀 알지."

샤에는 옆모습이 위협적으로 빠진 빨간색 혼다로 걸어갔다. 그러더니 속도계 아래서 전선 한 줌을 단번에 확 잡아당겼다. 그런 후 전선을 분류해서 어떤 것은 치우고 어떤 것들은 능숙하게 꼬아서 연결했다. 나탕은 그런 샤에의 모습을 감탄하며 지켜보았다. 샤에는 거침없이, 불필요한 동작 하나 없이 재빨리 솜씨를 발휘했다. 어디서 이런 걸 다 배웠을까?

오토바이들은 서킷을 한 바퀴 다 돌고 돌아오고 있었다. 이제 곧 모습을 드러낼 것이다. 부릉부릉 엔진 소리가 점점 더 가까워지자 샤에는 손놀림을 멈추고 나탕 옆에 바짝 붙었다.

"잘된 것 같아. 저들이 오르막길로 접어들 때 출발할 거야. 넌 내 뒤에 타고. 할 수 있겠어?"

그녀는 나탕의 어깨와 축 늘어져 움직이지 않는 팔을 가리키며 물었다.

"그럴 거야."

오토바이들이 그들과 10미터쯤 떨어진 지점에서 빠른 속도로 지나가며 첫 번째 급경사를 탔다. 샤에가 펄쩍 혼다에 올라탔다. 힘찬 발길질로 킥 페달을 밟았다. 엔진이 부릉부릉 소리를 토했다.

나탕은 샤에 뒤에 앉아 다치지 않은 팔로 그녀의 허리를 잡았다. 샤에는 팔이 닿자 움찔했지만 다행히 잘 참아냈다.

샤에가 1단 기어를 넣고 출발하는 순간 바로 옆에 주차된 자동차의 앞 차창이 터지면서 사방팔방으로 유리조각이 튀고 폭발음이 언덕을 울렸다.

나탕이 고개를 돌렸다.

엘브륌 한 놈이 50미터 뒤에서 나타나 그들에게 총을 겨누고 있다.

"튀어!"

나탕이 샤에에게 소리쳤다.

오토바이는 이미 기어를 넣었다.

혼다가 부릉대며 날아올랐다. 뒷바퀴가 미끄러지자 샤에는 허리를 놀려 오토바이를 세우고 다시 속도를 냈다.

오토바이는 전속력으로 날았다.

600세제곱센티미터의 1기통 엔진은 보통 사람으로서는 정신이 쏙 빠질 만한 위력을 발휘했다. 나탕은 튕겨 나가지 않기 위해 온힘을 다해 매달려야 했다. 엘브륌들이 뒤에서 총을 쏘아대도 나탕과 샤에는 그 소리를 듣지 못했다. 오토바이의 소음이 너무 압도적이었기 때문이다.

그들은 서킷에서 빠져나가는 코스를 놀라운 속도로 질주했다. 나탕은 세 번이나 오토바이가 지면에서 튀어 올랐다가 뒷바퀴로 떨어지는 것을 느꼈지만 샤에는 조금도 망설이지 않았다. 아니, 그 반대였다. 샤에가 가속핸들을 계속 당기고 있는 듯했다.

그들이 따라간 코스는 지금까지 지나온 오솔길보다 훨씬 넓었기 때문에 고속주행이 가능했다. 어떤 도로 혹은 마을로 통하는 코스가 분명했다.

실제로 15분쯤 달렸더니 어느 지방도로로 빠졌다. 샤에가 속도를 줄였다.

"어느 쪽으로 가야……"

"조심해!"

거대한 검정색 세단이 방금 모퉁이를 돌아 그들을 향해 다가오고 있었다.

엘브륌들이었다.

나탕의 외침이 사라지기도 전에 샤에는 가속핸들을 다시 당겼다.

혼다의 타이어가 아스팔트 도로를 후려쳤고 나탕은 연료탱크에 엎드리다시피 한 샤에의 등을 꼭 잡았다.

자동차는 불안할 정도로 빠르게 다가왔지만 무릎이 아스팔트를 스칠 정도로 오토바이를 기울여 첫 번째 커브를 틀자 도망자들이 유리한 입장에 놓였다.

나탕은 불안함을 이겨내기 위해 죽을힘을 다했다. 날고 기는 스포츠 종목들을 섭렵한 나탕이었지만 오토바이는 한 번도 타본 적 없었다. 그는 이 광란의 질주가 나무와의 충돌 혹은 협곡으로의 추락으로 끝날 것만 같았다.

커브를 거듭하면서 도망자들은 추격자들을 멀리 따돌렸지만 이제 커브길이 끝나자 끝이 없는 직선 도로가 나왔다.

"머리 숙여!"

샤에가 외쳤다.

나탕은 샤에에게 딱 붙어 몸을 최대한 작게 웅크리다가 문득 잠바 주머니에 휴대전화가 있다는 것을 알았다. 잠시 망설여졌지만 슬쩍 뒤돌아보니 결심이 섰다. 엘브륌들이 막무가내로 따라오고 있었고, 나탕으로서는 밑져야 본전이었다.

그는 최대한 샤에의 등에 편하게 몸을 지탱하고 성한 손으로 휴대전화를 떨어뜨리지 않도록 주의하며 꺼냈다. 휴대전화에 전원이 들어와 있는 것을 보니 안도의 한숨이 나왔다.

샤에는 차량 사이를 요리조리 피해 나갔지만 교통상황이 그리 혼잡하지 않았기 때문에 이 위험한 질주로 추격자를 따돌리기에는 역부족이었다.

나탕은 아버지가 알려준 전화번호를 누르고 전화기를 귀에 갖다 댔다. 벨이 두 번 울리자 누군가가 받았다.

"네?"

오토바이를 타면서 받는 맞바람과 불편한 자세에도 상대의 목소리는 똑똑히 잘 들렸다.

"어…… 제 이름은 나탕인데요. 아버지 이름은 뤽입니다. 저……"

"네가 누군지 안다, 나탕. 무슨 일이지?"

낭비할 시간이 없다. 핵심만 말하자. 딱 부러지게.

"지금 위험에 처해 있습니다. 절 죽이려고 쫓아오는 놈들이 있어요."

상대의 목소리에는 전혀 놀라는 기색이 없었다.

"마르세유 가까이 있니?"

"네, 저……"

"정확히 어디지?"

"오토바이를 타고 있어요. 카트르 테름이라고 쓰인 농장 건물들을 막 지나쳤어요."

"어느 쪽으로 가고 있는데?"

"남쪽으로요."

"널 쫓는 놈들은?"

"검정색 자동차로 바로 뒤에서 따라오고 있어요. 벤츠 아니면 아우디일 거예요."

"그래. 내가 다 처리해주마."

통화가 끊겼다. 그들의 대화는 30초도 걸리지 않았다.

20

샤에는 따라잡히지 않기 위해 차 사이를 넘나들고 수십 대를 추월하는 엄청난 위험까지 감수했다. 하지만 샤에의 노력에도 검정색 세단과의 거리는 차츰 좁혀졌다.

어쩔 도리가 없었다.

알 수 없는 이유로 등 뒤에 매달려 바들바들 떨던 나탕은 이제 잠잠했다. 어쨌든 그래봤자 달라질 건 없었다. 커브가 빨리 나오지 않든가, 이 길에서 흙길 따위로 빠질 방법이 보이지 않으면 둘 다 잡히고 말 것이다.

귀 따가운 엔진 소리가 바로 옆에서 들렸다. 잘 빠진 검정색 경주용 오토바이가 이제 막 샤에의 오토바이 옆에 붙었다.

무난하게.

검정색 가죽옷을 입은 운전자가 우호적으로 엄지손가락을 치켜

보이고는 자기를 따라오라는 사인을 했다. 샤에는 눈살을 찌푸렸다. 도대체 뭘 어쩌라고……

"저 사람을 따라가!"

나탕이 샤에에게 큰 소리로 고함을 질렀다. 샤에는 일순간 동행의 정신 상태를 의심한 듯 이내 이렇게 외쳤다.

"왜?"

"우리 편이야!"

저 사람이 우리 편이라면……

샤에는 절반밖에 확신이 가지 않았지만 마찬가지로 엄지손가락을 치켜세워 응답했다.

운전자는 고개를 끄덕이고 속도를 높였다. 그의 오토바이가 훌쩍 앞서 나갔다. 샤에는 그가 시야에서 사라져버릴 줄 알았지만 직선도로 저 끝에 마을이 나타나자 그는 주도로에서 수직으로 빠지는 다른 길로 들어갔다.

잠시 후에 샤에도 엘브룀들의 아우디를 꽁무니에 단 채 같은 코스로 들어갔다. 샤에는 낯모르는 사람을 쫓아가는 실수를 저지르고 있는 것은 아닌지 불안했다. 새로 나온 길은 아까의 길처럼 쭉 뻗은 직선도로였지만 다른 차들이 없었다. 이 난관에서 빨리 빠져나갈 방법을 찾지 못한다면……

혼다가 전속력으로 질주해봤자였다. 엘브룀들의 세단이 더 빠르면 빨랐지 어림없었다. 같은 편이라는 오토바이 운전자는 연기를 뿜으며 저만치 앞서 나가 이제 하나의 작은 점으로밖에 보이지 않았다.

아니, 그렇게 작은 점은 아니었다.

그렇게 멀지는 않았다.

심지어 점점 더 크게 보였다.

속도를 늦춘 걸까?

그는 멈춰 있었다. 도로 한복판에서. 그리고 주위에 있던 차에서 10여 명의 사내들이 튀어나와 도로를 지나갈 수 없게 막아섰다.

모두 무기를 들고 있었다.

샤에는 그들과 충돌 직전에야 브레이크를 밟았다. 혼다가 미끄러지면서 도로에서 튀어 오를 뻔했지만 번쩍거리는 회색 재규어 차체와 1센티미터 간격을 두고 기적적으로 정지했다.

샤에는 다시 오토바이를 몰아야 할까 주저했지만 나탕은 천천히 내려 땅을 밟고 섰다. 그는 팔이 몹시 아팠고 똑바로 서 있기도 힘들었다. 하지만 이제 안전하다는 것을 알 수 있었다.

드디어 마음을 놓을 수 있었다.

도로를 막아선 사내들은 나탕에게 전혀 신경 쓰지 않았다. 그들의 눈빛과 무기는 오로지 엘브룀들이 탄 차를 겨누고 있었다. 그 차는 지금 후진속도 세계최고기록을 갱신하는 중이었다.

샤에는 등을 타고 내려가는 안도의 떨림을 느꼈다. 이마를 혼다 오토바이 핸들에 기대고 심호흡을 했다.

한 남자가 재규어에서 내렸다.

40대로 보이는 키가 크고 늠름한 체격의 남자는 멋진 정장을 입고 자신의 힘을 의심 없이 믿는 사람들만이 풍길 수 있는 아우라를 뿜었다. 남자는 나탕에게 다가와 다치지 않은 쪽 어깨에 손을 턱 얹었다.

"내 이름은 바르텔레미다. 네 아버지와는 사촌간이지. 파미유에 들어온 것을 환영한다, 나탕."

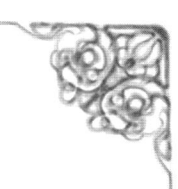

다른 세상의 집

1

 이제 샤에는 혼자 있으니 마음대로 풀어져도 좋았다. 그녀는 휘둥그레진 눈으로 호화로운 방을 둘러보며 감탄했다. 세 칸으로 널찍하게 나뉜 이 공간은 방이라기보다는 스위트룸이라는 표현이 더 어울리겠지만 샤에는 그런 단어를 몰랐다.
 다시는 이런 대저택에 발을 들일 일이 없을 테니 앞으로도 달라질 건 없었다.
 꿈에서라도 그런 일은 없으리라.
 우선 사무실로도 쓰이는 거실이 있었다. 비싸 보이는 장밋빛 목재로 내벽을 둘렀고 천장에는 파스텔 색조의 하늘을 보여주는 눈속임 그림이 그려져 있었다. 거대한 모니터 화면, 미래파적인 스테레오 채널 스피커를 갖춘 컴퓨터 등이 놓인 하이테크 공간도 딸려 있었다. 이 모든 것이 완벽한 단순성을 보여주는 부티 나는 인테리어로 꾸며져 있었다. 넓고 채광이 좋은 침실에는 동화에나 나올 법한 침대가 있었고 샤에가 사는 아파트 크기만 한 널찍한 욕실에는 대리석을 깎아 만든 원형 욕조, 자쿠지, 마사지베드 등이 있었다.

어떻게 이렇게 돈이 많을 수 있지?

샤에는 유리창으로 된 문을 열고 테라스로 나갔다. 미스트랄이 미치지 못하는 정남향 테라스에서 내려다본 마르세유 만(灣)의 풍광은 숨이 멎을 정도로 아름다웠다. 바르텔레미의 집 주위에 펼쳐진 정원은 높은 담장에 둘러싸여 정성껏 관리되고 있었고 정원의 무성한 녹지 때문에 인근의 다른 빌라들은 잘 보이지 않았다.

샤에는 후견인 부부를 생각했다. 그들이 아무리 샤에에게 하등의 애정도 없다지만 걱정은 하고 있을 것이다. 어쩌면 샤에가 납치되었다고 생각하고 경찰에 알렸을지도 몰랐다. 책상에 전화기가 있었다. 전화를 걸어 그들을 안심시키는 데에는 1분이면 충분하리라.

샤에는 이 생각을 순식간에 떠올렸던 것처럼 역시 순식간에 지워버렸다. 이제 나탕에게 말하지 않은 일은 아무것도 하지 않을 테니까.

나탕.

쇼즈가 지배할 때 샤에가 어떻게 변하는지 목격한 유일한 사람.

나탕은 그렇게까지 충격을 받은 것 같지 않았고 그 애가 샤에를 바라보는 시선도 변하지 않았다. 따뜻하고 너그러운 눈빛이었다. 피붙이 같은 눈빛이랄까. 비록 그 애가 자기를 보는 눈빛이—나탕 자신은 훔쳐본다고 생각했겠지만—누이동생을 바라보는 오빠의 눈빛 같지는 않다는 것을 몇 번이나 알아차렸지만……

샤에는 나탕을 믿을 수 있겠다고 생각하기 시작했다. 그런 이유에서, 그리고 또 다른 이유에서도.

나탕과 함께 그녀의 삶에 모험이 시작되었다. 사악한 존재들이 그들을 죽이려 했고 그로 인해 살 떨리는 추격전을 겪었다. 나탕이 보여준 비상한 신체적 능력이나 정신적 능력까지는 굳이 따지지 않더라도 말이다.

그리고 파미유가 있었다.

나탕의 삼촌인지 사촌인지 하는 바르텔레미는—샤에는 그들의 촌수관계가 잘 이해되지 않았다—재규어가 마르세유로 달리는 동안 나탕과 샤에에게 몇 가지 세세한 질문들을 던졌다. 그는 담담하고 냉철하게, 약간 불안한 느낌마저 주는 권위를 풍겼다. 샤에는 그런 태도가 마음에 들지 않았다. 까다로운 수사를 맡은 경찰관이나 보일 만한 태도였다.

바르텔레미는 나탕의 아버지가 돌아가셨다는 말을 듣고도 일절 감정을 내비치지 않았다. 그저 새로운 질문들을 연달아 퍼부을 뿐이었다. 감정을 배제한 질문들을.

나탕은 여러 가지 자세한 이야기들을 묻어두어야 했으니 필시 심란했을 것이다. 쇼즈에 대한 것도 물론 그렇고, 샤에에게 말했던 기억 속에서 이따금 튀어나오는 목소리도 그렇고. 그리고 왜인지는 모르지만 나탕은 자기가 불러내지도 않았는데 나타났던 첫 번째 늑대인간을 어떻게 물리쳤는지에 대해서도 함구했고 엘브룀에 대한 얘기도 대충 얼버무렸다.

바르텔레미는 마지막 질문까지 던지고 나더니 예고 없이 껄껄 웃음을 터뜨렸다. 그렇게 진솔하고 허심탄회하게 웃으니 사람이 확

달라 보였다. 깐깐하고 거만한 표정의 가면을 벗어던진 그는 열 살 쯤 젊어 보였고 훨씬 호감이 갔다.

매력적인 미소로 누그러진 얼굴, 그리고 어리둥절할 만큼 사근사근한 태도로 그는 나탕에게 말을 건넸다.

"널 만나서 정말로 기쁘구나. 비록 이렇게 극적인 상황에서 만나기를 바라지는 않았지만 말이야. 네 아빠 뤽은 나에게 사촌 형 그 이상이었다. 친형제나 다름없었지. 한때 청춘을 함께 보낸 사이였으니 뤽이 널 나에게 맡긴 것도 놀랍지 않구나."

그러고서 바르텔레미는 나탕에게 어깨를 좀 보자고 했다. 그는 리칸트로프의 발톱이 후벼놓은 상처를 보고 얼굴을 찌푸렸다. 출혈은 이제 없었지만 상처는 매우 깊었고 들쭉날쭉하게 헤벌어져 있었다. 바르텔레미가 전화기를 붙잡았다.

"여보세요, 자크? 바르텔레미일세. 사촌 동생이 어깨가 찢어졌는데. 꿰매야 할 것 같아…… 아니, 병원 말고 우리 집에서…… 뭐?…… 자네가 감방에 가든 말든 난 상관없어……"

바르텔레미의 목소리가 냉랭하게 변했다. 면도날처럼 대번에 쳐내는 목소리였다.

"우리 집으로 와, 자크. 15분 주지."

바르텔레미가 전화를 끊었다.

그의 미소가 되돌아왔다.

마법처럼.

재규어는 매끄럽게 마르세유의 교통 흐름에 끼어들었다가 해안도로를 타고 다시 루카스 블랑의 좁고 가파른 길로 들어갔다. 자동

감시카메라가 굽어보는 가운데 높다란 금속 문짝이 옆으로 밀려나더니 운전수는 차를 정원 안으로 몰고 들어갔다.

바르텔레미가 부른 의사에게 나탕이 치료를 받는 동안, 제복 차림의 급사가 샤에에게 다가왔다.

"실례지만 아가씨는 저를 따라와 주시면 감사하겠습니다."

곰곰이 생각에 빠져 있던 샤에는 조심스러운 노크 소리에 정신을 차렸다. 방으로 가보니 아까 그 급사가 꼿꼿하게 서서 샤에를 기다리고 있었다.

"식사를 한 시간 내로 준비하겠습니다. 아가씨, 그런데 특별히 입고 싶은 옷이 있으신지요?"

샤에는 무슨 말인지 알아듣지 못하고 눈썹만 치켜떴다. 설명을 해달라고 입을 열어 말하려다가 급사가 낡고 색이 바랜 자신의 옷을 조심스럽게 훑어보고 있음을 깨달았다. 샤에의 두 뺨이 붉게 달아올랐다.

"음…… 저는……"

급사의 입술이 옆으로 늘어지면서 보일락말락한 미소가 떠올랐다. 하지만 그는 샤에가 말없이 간청하는 도움을 거절한 채 끝내 입을 열지 않았다.

"음…… 청바지 있나요? 스웨터나 풀오버는요?"

급사의 미소에 경시하는 기색이 번졌다. 감추려 들지도 않는 것 같았다.

"네, 아가씨…… 그걸로…… 준비해드리죠. 아마 운동화도 필요하시겠죠. 목욕 마치시고 특별히 원하는 향수가 있으신지요? 발렌시아가? 우비강? 어쩌면, 마츠시마?"

샤에는 이런 향수 이름들을 전혀 몰랐다. 잠시 급사가 일부러 향수 이름을 주워섬기는 게 아닌가 생각하며 아무거나 고를 뻔했지만 괜히 서툰 짓을 하기 싫어서 그만두기로 마음먹었다.

"네…… 고맙지만 괜찮아요."

표정 없이 매끈한 얼굴에 다시 한 번 업신여기는 빛이 감도는 듯했다. 샤에는 살짝 화가 나려고 했다. 자신의 행동거지가 우스워 보였을 거라고 생각하면서 주먹을 불끈 쥐었다. 건방진 태도를 고쳐먹을 때까지 때려주고 싶은 마음이 굴뚝같았지만 그런 일을 스스로에게 허락할 순 없었다.

"아가씨, 더 필요하신 것은 없습니까?"

"없어요."

샤에는 초연한 말투로 대꾸하려 했지만 실패했다는 느낌이 왔다. 급사는 고개를 끄덕이고 뒤돌아 나갔다. 그가 나가고 문이 부드럽게 닫혔다.

"바보 자식."

샤에가 중얼거렸다.

울고 싶었다.

2

샤에는 집 안 어딘가에 걸린 벽시계가 정오를 알리며 열두 번 종을 칠 때야 겨우 욕실에서 나왔다. 앙심을 모두 잊고 피로와 긴장을 풀고 나니 기분이 차분해졌다. 흑옥 같은 머리카락의 물기를 털면서 깐깐한 눈으로 거울에 비친 자신의 몸매를 뜯어보았다.

날씬하고 탄탄한 몸은 보통 남자애들이 열광하는 관능적 곡선미와는 거리가 멀었지만 그래도 싫지 않았다.

오히려 그 반대였다.

그녀는 자신의 매끈하고 촘촘한 피부결의 가무잡잡한 살갗을 몹시 좋아했다. 심지어 태어날 때부터 왼쪽 허벅지 위에 있었던 밝은 색상의 반점에도 익숙해져서 이제 아무렇지 않았다.

반면에 얼굴에 대해서는 좀 불만이 많았다. 광대뼈가 너무 튀어나왔고, 까만 눈은 너무 크고, 입술은 너무 두툼하고, 턱은 너무 뾰족하고…… 여기저기 '너무'했다. 그녀가 보고 있는 모습을 좋게 생각하기에는 '너무'가 너무 많았다.

샤에는 어깨를 으쓱했다. 어쨌거나 그게 뭐 어떻담?

샤에가 욕실에서 편히 쉬는 동안 옷가지가 침대 위에 준비되었다. 브랜드 청바지, 티셔츠, 검정색 캐시미어 풀오버. 샤에는 옷을 갈아입고 그녀를 위해 준비된 운동화를 신었다. 모두 그녀에게 딱 맞았다. 급사가 잘난 체하는 바보이기는 해도 눈썰미는 있는 모양이었다.

샤에는 방을 나와 난간 달린 이중계단으로 일층에 내려왔다. 로비와 통하는 거실에서 나탕을 볼 수 있었다.

처음에 샤에는 나탕을 알아보지 못했다. 검정색 바지와 진회색 린넨 웃옷을 입어서 낯빛이 더 뽀얗게 보였고 공들여 빗은 머리에 대사나 장관 댁 자제처럼 진중한 얼굴을 하고 있었기 때문이다. 샤에와 함께 엘브륌을 피해 도망치느라 기진맥진하던 소년과는 딴판이었다.

잠시 후 나탕이 샤에 쪽을 돌아보았다. 초록색 눈동자가 생기 있게 빛나며 따뜻한 미소가 얼굴에 번졌다. 이제 샤에가 이틀 전부터 알고 지내던 그 나탕으로 돌아왔다. 아주 오래전부터 알았던 것 같은 그 나탕으로.

"샤에, 드디어 나왔구나! 기분은 좀 어때?"

샤에는 대답하는 데 뜸을 들였다. 나탕을 본 순간, 묘한 감정이 그녀를 사로잡았던 것이다. 지금까지 몰랐던 감정에 자신이 아주 작게도 느껴지고 크게도 느껴졌다. 눈물이 날 만큼 슬프면서도 벅찬 행복을 느꼈다. 활기차게 살아 있으면서도……

"샤에?"

마침내 샤에가 입을 열었다.

"그건 내가 너에게 물어야지. 어깨는 좀 어때?"

나탕이 조심스레 팔을 움직여보았다.

"괜찮아. 의사가 그래도 운이 좋아서 개가 위팔동맥은 물어뜯지 않았다고 하더라."

"개?"

"리칸트로프 얘기는 할 수 없잖아, 안 그래? 정신병원에 당장 끌려갈 일 있어? 의사가 속아 넘어갔을 거라고는 생각지 않아. 그런데 너는? 넌 어때?"

샤에는 손으로 그들이 있는 호화로운 실내를 가리켰다.

"난 이런 곳에 영 익숙하지 않아. 우리 집에선 이런 게…… 일반적이지 않거든. 그리고 난 내가 여기서 뭘 하고 있는지 정말 모르겠어. 내가 여기 눌러앉아야 할 것처럼 방까지 받았는데, 어쨌든 난 돌아가야 할 거야. 후견인들이 분명 걱정하고 있겠지."

그들 뒤에서 목소리가 들렸다.

"후견인 문제는 해결됐다. 내가 그들에게 알렸으니까."

바르텔레미가 상냥하게 미소 띤 얼굴로 그들에게 다가왔다.

"기다리게 해서 미안하다. 난……"

"문제가 해결됐다니 무슨 뜻이죠?"

샤에의 말투는 퉁명스러웠고 오히려 공격적이였다. 하지만 바르텔레미의 미소는 흔들리지 않았다.

"전부 다 설명하지. 하지만 우선 식탁으로 가자. 나는 배가 고프고 오늘 오후 스케줄이 아주 빡빡하거든."

그들은 식당에 가서 제복 차림의 지배인이 가져다주는 먹음직스러운 요리 주위에 자리를 잡고 앉았다. 전날부터 아무것도 먹지 못한 샤에와 나탕은 대화의 주도권을 바르텔레미에게 일임하고 음식에 달려들었다. 바르텔레미는 우선 다음과 같은 물음을 던졌다.

"헌병 한 소대가 너희를 쫓느라 출동하게 된 이유가 뭔지 알아?"

나탕과 샤에는 놀란 시선을 서로 교환했다. 두 사람은 대화의 물꼬가 그 쪽으로 트일 거라고는 예상치 못했던 것이다.

"아뇨."

결국 나탕이 대답했다.

"헌병 한 사람이 심하게 맞았어요. 하지만 그들이 추격하는 이유는 설명되지 않는데요."

샤에도 덧붙였다.

"너희 말이 맞다."

바르텔레미가 돌연 심각하게 말했다.

"말해봐라, 샤에. 나탕이 나에게 말했던 그 청년, 그러니까 너희가 그 청년의 차를 가로챘다고 했는데……"

"에디?"

"그래, 맞다. 그 청년을 알아?"

"아뇨."

"그럼 너는?"

바르텔레미가 나탕을 돌아보면서 말했다.

"전 어제 샤에를 도와주러 끼어들었을 때 그놈을 처음 봤는데요. 왜 그러세요?"

바르텔레미는 소금과 후추가 섞인 듯한 짧은 잿빛 머리칼을 손으로 쓸어 넘겼다. 걱정스러운 표정이었다.

"네가 말한 대로 싸움에 끼어들어서, 그 녀석을 어떻게 했지?"

"찍 소리 못할 정도로 쳤죠. 하지만 때려눕히거나 부상을 입히진 않았어요. 무슨 일이 일어난 거죠?"

"대수롭진 않아. 난 다만 너희가 이 사건에 아무 책임이 없다는 것을 확실히 해두고 싶었을 뿐이지. 이제 안심이다. 샤에, 너의 후견인들과는 내가 접촉을 취했다. 나탕의 갑작스러운 초대를 받아서 여기 와 있다고 말씀드렸지. 이제 아무도 너희와 그 에디라는 녀석을 관련지을 수 없을 게다."

"하지만 그 에디라는 불량배보다 중요한 문제가 있잖아요? 우선은 우리를 추격한 놈들이 누구인지, 우리 부모님을 죽인 범인도 그들인지 밝혀내야 해요."

바르텔레미가 새고기 한 토막을 침착하게 잘랐다.

"그래. 파미유에게도 알려두었으니 확실히……"

"사건이라니, 무슨 사건요?"

샤에가 중간에 말을 잘랐다.

"뭐라고?"

"아까 무슨 사건을 두고 에디 이야기를 꺼낸 거예요?"

바르텔레미는 조용히 샤에를 주시하더니 천천히 식기를 내려놓았다.

"너희가 말한 주차장에서 경찰이 에디를 발견했어."
그는 포도주 한 모금을 목으로 넘기고 다음 말을 이어나갔다.
"토막 난 시체로 말이야."

3

 바르텔레미는 나탕과 샤에의 반응을 기다리듯이 두 사람을 똑바로 쏘아보며 그 마지막 문장을 내뱉었다. 당황과 놀라움이 뒤섞인 표정이 두 사람의 얼굴에 번지는 것을 보면서 그는 에디 살인사건에 이 소년과 소녀는 아무 책임도 없음을 확신했다.
 "엘브룀! 엘브룀들이 한 짓이야!"
 나탕이 힘주어 외쳤다.
 바르텔레미의 주의가 레이저처럼 정확하고 강렬하게 나탕에게 꽂혔다.
 "뭐?"
 "캐나다에서부터 절 쫓아온 양복 입은 남자들이요. 오늘 아침에 아저씨를 보고 줄행랑쳤던 놈들이죠. 그들은……"
 "네가 방금 그들을 뭐라고 불렀지?"

나탕은 입술을 깨물었다. 바르텔레미는 그의 목숨을 구해주었고 같은 파미유에 속한 사람이었지만 아버지가 확실히 신임하는 사람이라고 해서 나탕도 전적인 신뢰를 보내야 할지는 확신이 없었다.

나탕은 너무 오래 혼자였다. 부모님이 살아 계시던 시절을 포함해서도 그랬다.

그렇지만 이제 와서 도로 주워 담기에는 너무 늦어버렸다.

"엘브륌이요. 적어도 저는 그렇게 생각해요."

"엘브륌……"

"네, 그들은……"

"엘브륌이 뭔지는 나도 안다." 바르텔레미가 나탕의 말을 끊었다. "어렸을 때 이후로는 그 이름을 들어보지 못했지만 말이야. 네가 그들을 알아볼 수 있었다는 게 놀랍구나. 엘브륌이 나타나지 않은 지 5세기가 넘었거든. 게다가 네 아버지가 그렇게 일찍부터 너에게 엘브륌에 대해 알려주지는 않았을 텐데. 적어도 내가 너희 아버지를 마지막으로 만났을 때는 그랬다."

바르텔레미는 샤에가 그의 말 한마디 한마디를 빨아들일 듯이 주시하고 있음을 깨닫고 입을 다물었다.

"아가씨는 거실에서 우리를 기다리는 게 좋을 것 같군요."

바르텔레미는 정중하지만 단호한 말투로 이렇게 말했다. 샤에가 일어서려는데 나탕이 끼어들었다.

"샤에는 여기 있어도 돼요. 이 애도 저만큼 엘브륌에 대해 알고 있으니까요."

"정말이냐?"

"네, 제가 다 이야기했어요. 그리고 그것뿐만이 아니에요."

"좀 들어보자."

바르텔레미의 눈에서 묘한 빛이 일었다. 나탕은 망설여졌고 포기할 뻔도 했지만 이내 결심을 굳혔다. 이 사람을 믿어야만 했다. 그가 헤매고 있는 안개 속을 환하게 밝힐 방법은 그것뿐이었고, 그래야만 샤에와 함께 있을 수 있었다.

"엘브륌들은 저를 쫓아올 때만큼이나 악착같이 샤에를 없애려고 했어요. 그들이 저에게 뭘 원하는지는 몰랐지만 한 가지만은 확실했죠. 놈들이 저만큼이나 샤에에게도 흥미를 갖고 있다는 거예요."

"그건 이상하구나. 그렇다면 사정이 다르지⋯⋯ 그래도 네가 어떻게 그들이 엘브륌이라는 것을 알았는지는 모르겠구나."

바르텔레미는 분명히 샤에가 여기 있어도 좋다고 허락한 셈이었다. 나탕은 잠시 주저하다가 이야기를 처음부터 다시 시작했다. 이번에는 리칸트로프에 대한 묘사도, 위험에 빠질 때마다 소중한 정보를 주는 내면의 목소리에 대해서도 모두 말했다.

바르텔레미는 양손을 깍지 끼고 턱을 받친 채 중간에 끊지 않고 끝까지 나탕의 이야기를 들었다. 이야기가 모두 끝나자 향수 어린 미소가 그의 입가에 떠올랐다.

"그 목소리는 네 어머니가 물려준 거란다."

"어떻게요?"

"전부 다 설명하자면 길고 복잡하지. 지금 섣불리 꺼내기에는 너무 길고 복잡한 이야기야."

바르텔레미가 흘끗 샤에를 보았다.

"그리고 어떤 비밀들은 반드시 지켜져야 하는 법…… 간단하게 말하자면 그래도 네가 가장 강력한 파미유에 속해 있다는 것, 다른 가문의 파미유들도 존재하며 수세기 동안 우리 파미유의 패권을 빼앗으려고 벼르고 있었다는 것은 알아두어라. 그런 파미유들이 여섯이야. 그 라이벌들이 이미 없어졌거나 아주 약해져서 더 이상 우리 파미유에게 위협이 되지 못해. 전에는 사정이 그렇지 않았지. 그렇게까지 오래전도 아니지만 그때는 서로 치열하게 대결했었거든. 때로는 피를 볼 정도로."

"우리 엄마와는 무슨 관련이 있죠?"

나탕이 놀라 물었다.

"그 얘기를 하려는 거다. 너도 알다시피, 네 아버지는 네가 태어나기 얼마 전부터 파미유와 거리를 두었지. 아마 넌 그 이유가 네 엄마에게 있었다는 걸 몰랐을 거다."

"전……"

"네 엄마는 우리와 대립하는 다른 파미유의 사람이었다. 우리 파미유를 가장 성가시게 하던 다른 파미유의 여자였다고. 네 아빠 엄마가 만났을 때 네 엄마의 파미유는 더 이상 우리를 해칠 마음도, 그럴 방도도 없는 상태였다만 어쨌든 전통은 완고한 거야. 네 아버지는 선택을 해야만 했어……"

바르텔레미가 입을 다물었고 나탕도 잠시 말없이 있었다. 거의 낯모르는 사람이나 다름없는 어른에게 자신이 몰랐던 부모님의 인생사 한 토막을 듣고 있자니 등줄기가 서늘했다.

"그래서 목소리는요?"

마침내 나탕이 물었다.

"과거로 거슬러 올라가면 독특한 능력을 지니고 있던 파미유가 존재했지. 파미유의 능력. 너도 네가 학교에서 무척 뛰어난 학생이자 스포츠에 능하다는 걸 느끼고 있었겠지? 그게 바로 우리 파미유의 표식이다. 네 어머니의 능력은 놀라운 양의 정보에 접근할 수 있다는 거다. 아니, 과거형으로 말해야 할까. 어쨌든 조상으로부터 내려오는 유전적 기억이라고 할 수 있지."

"왜 과거형으로 말해야 한다는 거죠?"

"내가 아는 한, 그 파미유의 일원들은 모두 죽었거든. 네 어머니가 마지막 남은 한 사람이었어. 난 네 어머니의 선조들이 우리 선조들과 싸웠다는 이유로 네 아버지를 파미유에서 추방시키는 건 어리석은 짓이라고 생각해왔고 그렇게 주장해왔단다. 하지만 아직도 우리 파미유의 몇몇 일원들은 전통에 집착하고 있지. 내가 아무리 주장해봐야 소용이 없어."

바르텔레미는 재킷에서 지갑을 꺼내 그 안에서 사진을 한 장을 빼고는 감흥에 젖어 바라보았다.

"네 부모가 만났을 때 나도 그 자리에 있었다. 그 무렵, 네 아버지와 나는 암벽등반에 푹 빠져서 함께 오 아틀라스[4] 한복판으로 산행을 떠났단다. 솔직히 말해 산행 채비를 잘했다고는 할 수 없었지. 다행히도 노련한 가이드를 만나서 여행이 비극으로 끝날 위험을 몇 번이나 피했단다. 그리고 바로 그 가이드가 어느 날 아침 급경사 코스에서 낭떠러지로 떨어지기 일보 직전의 자동차 한 대를 발견했

---

4. Haut Atlas. 북아프리카 모로코 중부에 있는 산맥.

어. 때마침 우리가 나서서 그 여자 운전자를 구했기에 망정이지. 그 사람이 바로 네 엄마다. 뤽과 네 엄마 사이에 자연스럽게 불꽃이 일었고 그때부터 두 사람은 늘 함께였어. 봐라, 이게 우리가 네 엄마를 만나고 다다음날 같이 찍은 사진이야."

나탕은 바르텔레미가 내미는 사진을 받아들고는 떨리는 손을 다스리려고 무던히 애썼다. 샤에도 나탕의 어깨 너머로 사진을 보려고 몸을 숙였다.

두 사람은 여행자들이 모이는 숙소 앞에서 갈색으로 그을린 세 젊은이가 활짝 웃는 모습을 함께 보았다.

그리고 세 명의 젊은 등산객 뒤에 서 있는 가이드를 보고는 소스라치게 놀랐다.

구릿빛 피부와 눈부실 정도로 새파란 눈동자의 키 작은 남자.

"라피!"

4

나탕과 샤에는 동시에 외쳤다.
"네가 라피를 알아?"
나탕이 물으려던 말을 샤에가 가로챘다. 나탕은 고개를 끄덕였다.
"공항에서 내 휴대전화를 망가뜨린 노인이 바로 이 사람이야. 나에게 새 휴대전화를 준다는 핑계로 우리가 처음 만났던 그 주차장까지 끌고 갔었어. 너는?"
"비슷해."
"비슷하다니, 뭐가?"
"이 사람이 나를 그 주차장에 내버려두고 갔거든."
"그러니까 너도 이 사람을 안다는 거지."
"아냐. 그냥 그 전날 처음 보고 한두 마디 나눴을 뿐이야."
나탕이 머리칼 사이에 손을 묻었다.

"제기랄, 이 작자는 누구야? 어떻게 이 사람이 너희 집 근처와 공항에 동시에 있을 수 있어?"

"완전히 같은 시각은 아니야."

샤에가 나탕의 말을 정정했다.

"맞아. 너를 데려다놓고 공항으로 와서 나를 끌고 돌아간 거겠지. 빠듯하긴 하지만 불가능한 일은 아니야. 그걸로 그자의 행동이나 우리 부모님 사진에 그자가 들어와 있는 이유가 설명되진 않지만."

바르텔레미는 주의 깊게 두 사람의 대화를 들었다. 그는 준엄하게 나탕을 위아래로 훑어보았다.

"나에게 했어야 할 이야기를 또 잊어버렸던 게냐?"

그가 '또'라는 말에 힘을 주었기 때문에 나탕의 얼굴이 굳어졌다. 나탕이 변명했다.

"아니에요. 전 다만 이 라피라는 사람이 이야기를 해야 할 만큼 중요한 인물인 줄은 몰랐어요."

"그는 중요해. 어쩌면 그 사람이 이 수수께끼를 풀 수 있는 열쇠일지도 모르지. 그에 대해 알고 있는 대로 다 말해다오."

나탕은 시키는 대로 했다. 나탕의 이야기가 끝나자 바르텔레미가 샤에에게 돌아섰다.

샤에는 그의 태도가 마음에 들지 않았지만 그에게는 순순히 따르는 것만이 마땅한 일로 여겨질 만큼 압도적인 권위가 있었다. 샤에는 내키지 않았지만 자기가 아는 이야기를 털어놓았다. 샤에의 이야기가 끝나자마자 바르텔레미는 접시를 밀어놓고 일어났다.

"쓸 만한 정보는 아무것도 없군. 나탕, 난 네 부모의 죽음을 자연스럽게 파악할 수 있는 이유, 아니면 적어도 쉽게 해명할 수 있는 이유라도 찾기 바랐는데. 아무래도 안 되겠어. 엘브룀, 리칸트로프, 그리고 이 수수께끼의 인물 라피까지⋯⋯ 모든 점에서 미루어보건대 이제 끝났다고 생각했던 선조대의 위협이 다시 살아난 것 같구나."

"무슨 말씀이세요?"

나탕이 물었다.

바르텔레미는 질문에 대답하는 대신 버섯을 깔고 김이 모락모락 나는 새고기를 올려놓은 은접시를 가리켰다.

"편히 먹고 쉬어라. 마음 내키는 대로 정원도 산책하고. 이곳에선 안전하다. 하지만 어떤 이유로도 이 집 담장 밖으로 나가선 안 돼. 내 말 잘 알았지?"

나탕과 샤에는 다시 한 번 그의 카리스마에 눌려서 알았다고 고개를 끄덕였다. 바르텔레미는 그들에게 가볍게 미소를 짓고 나갔다. 문까지 걸어간 그가 뒤를 돌아보았다.

"오늘 저녁 파미유의 사람들 앞에서 너를 소개하려고 한다. 네 아버지를 죽인 자들은 찾아낼 거야. 그건 보장한다. 그리고 성가신 말썽꾼들도 처리할 거다. 이제 곧 모든 것이 제자리로 돌아갈 거야."

가차없이 차갑기만 한 약속은 치명적인 위협처럼 들렸다. 샤에는 피가 얼어붙는 기분이었다. 물론 자신은 바르텔레미가 말한 성가신 말썽꾼은 아니었지만 바르텔레미가 그녀를 배제하고 오로지 나탕에게만 말하고 있음을 눈치채지 못할 만큼 둔하지 않았다.

샤에는 서서히 확신이 들었다. 누구든 파미유를 건드리면 위험해진다는 확신이.

식사를 마치고 나탕과 샤에는 정원으로 나갔다. 미스트랄은 잠잠해졌고 봄날 같은 기온에 활짝 핀 백리향 때문에 공기가 향기로웠다. 금욕적인 표정의 사내들이 현관 문 옆과 빌라의 지붕 위에서 경비를 서고 있었고, 또 다른 사람들은 담장을 따라 난 작은 길을 따라 걷고 있었다.

그중 두 사람은 엘브룀을 쫓아버릴 때 도로를 막아섰던 무리에도 끼어 있었다. 나탕이 손을 흔들어 인사를 해보았지만 아무 반응이 없었다. 윗도리의 가슴께가 불룩한 걸 보니 권총 케이스가 들어 있는 듯했고 몇몇은 아예 손에 돌격소총을 들고 있었다.

"저 사람들은 내전이라도 준비한대?"

샤에가 작은 목소리로 물었다. 나탕은 어깨를 으쓱했다.

"놀라울 정도의 무장이지, 그건 맞아. 엘브룀이나 리칸트로프가 불시에 튀어나와도 저 사람들이 상대해준다면 안심이 될 것 같아."

"은제 탄환으로 쏘는 총일까?"

"그 괴물들을 없애는 다른 방법들도 있다는 걸 우리가 입증했잖아. 그렇지 않아?"

샤에의 심장이 마구 뛰었다. 하지만 그녀는 자신을 다스릴 수 있었다.

"맞아."

샤에는 싱겁게 대답했다.

두 사람은 넓은 수영장으로 내려가는 타일 깔린 길을 걸었다. 물이 넘칠 듯한 수영장 바로 옆에는 인위적으로 관리하지 않은 듯한 소나무와 노간주나무가 무성하게 자라고 있었다. 나무 사이로 이따금 새파란 지중해가 엿보이며 빛을 받은 깊고 푸른 바다에 은빛 색조를 더해주었다. 샤에가 벤치에 앉았다. 나탕은 보일 듯 말 듯 망설이다가 그 옆에 앉았다.

침묵을 깨뜨린 사람은 샤에였다.

"말하지 않은 거 고마워…… 너희 아저씨에게 쇼즈에 대해 아무 말 안 했잖아."

"상관없는 일이라고 생각했으니까. 그 얘기를 하고 싶어?"

"아니!"

샤에가 목소리를 높였다. 한 손으로는 입을 막고 다른 손으로는 배를 눌렀다. 경비를 보고 있던 남자가 그들 쪽으로 돌아서면서 총구가 햇살에 번쩍거렸다. 남자가 지붕 위에서 다시 경계 자세로 돌아갈 때에도 다시 한 번 번쩍 빛이 일어났다.

"아니야. 그건 정말 아니라고."

샤에는 차분하게 한 번 더 말했다.

"네 마음대로 해."

그러자 샤에는 힘겹게 침을 삼켰다.

"그런 얘기를 한다는 것 자체가 쇼즈의 존재를 인정하는 거잖아."

"있잖아, 샤에. 인정하지 않는 것은 없앨 수도 없어. 난 사람이 말을 함으로써 그 과정에서 힘을 얻는다고 생각하거든. 난 정말로 그렇게 믿어. 하지만 내가 강요하진 않을 거야."

샤에는 자신이 고집을 부리는 것 같았지만 비참한 기분까지 감출 수는 없었다.

"넌 네가 무슨 말을 하는지도 모르고 있어."

나탕이 고개를 저었다.

"날 너무 과소평가하는구나……"

나탕은 초록빛 눈으로 샤에의 흑빛 눈을 똑바로 바라보았다.

그녀에게선 고양이 같은 매력이, 그녀를 사로잡고 공포에 몰아넣었던 동물의 까마득한 세월에 걸친 야성적 아름다움이 뿜어 나오고 있었다. 나탕의 마음 깊은 곳에는 샤에를 도울 수 있을 거라는 느낌이 있었다.

아니, 느낌이라는 말로는 부족했다.

나탕은 샤에를 도와줘야 한다고 생각했다.

"……그리고 사람을 과소평가하는 건 아주 나쁜 점이지."

나탕은 심각해진 말투로 말했다.

"난……"

"쉿." 나탕이 단숨에 샤에의 말을 잘랐다. "눈을 감아봐."

샤에는 내키지 않으면서도 시키는 대로 했다.

그녀의 몸을 이루는 조직 하나하나가 나탕이 바로 옆에 있다는 것을 의식하고 있었다.

나탕의 얼굴이 샤에를 향해 기울어졌다.

그의 입술이 샤에의 입술에 다가갔다.

부드럽게.

샤에는 움직이지 않았다.

두 사람의 입술이 스쳤다.

"싫어!"

샤에가 두 손으로 나탕의 상체를 세차게 미는 바람에 나탕은 벤치에서 떨어질 뻔했다.

"날…… 건드리지 마!"

구슬픈 신음소리가 이 말을 맺었다. 샤에는 두 손에 얼굴을 묻고 웅크렸다.

나탕은 잠시 다가서지 못했지만 자신의 행동이 잘못 받아들여지지 않도록 서서히 비켜났다.

"미안해."

그는 작은 소리로 말했다. 두 사람은 한참이나 꼼짝도 하지 않았다. 이윽고 샤에가 천천히 일어나더니 나탕을 쳐다보았다. 나탕은 샤에가 눈물을 터뜨릴 줄 알았지만 샤에는 어둡고 알 수 없는 눈빛으로 그를 바라보았다.

"네 잘못이 아니야. 그것이 나에게 다른 사람 손이 닿는 걸 싫어해."

5

나탕은 '그것'이 무엇인지 묻지 않았다.

알고 있었으니까.

쇼즈 때문에 자신과 샤에의 관계는 막다른 골목에 놓여 있다는 것도 잘 알았다. 여기서 빠져나가고 싶다면 돌파구를 마련해야 했다. 어떤 대가를 치르게 되더라도.

나탕은 어렵사리 이야기를 꺼내보았다.

"가장 오래된 기억까지 거슬러 올라가봐도…… 난 한 번도 친구가 없었어."

그다음 말들이 술술 이어지면서 점점 더 편하게 이야기가 풀렸다. 나탕은 어느새 샤에에게만이 아니라 자기 자신에게도 말을 하고 있었다. 속에 담고 살았던 감정을 처음으로 고스란히 드러내면서.

나탕은 정상적인 부모 자식 관계를 맺을 수 없었던 좌절감에 대해 간단히 이야기했다. 부모님께 품었던 애정, 부모님이 그에게 품었던 애정, 그럼에도 서로 넘을 수 없었던 벽을 떠올렸다. 이해의 부족과 엄격한 교육이 세운 벽이었다. 지금은 그것이 두려움의 벽이었음을 알았다. 그는 샤에게 숱하게 반복된 이사와 사귈 만하면 헤어져야 했던 친구들에 대해, 자신의 고독에 대해 털어놓았다.

아무 주저 없이, 그저 다른 애들처럼 평범한 소년이 되기를 바랐던 수많은 밤들에 대해 이야기했다. 친구들에게 반감만 사고 세계 구석구석으로 뭔지도 모를 위험을 피해 다녀야 했기에 엄청난 지적 능력, 신체적 능력이 없어졌으면 좋겠다고 생각했다. 나탕은 그렇게 자신의 괴로움을, 나아가 외로움을 이야기했다.

마침내 입을 다물고 나니 이렇게까지 많은 말을 했다는 사실이 놀라웠다. 걱정스럽기도 했다.

나탕은 샤에를 돌아보고 자신을 뚫어져라 보는 검은 눈동자에 당황했다.

샤에는 말로 다할 수 없는 감동을 받았다. 나탕이 이런 말까지 털어놓으면서 보여준 신뢰에. 자신과는 사뭇 다르게 살아왔지만 그럼에도 자신과 비슷한 데가 있는 나탕의 이야기에. 나탕의 강인함과 나약함에. 그의 용기에. 무엇보다도 나탕의 외로움에 감동했던 것이다.

샤에도 나탕처럼 다 털어놓고 싶었다. 이제 잘 기억나지도 않는 부모님에 대해 말하고 싶었다. 무엇보다도, 자기 안에 머물며 격한 감정에 휩싸일 때마다 자신의 몸과 정신을 지배하는 쇼즈에 대해 말하고 싶었다. 두려움, 최악의 사태가 일어나고 말 거라는 확신에 대해. 자신만의 외로움에 대해. 너무나 끔찍한 외로움을.

"난…… 나도 그래."

그렇게 절박한 마음으로도 애처로운 이 한마디밖에 끌어내지 못했다. 비참하고 분해서 목 놓아 울어버릴 수도 있었다. 쇼즈는 그녀를 망가뜨렸고, 남들과 소통하고 함께하는 능력마저 파괴했다. 실망한 나탕은 곧 돌아설 것이다. 이제 겨우 인생의 터널 끝에서 한 줄기 빛이 보인다 싶었는데, 이제 곧 그 빛마저 꺼질 것이다. 그 빛은……

예상과 달리 나탕은 돌아서지 않았다. 오히려 미소를 지으며 그녀에게 뭔가 몸짓을 하려고 했다. 하지만 나탕은 샤에가 거부하기 전에 그 몸짓을 자제하고 다시 한 번 미소를 지었다. 그러고는 차분하게 화제를 바꾸었다.

그는 쾌활한 말투로 캐나다의 프랑스인 고등학교에서 배웠던 공부 이야기도 하고, 선생님들의 깐깐한 태도에 대해 적당히 조롱도 하고, 학교의 대학수학능력시험 합격률에 목숨 건 교장의 모습을 풍자하고, 자신의 결점까지 일부러 재미있게 과장해서 웃음거리로 삼았다.

샤에는 조금씩 편안해졌다.

나탕의 이야기가 끝나자 이번에는 샤에가 자기 고등학교 이야기로 화제를 돌렸다. 샤에의 이야기가 끝나자 나탕은 그녀와 더 오래 대화를 나누고 싶어서 얼른 다시 입을 열었다. 샤에는 미소 지었다. 그녀는 알 수 있었다. 이기심 때문이 아니라, 샤에는 원래 자기 속을 털어놓을 줄 모르는 소녀였다. 나탕은 그걸 알고 그녀를 위해 말해주었던 것이다. 샤에는 그런 나탕이 정말로 고마웠다.

시간이 가는 줄도 모르게 그날 오후가 다 갔다.

독백처럼 한 사람만 주구장창 떠드는, 기묘한 대화였다. 하지만 그 대화에서 아주 특별한 관계의 이정표들이 싹텄다.

단 한 순간도 두 사람의 몸은 서로 닿지 않았다.

두 사람이 느끼는 감정은 육체적인 갈망을 훨씬 넘어선 것이었다.

해는 지평선을 넘어갔고 온화한 오후는 벌써 추억이 되었다. 샤에는 풀오버를 입고도 오들오들 떨었다. 나탕은 하마터면 샤에를 안아줄 뻔했지만 기껏 쌓아올린 신뢰를 다 망쳐버릴까 봐 애써 참았다.

"어쨌든 그 라피인지 뭔지 하는 망할 영감탱이가 우리에게 선물을 주긴 했네……"

알쏭달쏭한 말이었지만 샤에는 어렵잖게 해석했다. 그녀는 나탕과 똑같은 행복을 느끼고 있었기 때문이다.

뒤에서 발소리가 나자 두 사람은 돌아보았다.

"도련님, 아가씨. 손님들이 오셨습니다. 실례지만 저택으로 돌아가 주셔야겠습니다."

1미터 뒤에 급사가 감정 없는 얼굴로 서 있었다. 그는 대걸레자루를 삶아먹었는지 꼿꼿하기 이를 데 없었다. 샤에는 안 좋은 예감이 등을 타고 내려가는 것을 느꼈다. 저자가 무슨 거슬리는 말이라도 한다면…… 하지만 그는 아무 말도 하지 않았다. 나탕은 건성으로 고개를 끄덕여 보이고는 손짓으로 돌려보냈다. 급사는 공손하다 못해 비굴하게 고개를 숙이고는 물러났다.

"왜 저자가 너에게는 거드름 피우지 않는 거야?"

샤에가 놀라서 물었다.

"누구?"

"방금 왔다 간 사람 말이야!"

"난 몰라."

나탕이 살짝 놀라는 기색으로 대꾸했다.

"저 사람은 거드름 피우려고 있는 게 아니라 자기 할 일을 하고 있는 거야. 그뿐이라고."

샤에는 사실은 꼭 그렇지만도 않다는 것을 알고 있었지만 조용히 입을 다물었다.

두 사람은 느릿느릿 빌라를 향해 걸어갔다.

바르텔레미가 얼굴에 다정한 미소를 띠고 두 사람을 맞으러 나왔다. 그는 나탕과 샤에를 뷔페가 준비되어 있는 널찍한 리셉션 룸으로 안내했다. 서른 명 남짓한 사람들이 그 주위에 삼삼오오 모여서 오래전부터 잘 알고 지내던 사람들처럼 정겹게 대화를 나누고 있었다.

그들이 도착하자 웅성웅성하던 대화 소리가 잦아들더니 완전히 끊겼다.

"여러분, 뢱의 외아들 나탕을 소개합니다."

바르텔레미가 엄숙한 어조로 말했다.

"나탕, 네 앞에 있는 분들은 우리 파미유의 아주 작은 일부일 뿐이지만 굉장한 세력을 지닌 분들이다. 너를 보기 위해 세계 방방곡곡에서 달려오셨어."

나탕은 갑자기 자신에게 향하는 사람들의 시선이 부담스러워 다리가 후들거렸다.

"똑바로 서지 못해!"

느닷없이 호통을 친 남자가 성큼성큼 걸어와 나탕 앞에 버티고 섰다. 적어도 일흔은 되어 보이는 할아버지였지만 황소처럼 풍채가 당당했고 세월의 흔적이 역력한 얼굴은 평생을 싸워온 사람들 특유의 이목구비를 보여주었다.

평생 싸워서 승리한 사람들만 가질 수 있는 얼굴.

뒤로 잘 빗어 넘긴 눈부신 백발 아래 초록색 눈동자가 빛나고 있었다.

"똑바로 서라, 꼬마야! 널 보려고 괜히 왔다는 생각은 들지 않게 해다오!"

나탕은 용수철로 움직이듯 발딱 일어섰다.

"그래, 좀 낫구나. 나는 앙통이다……"

노인의 눈빛이 번득였다.

"……네 할아버지지!"

샤에는 떨리는 심정으로 이 광경을 바라보고 있었다.

바르텔레미가 입을 열기 시작했을 때 샤에는 나탕의 파미유, 그토록 부유하고 힘 있는 파미유가 혹시 마피아의 한 분파는 아닌지 궁금해졌다. 돈, 비밀, 권력의 추구, 혈연관계의 중요성, 무기…… 어느 모로 보나 그렇게 믿고도 남을 만했다.

뷔페 앞에 모여 있는 남자들 중 적어도 세 명은 샤에도 이런저런 잡지에서 사진을 본 적이 있어서 알고 있었다. 아무렇게나 넘겨본 잡지들이었는데 기억이 난다는 것이 자신도 놀라웠다. 재계 소식, 정치계 소식에서 보았던 얼굴들. 그들의 국적은 제각각이었다. 그런데 그들이 한 파미유에 속할 수 있단 말인가?

눈이 돌아가게 가슴골이 깊게 파이고 번쩍번쩍 빛나는 드레스가 샤에의 주의를 끌었다. 그 드레스를 입고 빈정대듯 뽀로통하니 나탕을 바라보고 있는 여자는 분명히 신디 프레이저였다. 샤에는 벌어진 입을 다물지 못했다. 신디 프레이저! 미국 영화의 격동기를 거치면서도 주름살 하나 늘지 않은 국민여배우. 전설적인 여배우. 어떻게 그녀가……

"입 좀 다무시지. 멍청한 금붕어처럼 보인단 말이야."

샤에는 퍼뜩 정신이 들었다.

샤에 바로 앞에 비슷한 나이 또래의 소녀가 서 있었다. 비싸 보이는 멋진 물결무늬 드레스를 입고 있는 소녀는 몹시 예뻤다. 천사 같은 얼굴을 화려하게 감싸고 있는 곱슬곱슬한 금발이 관능적인 미모를 부각시켰다. 소녀가 고른 치열을 드러내며 샤에에게 미소를 지었다.

"너한테 한 소리야. 사람들은 어떤 의견을 만들어내는 데 꾸물대지 않아. 그리고 첫눈에 그 의견이 좋아 보이게끔 조치를 취하는 데도 꾸물대지 않지. 그렇게 생각하지 않니? 내 이름은 에놀라야. 우리 아빠는 바르텔레미고."

6

'……네 할아버지지!'
이 말은 오랫동안 나탕의 머릿속에서 울려 퍼졌다. 그에게 할아버지가 있었다니!
"너는 뤽을 닮았구나…… 내 아들을……"
노인의 목소리가 흔들렸다. 아주 잠깐이었지만. 노인은 곧바로 동요를 수습했다.
"아직 어렸을 때의 내 아들, 어리석고 감상적인 바보가 되기 전의 내 아들 말이다!"
나탕의 눈이 휘둥그레졌다. 아버지가 어리석고 감상적인 바보라고? 그 이미지는 그가 아는 아버지와 전혀 어울리지 않았기 때문에 나탕은 하마터면 큰 소리로 웃어버릴 뻔했다. 그가 웃음을 터뜨리지 않은 이유는 누구에게든 부모님에 대한 기억을 우롱할 빌미를 주고 싶지 않아서였다.

"제 아버지는 훌륭한 분이셨고 저는 그분의 아들이라서 자랑스럽습니다."

나탕은 힘주어 말했다. 앙통 할아버지는 나탕을 거만하게 굽어보았다.

"듣기만 좋은 말이지."

"어쩌면 그럴지도 모르죠. 하지만 전 그게 진실이니까 말하는 겁니다."

"그래봤자 속 빈 강정이지!"

"아마 그래서 아버지는 제 앞에서 할아버지 말씀을 한 번도 안 하셨나 봅니다!"

드문드문 오가던 말소리마저 뚝 끊어졌고 모두들 숨을 죽였다. 손에 잡힐 듯 뚜렷한 긴장이 기대에 사로잡힌 좌중 사이로 흘렀다.

"Dein Vater war lose(네 아비는 별 볼일 없는 인간이야)!"

앙통이 독일어로 이 말을 버럭 내뱉자 가장 가까이 있던 손님들은 주춤하니 한 발짝 뒤로 물러났다. 나탕은 꿈쩍도 하지 않았다.

"Mein Vater war ein bemerkenswerter Mann, und ich bin stolz seinen Sohn zu sein(제 아버지는 훌륭한 분이셨고 저는 그분의 아들이라서 자랑스럽습니다)."

나탕은 단호한 말투로 응수했다. 노인의 낯빛이 시뻘게졌다.

"¡Repite lo que acabas de decir(방금 한 말을 다시 한 번 해봐라)!"

"Mi padre era un hombre admirable y estoy muy orgulloso de ser su hijo(제 아버지는 훌륭한 분이셨고 저는 그분의 아들이라서 자랑스

럽습니다)."

나탕의 목소리에는 주저함이 없었다. 이 거만한 노인네가 세계 여러 나라의 말들을 늘어놓아 나탕의 기를 죽이려 했다면 단단히 실수한 셈이었다. 앙통은 더욱 언성을 높였고 이제 고래고래 소리를 지르는 수준이었다.

"Upprepa det du precis sa(똑똑히 다시 한 번 말해봐)!"

"Min far var en enastående man och jag är stolt över att vara hans son(제 아버지는 훌륭한 분이셨고 저는 그분의 아들이라서 자랑스럽습니다)! 할아버지가 이런 걸 재미있어하신다면 영어, 일본어, 러시아어로도 얼마든지 말할 수 있어요. 하지만 세르비아어나 한국어는 못해요. 어쨌거나 그래도 제 생각은 변하지 않아요. 제 아버지는 훌륭한 분이셨고 저는 아버지의 아들인 게 자랑스러워요!"

나탕은 자신이 주먹을 불끈 쥐고 있다는 것을 깨닫고 손을 펴야만 했다. 손가락을 펴면서 뚝 소리가 났고 나탕이 몇 번이나 되풀이한 대사가 불러온 침묵 속에서 그 둔탁한 소리는 묘하게 크게 들렸.

할아버지의 눈꺼풀에 신경성 경련이 일었다. 나탕은 자신이 진실의 편에 있다고 확신했지만 눈에 보이지 않는 위험한 경계를 넘어버린 게 아닐까 불안했다. 어쨌거나 자신이 뱉은 말을 취소한다는 것은 있을 수 없는 일이었고 만약 이 새로운 가족이 부모님을 부인하라고 요구한다면 파미유고 뭐고 집어치울 각오도 되어 있었다.

스캐너로 훑어 내리는 듯한 시선으로 나탕을 한없이 쏘아보던 앙통 할아버지가 드디어 입을 열었다. 그런데 노인의 입에서 저주 대신 호쾌한 웃음소리가 터져 나오는 바람에 손자는 너무 놀란 나머지 경직되고 말았다. 돌풍이 구름을 쓸어가듯 솔직하고 호탕한 웃음소리에 좌중의 긴장은 온데간데없이 사라졌다. 앙통은 조금 진정이 되자 이렇게 외쳤다.

"피는 속일 수 없다더니! 나는 확신을 갖고 그 확신을 옹호하는 젊은이들을 좋아하지. 가까이 오너라, 너를 파미유에 소개할 수 있도록."

할아버지는 어안이 벙벙해 있는 나탕의 팔을 다정하게 잡고 지금까지 입씨름을 지켜본 관객들에게로 이끌었다.

"이 아이는 제자리를 찾으러 왔소. 자네들이 이 아이를 받아들여 합당한 대우를 해주기 바라오. 나탕, 이쪽은 파올로다. 네 할머니 엘리즈의 삼촌에서 다시 촌수가 셋 떨어진 사촌이지. 전 세계 니켈 광맥의 절반을 소유하고 있는 데다가 남아메리카에서 첫째가는 커피생산자이기도 하단다."

구릿빛으로 그을린 무뚝뚝한 50대 사나이 파올로가 나탕이 내미는 손을 잡았다.

"잘 왔다. 앙통 아저씨의 혈통이 되살아나서 기쁘구나. 콜롬비아에 있는 우리 집에도 한 번 와준다면 무척 기쁘고 영광스러운 일일 게다."

스페인어의 억양은 지울 수 없었지만 그의 프랑스어는 완벽했다. 나탕이 뭐라고 대답을 하려는데 할아버지는 벌써 그를 또 다른 파미유의 일원에게로 끌고 가고 있었다.

나탕은 금방 정신이 혼미해졌다. 이름, 하는 일, 간단한 족보관계만으로 소개받은 이 사람들을 다 기억한다는 건 불가능했다. 그는 전부 다 머릿속에 잘 새겨놓으려고 노력했지만 열 번째 사람, 타지로 아저씨의 사촌누이의 시누이자 석유투자를 전문으로 하는 대단한 은행가라는 누라인가 뭔가 하는 아줌마까지 이르자 포기해버렸다. 나탕은 그럭저럭 악수나 나누고 반갑다는 말에 웃어 보이는 정도로 만족했다.

그의 옆에서 희색이 만면한 앙통은 잃었던 손자를 되찾고 기뻐서 어쩔 줄 모르는 할아버지 역할을 완벽하게 수행하고 있었다. 하지만 온후한 얼굴을 보일 때도 그의 초록색 눈은 웃고 있지 않았다. 나탕에게 한 사람 한 사람 인사를 할 때마다 그 두 눈은 말없이 경고의 메시지를 전하는 것 같았다.

대화는 계속 이어졌고 나탕은 어느새 샴페인 잔을 손에 들고 있었다. 몇 명씩 모여 있는 손님들 사이로 급사가 맛있는 카나페가 담긴 쟁반을 들고 돌아다녔다. 나탕이 먹지 않겠다고 했더니 할아버지가 나무랐다.

"먹어라, 얘야. 오늘 저녁에는 아주 할 일이 많으니 기운을 차려두어야지."

"할 일요?"

앙통은 손자의 눈을 똑바로 바라보았다.

"내가 뤽의 죽음을 복수하지 않고 넘어갈 것 같으냐? 나는 녀석과 뜻이 맞지 않았고 녀석이 택한 길을 걷지 못하도록 수단 방법을 가리지 않고 방해했지. 조금도 망설이지 않고 상속권을 박탈했고 필요하다면 얼마든지 또 그럴 수 있다. 하지만 뤽은 내 자식이다. 하나뿐인 내 아들이라고. 그래, 우린 할 일이 있다. 이 문제가 해결되기 전까지는 그만둘 수 없는 일이야."

할아버지가 문제를 어떤 식으로 해결할 것인가에 대해서는 의심의 여지가 없었고, 나탕은 몸서리를 쳤다.

"우선 문 하나를 통과해야죠."

회색 눈동자에 피부가 몹시 창백한 여자가 끼어들었다. 사촌지간인 올가라고 했던가? 다프네 아주머니인가?

"문 같은 소리는 집어치워, 기슬렌!"

앙통 할아버지가 역정을 냈다.

"규칙인 걸요. 당신도 규칙은 준수해야 하고 그 점은 저 못지않게 잘 아실 텐데요."

기슬렌 아주머니는 당황하지 않고 쏘아붙였다.

"고약한 여편네 같으니." 할아버지는 혀를 찼다. "설마 내 손자가 문을 통과하지 못할 거라고 생각하는 거야?"

"그게 규칙이잖아요."

"좋아."

앙통 할아버지가 바르텔레미 아저씨를 소리쳐 불렀다.

"바르텔레미, 자네가 필요하네. 기슬렌이 우리에게 규칙을 일깨워줘야 한다고, 누구에게도 예외를 둘 수는 없다고 하니까 일부러 자네 집 지하로 내려가는 시간 낭비를 하게 생겼네. 자, 이리 와라, 나탕."

나탕은 문득 대화의 한 부분을 놓쳤다는 느낌이 들었다. 문은 또 무슨 얘기고 지하에 내려가서 뭔 짓을 해야 하는 걸까? 내키지 않았지만 아무도 이 상황을 이상하게 생각하지 않는 듯하니 어느 정도 안심이 되었다. 아마 독특한 가풍의 하나겠지. 하지만 지나친 호기심을 드러내어 예의 없게 보이거나 또 다시 소동을 피울 순 없었다. 나탕은 그저 말없이 따를 수밖에 없었다.

그는 방을 나서기 전에 눈으로 샤에를 찾았다. 정신없이 사람들을 소개받느라 샤에를 잊고 있었던 것이다. 샤에는 나탕이 소개받지 않은 어느 금발 소녀와 이야기에 빠져 있었다. 어찌나 이야기에 몰두해 있는지 나탕이 손짓을 해도 못 보는 것 같았다.

나탕은 샤에에 대해 마음을 놓고 앙통 할아버지와 바르텔레미 아저씨를 따라나섰다.

7

바르텔레미가 앞장을 서고 세 사람은 미끄럽고 경사가 급한 계단을 따라 바위투성이 지하로 내려갔다.

"이 집은 수직 갱도 위에 세워졌지. 그 갱도로 들어가면 루카스 블랑 언덕 아래 여러 갈래로 나뉘어 있는 지하 동굴로 통한단다. 동굴의 통로만 해도 50킬로미터가 넘고 내실은 수백 개나 있어. 파미유의 고고학자들이 이곳에서 고대, 나아가 선사시대의 것으로 추정되는 인간의 흔적을 발견했지."

"선사시대 사람들이 햇빛이 들지 않는 곳에서 살았을 것 같진 않은데요."

"다른 입구들도 있었지."

"있었다고 하시면?"

"이 집은 마르세유가 처음 만들어질 때부터 우리 조상님들 거였어. 우리가 관리할 수 없는 입구들은 몇 세기 전에 막아버렸단다."

그들은 지금 막 거대한 내실로 들어왔다. 절반 정도밖에 다듬어지지 않은 공간이었다. 입구와 마주 보는 벽은 자연 그대로의 돌벽이었고 동글동글한 응괴가 매달린 천장도 마찬가지였다. 강렬한 조명 때문에 천장의 요철은 더욱 두드러져 보였다.

앙통 할아버지는 계속 걸었지만 바르텔레미는 잠시 발길을 멈추고 나탕이 그 공간을 유심히 살펴볼 수 있도록 여유를 두었다. 그는 한구석에 쌓여 있는 인상적인 금속 궤짝, 나무 궤짝 더미와 20미터쯤 옆에서 가볍게 찰랑대는 연못을 가리켰다.

"파미유의 문서자료 중 일부다. 그리고 저건 바닷물이야. 우린 지금 해수면에 있거든."

"저 연못이 외부와 통하는 거예요?"

나탕이 물었다. 놀랍게도 바르텔레미는 대답을 하기 전에 앙통이 듣지 못하는지 신중한 눈길로 확인부터 했다.

"그래, 3킬로미터 조금 더 되는 관을 통해 프리울 섬 근처로 나갈 수 있지. 이 함 속에는 정성껏 관리해놓은 잠수장비가 들어 있어. 필요한 경우에는 잠수장비를 갖추고 나갈 수 있단다."

"일종의 비상구인가요?"

"그렇다고 할 수도 있지. 지금은 평화로운 때지만 늘 그렇지만은 않았으니까. 세상에 확실한 건 아무것도 없기 때문에 이 터널에 대해서는 거의 아무에게도 말하지 않았단다."

앙통이 그들에게 돌아왔다.

"빨리 좀 오지 그래?"

바르텔레미는 그 말에 동조하며 내실을 가로질러 통로 쪽으로 두 사람을 데리고 갔다. 3, 4미터 높이의 통로를 큼지막한 전구들이 밝게 비춰주고 있었는데 전구 사이의 간격은 점점 좁아졌다. 사람들의 발길에 반들반들해진 돌바닥 표면은 살짝 우묵하게 들어가 있었다. 나탕은 돌바닥이 이렇게 되기까지 얼마나 오랜 세월이 걸렸을까 생각하며 흠칫 떨었다.

수백 년은 걸렸겠지.

통로 끝에서 새로운 내실이 나타났다. 바르텔레미는 발길을 멈추었다가 그곳의 한 벽에 등을 기댔다. 앙통이 나탕을 돌아보았다.

"여기다."

나탕은 주위를 둘러보았다. 참호의 벽면에는 특별한 점이 전혀 없었고 바닥도 다 똑같았다. 조명도 마찬가지였다.

"저…… 무슨 말씀을 하시는 거예요?"

앙통이 눈썹을 치켜뜨며 난처한 표정을 지었다.

"문을 열어!"

"문이요?"

나탕은 다시 한 번 자신의 삶이 궤도에서 벗어나 현실에서 점점 더 멀리 폭주하고 있다는 느낌이 들었다. 앙통은 이를 악물었다.

"문이 보이지 않아?"

"전 구별이 안 가는데요. 문이 어디 있는지 모르겠어요."

"정말이냐?" 앙통이 흥분했다. "네가 정말로 뤽의 아들이자 내 손자가 맞아?"

"처음 왔을 때는 자주 있는 일이죠. 걱정하지 않으셔도 됩니다."

바르텔레미가 앙통을 진정시켰다. 그리고 나탕에게 말했다.

"이 벽면을 잘 봐라. 조금 왼쪽으로. 그래, 여기. 정신을 한데 모아라. 아니, 고개를 돌리면 안 돼. 집중해야지. 뭐가 눈에 들어오니?"

"음…… 아무것도요. 도대체 무슨……"

"고개 돌리지 말라고 했지! 집중해, 형태 너머에서 뭔가를 보려고 해봐, 눈에 보이는 것을 넘어서서."

"전……"

나탕이 입을 다물었다. 불과 1초 전만 해도 눈앞에는 돌벽만이 고르게 펼쳐져 있었다. 그런데 이제 길쭉한 직사각형이 눈에 들어왔다. 높이는 2미터, 폭은 1미터쯤 된 나무 문짝, 경첩, 손잡이……

문이었다!

어떻게 조금 전에는 이 문이 보이지 않았지?

앙통은 나탕의 얼빠진 표정을 보고 눈치를 챘다.

"잘했다, 애야. 네가 해낼 줄 알았지. 그 문을 열어라!"

나탕은 아주 조금 망설이다가 손잡이를 잡았다. 손잡이는 매끄럽고 차갑고 아주 오래된 것이었다. 하지만 나탕이 손을 대자 완벽하게 작동했다. 가볍게 쉭 소리를 내면서 문이 열렸다.

지하실에 빛이 마구 밀려들었다.

"그래, 사촌이 주워왔다는 여자애가 너로구나?"

샤에는 속이 부글부글 끓었다. 에놀라는 불과 세 마디로 그녀를 세 번 모욕했다. 완벽하게 명중한 세 발의 화살, 그것도 맞받아칠 틈도 주지 않고 몰아쳤다. 그만큼 에놀라의 악의는 분명했다. 그녀의 말은 세게, 아주 세게 사람을 후려쳤지만 양갓집 아가씨다운 외모와 순진한 미소는 철통처럼 완벽하게 그녀를 보호해주고 있었다.

샤에는 에놀라의 얼굴에 주먹을 날리는 것만은 참았다. 지금은 자기 동네 날라리 계집애에게 모욕을 당한 상황과 다르다. 반사적으로 한 방 먹여주고 일을 끝내는 방법은 이곳에서 써먹을 수 없었다. 그리고 무엇보다도 에놀라가 꼬투리를 잡기 위해 일부러 그녀를 도발하고 있다는 확신이 들어서 더욱 그럴 수 없었다. 에놀라에게 그런 즐거움을 안겨줄 생각은 추호도 없었.

"그…… 그 애가 날 좀 도와주긴 했지…… 그건 사실이야."

샤에는 이 말을 뱉자마자 입술을 깨물었다. 왜 이렇게 자신의 말이 처량하게 들리는 걸까? 차라리 아무 말도 하지 않는 게 나았다. 바보 같은 말을 하느니 입을 다무는 편이 나았다.

에놀라가 하늘처럼 푸른 눈으로 샤에의 눈을 쏘아보았다.

"좀 도와줘? 세상에, 참…… 로맨틱하구나."

샤에는 고개를 돌렸다.

에놀라를 보지 않으려고.

무엇보다도, 그 애를 보고 싶지 않았다.

혹은, 아무것도 책임지고 싶지 않았다.

나탕이 어딘가로 나가는 모습을 곁눈질로 보았다. 샤에는 자신의 눈을 의심했다. 아무리 그래도 날 남겨두고 가진 않겠지? 날 놀려먹는 이 계집애한테 날 내팽개치고 가야 않겠지? 할아버지가 손자를 맞이하면서 버럭 소리를 지르는 이 이상한 파미유 천지에서?

샤에는 깊게 생각할 겨를도 없이 에놀라를 그 자리에 세워두고 자신에게 아무 신경도 쓰지 않는 양복 차림의 남자들과 드레스 차림의 여자들 틈을 지나 나탕이 방금 지나간 문으로 다가갔다. 모자이크 벽화로 장식된 환한 복도가 샤에 앞에 펼쳐졌다.

샤에는 그 복도로 걸어갔다.

10여 미터쯤 가다가 차츰 가까워지는 말소리를 들었다. 여자들의 목소리였다.

샤에는 갑자기 그 여자들과 맞닥뜨릴까 봐 겁이 났다. 그녀는 파미유가 아니었으니 여기에 아무 볼일이 없었다. 혹시 좀도둑질이나 그 밖의 죄목으로 고발이라도 당하면 자신의 행동을 변명하기가 힘들 것이다. 그래서 사람들 눈을 피해 숨을 곳을 찾았지만 아무것도 없었다.

두 사람의 실루엣이 복도 끝에서 나타났다.

샤에는 그 여자들에게 들키기 직전에 보이는 문을 밀고 들어가 문짝을 닫아버렸다. 그녀는 빌라의 지하로 내려가는 좁은 계단 꼭대기에 서 있었다. 내려가는 길을 전구들이 환하게 밝혀주고 있는데도 그곳에선 습기와 어둠이 만들어낸 불안한 분위기가 흐르고 있었다. 샤에가 들어왔던 문으로 다시 나가려는데 속에서 쇼즈가 꿈틀댔다. 기묘한 떨림. 쇼즈와의 수없이 대결하면서 느꼈던 떨림과는 사뭇 달랐다. 그건……

……우호적인 느낌이었다.

바로 그 순간, 어떤 냄새가 그녀의 코에 와 닿았다. 가볍게. 거의 느낄 수도 없을 만큼.

하지만 샤에는 느낄 수 있었다.

나탕의 냄새였다.

나탕도 이 계단을 내려갔던 것이다. 샤에는 틀림없다고 확신했다.

샤에는 더 이상 의문을 품지 않았다. 바보 같은 짓을 하고 있음을 분명히 의식하면서도 도저히 돌아설 수가 없어서 계단을 내려갔다.

계단을 다 내려가는 데 족히 5분은 걸렸다. 널찍한 방이 눈앞에 나타났다. 왼쪽에는 궤짝들이 쌓여 있었고 오른쪽에는 거슬리는 검은 물웅덩이가 있었다.

냄새는 여전히 사라지지 않았다.

아니, 한층 더 강렬하고 분명해졌다. 그 밖에도 여러 가지 잡다한 냄새들이 있었다.

샤에는 그 냄새들 가운데서 바르텔레미의 향수 냄새와 앙통의 헤어로션 냄새를 감지했다. 앙통의 주위에 접근한 적은 한 번도 없었지만 그래도 분명히 알 수 있었다. 그날 아침 앙통은 머리에 박하와 부채야자열매를 주성분으로 하는 헤어제품을 발랐을 것이다. 그 냄새는 그의 세포 조직 하나하나에서 풍기는 친근한 냄새와 뒤섞여 독특한 결합을 이루고 있었다. 두 번째 확신이 섰다. 이제 아무리 어두운 밤에 두 눈을 감고 있어도 앙통을 알아볼 수 있을 거라는 확신이!

그 생각이 들자 샤에는 이를 반짝이며 만족스러운 미소를 지었다.

그녀의 근육 하나하나가 모두 완벽하게 작동했다. 샤에는 내실을 가로질러 새로운 통로로 뛰어들었다. 잊혀진 꿈처럼 소리없이.

세 발짝.

샤에가 멈춰 섰다.

오른쪽 벽에 문 하나가 도드라져 보였다. 문은 닫혀 있었고 사람들 눈에 띄지 않게 교묘히 감추어져 있었지만 못 보고 지나칠 수는 없었다.

그 문에서 뿜어 나오는 푸른빛은 장님도 돌아볼 것 같았으니까.

8

나탕은 지하의 어슴푸레한 빛에 익숙해 있었다. 그런데 갑자기 밝은 빛이 쏟아져 들어오자 눈이 부셔 눈을 깜박이지 않을 수 없었다.

자연광. 희고 순수한 자연광이었다.

햇빛이었다!

나탕은 몸서리를 쳤다. 햇빛이라니? 지금 그들이 있는 곳은 땅 속 아닌가? 게다가 해가 진 지 한 시간도 넘었는데? 있을 수 없는 일이었다!

그렇지만 의심의 여지가 없었다. 거대한 문이 열리고 통로에 퍼진 이 밝은 빛은 태양의 빛이 분명했다.

불을 향해 날아드는 불나방의 습성과 같은 힘에 이끌려 나탕은 한 발짝 앞으로 내딛었다.

그는 크지도 작지도 않은 어떤 방 문턱에 서 있었다. 붉은 색이 도는 나무로 벽면을 두르고, 가구라고는 구불구불한 선의 서랍장 하나와 등받이가 망가진 의자 하나뿐인 방이었다.

빛은 첨두아치형의 커다란 창으로 쏟아져 들어왔다. 그 빛에 지평선까지 펼쳐진 초원이 보였고 이따금 땅의 미세한 굴곡도 얼핏 눈에 들어왔다.

난데없이 눈앞에 펼쳐진 초원은 인생이 묘하게 어긋나버린 것 같은 나탕의 기분에 쐐기를 박았다. 지금이 어느 때이고 자신이 얼마나 깊은 곳에 있는가는 착각할 수 있다지만 마르세유에서 최소한 500킬로미터는 벗어나야 볼 수 있는 지금 이 광경만큼은 착각이라고 할 수 없었다.

나탕은 동행들을 향해 돌아보았다. 무슨 정보, 실마리라도 얻을까 해서.

도움이 될 말을 듣고 싶었다.

그들은 나탕에게 무심한 시선을 보냈다.

"우리가 어디 있는 거죠?"

앙통이 미소 지었다. 자부심이 가득한 미소였다.

"집에 온 것을 환영한다, 얘야!"

"집이라고요?"

"다른 세상의 집이지."

"무슨……"

"질문은 나중에." 할아버지가 손자의 말을 잘랐다. "파미유의 모든 구성원은 그 집 안으로 들어갈 수 있는 능력을 입증해야 한다. 그게 규칙이야. 그리고 그 집을 맨 처음 방문할 때는 정신을 집중해야 해. 그러니 말은 가급적 삼가라. 앞으로 가거라. 겁낼 건 아무것도 없으니까."

나탕은 시키는 대로 했다.

아홉 개의 문들이 나타났다. 나탕은 창문 너머를 한 번 바라보고는 그중 한 문에 다가갔다. 투박하게 생긴 문으로 자물쇠는 채워져 있지 않았지만 나탕이 손잡이를 잡고 밀어도 꿈쩍하지 않았다. 나탕은 다른 문들도 시험해보았다. 잠겨 있지 않은 문은 하나뿐이었다. 나탕은 그 문을 열었다.

직사각형의 통로가 오른쪽과 왼쪽으로 나 있었고 50미터쯤 떨어진 곳에 각각의 길은 두 갈래로 다시 갈라졌다. 벽에는 수많은 문들이 있었는데 그중 몇 개의 문들은 열려 있어서 다른 방으로 통하게 되어 있었고 대부분의 문들은 닫혀 있었다.

"이게 집이에요, 미궁이에요?"

나탕은 놀랍기도 하고 다소 불안하기도 해서 중얼거렸다. 바르텔레미가 안심시키려는 듯 손으로 나탕의 어깨를 두드려주었다.

"파미유 일원 중엔 이 집 전체를 둘러본 사람도 더러 있는 것 같다만 그런 사람은 극히 드물지. 확실한 건 여기서 길을 잃은 파미유 일원들도 꽤 많다는 거야. 걱정은 마라, 완전히 길을 못 찾게 되는 건 아니니까. 나도 한 번은 사흘을 여기서 헤매다가 겨우 나의 문을 발견했지."

"아저씨의 문?"

"바르트[5], 애가 조용히 집을 돌아보게 내버려둬!"

---

5. 바르텔레미의 애칭.

앙통 할아버지가 으르렁댔다.

"당신은 이곳을 돌아보는 일을 시간 낭비라고 생각하는 줄 알았는데……"

"난 다만 때가 아니라고 말했을 뿐이야. 급하게 처리해야 할 문제가 있으니까. 하지만 여기 온 이상 끝을 봐야지. 앞으로 걸어가라, 나탕. 우리가 너와 함께 있으니 네가 길을 잃을 리 없다. 직감이 이끄는 대로 발길을 옮겨봐. 집이 너를 놀라게 하도록 내버려둬봐."

바르텔레미는 비켜섰고 나탕은 다시 앞으로 나아갔다. 그가 지나가는 방과 복도에는 전기가 들어오지 않았고 여러 개의 창문을 통해 집 안으로 들어오는 햇빛이 유일한 빛이었다. 건물의 크기를 감안한다면 모든 방에 직접 자연광이 들어오지는 않을 것 같았지만 가장 어두운 곳에서도 나탕은 문들을 식별할 수 있었다.

집에는 수백 개의 문이 있었다.

그 수백 개의 문의 대부분은 잠겨 있고 말고를 떠나서 도통 열리지 않았다. 그래서 나탕은 빗장이 잠겨져 있지 않은 몇 개의 문들을 열면서 나아갈 수밖에 없었다.

사람의 흔적은 전혀 없었다. 가구도 거의 없었고 가도 가도 끝이 보이지 않았다. 나탕은 잠시 이 집에 끝이 없는 게 아닐까 했지만 이내 생각을 고쳐먹었다. 과장 없이 말한다 해도 이건 정말로 괴상한 건물이었다.

나탕은 마침내 지금까지 지나온 복도보다 한결 넓은 복도로 들어섰다. 그는 위로 올라가는 계단을 무시하고 아까까지 지나온 가장 큰 방보다 열 배는 더 큰 방으로 문을 열고 들어갔다. 하지만 방의 크기는 그곳의 가장 사소한 특징에 불과했다. 그 방은 세간으로 가득했다. 심지어 가구가 지나치게 많다고 여겨질 정도였다. 게다가 테라스로 통하는 커다란 유리문이 있어서 바깥으로 나갈 수 있게 되어 있었다.

나탕은 바로 그곳으로 나갔다.

테라스로 나가자 드디어 집 전체의 모습을 볼 수 있었다. 숨을 쉬고 싶었다.

집은 오류 층 높이였다. 슬레이트 지붕과 움푹 들어간 건물 벽, 석루조와 지붕의 천창, 흔들리는 발코니와 약해 보이는 둥근 지붕, 칙칙한 돌벽과 가로대가 있는 창, 공들인 태가 나는 기둥과 기와를 얹은 처마…… 수많은 장소와 그만큼이나 다채로운 시대에서 가져온 조각들로 이루어낸 기념비적인 퍼즐이었다. 미치광이 건축가의 실현된 꿈이랄까, 기술의 한계를 부정하는 한 무리 일꾼들의 광란이 건축으로 표출되었다고나 할까.

그리고 집 주위에는……

아무것도 없었다.

지평선까지 망망대해처럼 펼쳐진 초록, 그 끝에 시선이 머물렀다. 나무 한 그루, 수풀 하나 없었다. 동물, 꽃, 나비 한 마리조차 눈에 띄지 않았다.

풀. 풀, 풀만 무성했다.

시원하게 트인 테라스는 완벽하게 맞물리는 네모난 화강암 덩어리로 지은 것이었다. 테라스는 고작 1미터 정도 높이에서 초원을 내려다보고 있었고 화강암으로 만든 통로를 통해 바다 속에 다이빙하듯 풀밭으로 내려갈 수 있게 되어 있었다.

지난 세월에 모서리가 닳아버린 이 연결통로는 100미터쯤 쭉 뻗다가 뚝 끊어졌다. 그때부터 다시 풀밭, 끝이 보이지 않을 정도의 풀밭 천지였다.

가볍고 고르게 부는 바람이 무심한 구름을 서쪽이라고 생각되는 방향으로 실어가며 반짝이는 초록 평원에 에메랄드빛 아라베스크를 그렸다.

나탕은 뒤에 서서 그를 말없이 주시하고 있던 두 사람을 돌아보았다. 그는 더듬거리며 물었다.

"여기가 어디죠?"

9

주앙 부스카의 이름으로 된 여권은 유효했다. 얼룩 하나 없는 길고 검은 세단의 파리 지역 관할 자동차등록증도 마찬가지였다. 운전면허증도 문제가 없어 보이기는 했다. 마르세유 경찰관은 브라질어로 된 면허증 양식을 이해할 수 없었으니 말이다. 하지만 경찰관은 뭔가 좀 이상하고 혼란스러운 느낌을 받았다.

"차에서 내려주시지요."

차 문을 열고 주앙 부스카가 내렸다.

경찰관은 숨을 죽였다. 이 사내는 적어도 신장이 2미터, 몸무게가 150킬로그램은 나갈 것 같았다. 로마 검투사를 연상시키는 근육질 몸이었다. 압도적이었다.

"트렁크 안을 잠시 보겠습니다. 단순한 확인 절차일 뿐입니다."

브라질 거인은 선글라스를 고쳐 쓰고 자동차를 빙 돌아갔다. 거대한 몸집만 봐서는 상상할 수 없을 만큼 걸음걸이가 고양이처럼 날쌨고 동작 하나하나가 놀랍도록 유연했다. 그는 아직 한 마디도 하지 않았다.

위험한 예감이 결정적으로 굳어졌다.

경찰관은 무의식적으로 근무 시간에 소지하는 소총의 안전 장치를 풀고 트렁크 쪽과 브라질 거인을 동시에 시야에 잡을 수 있는 위치를 확보했다.

트렁크는 텅 비어 있었다.

경찰관은 조심스레 안도의 한숨을 쉬었다. 순간 약한 모습을 보인 것 같아 좀 더 기세를 잡으려 했다.

"선글라스를 벗어주시지요."

남자는 꿈쩍도 하지 않았다. 채찍이 튀어오르듯 긴장이 일어났다.

"선글라스를 벗어요!"

주앙 부스카는 지시에 따랐다. 큼지막한 손가락들이 안경테에 닿았고 그는 절제된 동작으로 선글라스를 벗어서 경찰관을 똑바로 바라보았다. 경찰관은 놀라 비명을 지르지 않을 수 없었다.

주앙 부스카의 두 눈은 둥그런 어둠에 지나지 않았다.

흰자위도, 홍채도, 동공도 없었다.

그냥 새까맸다.

악몽처럼 깊은 어둠이었다.

"무, 무슨……"

경찰관이 말을 더듬었다.

"병 때문입니다."

주앙 부스카가 대답했다.

저음의 목소리, 아무런 억양도 느낄 수 없는 말투.

"아마존 열대우림 원정에서 병에 걸렸습니다. 걱정하지 마세요, 이 병은…… 전염되지 않으니까요."

10

"다른 세상의 집이지!"

앙통 할아버지의 목소리는 자기 손으로 이 기발한 건물을 짓기라도 한 듯 자부심이 넘쳐흘렀다. 하지만 그는 더는 설명을 덧붙이지 않았다. 나탕은 해답을 얻으려면 먼저 제대로 물어봐야 한다는 것을 깨달았다.

하지만 말이 쉽지, 머릿속에서는 잡다한 질문들이 뒤엉켰고 그는 무엇부터 물어야 할지 몰랐다. 마침내 나탕이 입을 열었다.

"그…… 다른 세상이 어딘데요?"

"우리도 그건 모른다. 그 통로 끝을 넘어가본 사람은 한 명도 없거든."

"왜요?"

"움직이지 마라."

바르텔레미가 성큼성큼 세 걸음 만에 커다란 방 안으로 들어왔다. 그는 의자를 들고 와서 테라스 가장자리로 다가갔다.

"원래 이런 식의 시범은 보여주지 않는다만, 오늘은 필요할 것 같구나. 잘 봐라."

바르텔레미는 재빠른 동작으로 의자를 풀밭에 내던졌다. 의자가 30센티미터쯤 풀밭에 처박혔다.

"뭐가……"

"일단은 그냥 보거라!"

의자 주위의 풀들이 떨고 있었다. 나탕은 초록색 줄기가 의자 나무다리 중 하나를 휘어 감는 것을 본 것 같았다. 이내 우지끈 소리가 났다. 의자가 부서진 것이다.

그다음 일은 순식간에 일어났다. 풀들이 무서운 속도로 솟아올랐고 날카로운 덩굴손이 달린 거대한 줄기가 공기를 가르며 마구 뻗어나갔다. 불과 몇 초 만에 의자는 들썩들썩 요동치는 초록 천지에 파묻혀버렸다. 우지끈 하고 소름 돋는 소리들이 이어지면서 약간 도드라진 초록 봉분밖에 보이지 않더니 그마저도 어느새 쪼그라들었다.

이제 의자의 자취는 온데간데없었다.

"이걸 보니 이 풀밭에서 재주라도 넘고 싶던 마음이 싹 가시지 않느냐? 네가 질문을 던지기도 전에, 그래 이 망할 놈의 풀은 뭐든지 삼켜버려. 나무, 플라스틱, 금속, 인간의 살…… 어떤 것도 이 풀에는 당해낼 수 없지. 그러니만큼 다른 세상을 돌아보기란 당장 가능한 일이 아니라고 해두자."

앙통 할아버지가 말했다. 나탕은 의자가 사라진 자리에 더 이상 신경 쓰지 않으려고 했다.

"누가 이 집을 지었는데요?"

"어느 파미유에서 지었다."

"아무것도 모르겠어요."

앙통은 나탕의 팔을 잡고 집 안으로 끌고 가 안락의자에 억지로 앉혔다. 앙통은 나탕의 맞은편에 자리를 잡고 앉았고 바르텔레미는 옆에 서 있었다.

"너에게 파미유에 대해서, 아니 여러 파미유들에 대해서 간략하게 설명해주마. 파미유들의 기원은 아주 오랜 옛날로 거슬러 올라가지. 어느 파미유가 가장 오래되었는가를 가리는 문제는 오랫동안 논쟁과 반목의 구실이 되었단다. 하지만 이제 전부 다 과거지사다. 왜냐하면 우리 파미유를 제외하고 다른 파미유들은 거의 대가 끊기다시피 했거든. 바르트가 너에게 파미유마다 고유한 능력을 타고난다는 얘기는 했을 게다. 바티쇠르(짓는 자), 메타모르프(변신하는 자), 게리쇠르(치유하는 자), 네 어미의 파미유인 음네지크(기억하는 자), 스콜리아스트(주해하는 자), 그리고 우리 코지스트(생각하는 자)가 있단다."

"그러면 여섯뿐인데요."

나탕이 지적했다.

"일곱 번째 파미유는 사실 파미유 반열에 오를 자격이 없어. 약하고 비겁하지. 가장 먼저 망조가 든 것도 그 파미유였고. 자기들은 가소롭게도 기드라는 이름을 내세우고 있다만."

"파미유들의 능력은요?"

"바티쇠르는 이 집과 이곳에 이르는 문들을 만들었다. 그들은 또한 다른 공간으로 통하는 길들을 냈지. 하지만 그 길들은 이미 오래 전에 잊혀졌다. 메타모르프는 까다로운 변신술을 터득한 족속이고 게리쇠르는 '치유자'라는 그 이름으로도 알 수 있듯이 놀라운 치유 능력을 지니고 있지. 음네지크의 능력은 너 또한 물려받았으니 알고 있겠지. 스콜리아스트로 말하자면, 배우는 능력이 탁월한 사람들이지. 자신이 본 것을 전부 다 자기 것으로 만들고 똑같이 따라할 수 있다고 해야 할까. 최후의 스콜리아스트들은 벌써 수세기 전에 사라졌다. 바티쇠르와 게리쇠르도 마찬가지고."

"다른 파미유들과의 싸움 때문에요?"

"부분적으로는 그렇지. 우리의 이해관계가 갈라졌던 때가 많았던 것은 사실이야. 그래서 수많은 대결을 치렀고. 하지만 파미유들은 오랫동안 서로 평화롭게 살아오기도 했어. 발렌시아 도서관의 특수 분과에 소장된 고대자료들을 보면 파미유들이 공동의 목표를 위해 서로 합심했던 시대도 있었다는 것 같구나. 내 생각엔 다 쓸데없는 말이지만."

앙통 할아버지의 눈빛이 냉혹해졌다.

"어쨌건 간에 어떤 이들은 이 평화로운 시대를 이용하여 다른 파미유와 혈연관계를 맺고 유전자와 운명을 함께하기도 했지. 그런 쪽으로야 네가 더 잘 알 테고……"

할아버지는 나탕이 반응을 보일 틈도 주지 않고 말을 이었다.

"자연에 반하는 이러한 결합은 매우 드문 경우였지, 다행스럽게도!"

"할아버지는……"

"모두 조용히 하세요!"

바르텔레미는 입도 벙긋할 수 없게 단호한 어조로 일렀다. 그는 고개를 숙이고 눈을 반쯤 감은 채 온 정신을 집중해 집의 침묵에 귀 기울이고 있었다.

그러고는 펄쩍 뛰었다.

나탕은 인간의 몸으로 감당할 수 있는 능력의 한계치를 몰랐고 자신의 몸으로 놀라운 능력을 확인하는 데 익숙해져 있었지만, 바르텔레미 아저씨의 위력을 보고 있자니 입이 떡 벌어졌다.

바르텔레미는 그야말로 눈 깜짝할 사이에 위압적인 속도에 이르렀다. 소파를 뛰어넘고 날랜 몸짓으로 안락의자를 피하더니 점점 더 속도를 내 돌개바람처럼 복도로 사라졌다.

"나가자!"

앙통 할아버지가 단호하게 말했다. 더는 왈가왈부할 수 없었다. 할아버지는 나이가 무색하도록 힘 있게 일어나 나탕의 팔을 잡았다.

"가자!"

"무슨 일이에요?"

"나도 모른다. 하지만 바르트가 무슨 문제가 있다고 하면 문제가 있는 거야. 집에서 나가야 해."

"우리가 안전한 줄 알았는데요."

"네 부모도 그렇게 생각했었지. 그러다가 죽은 거야. 날 따라와라."

그들은 지금까지 왔던 길 반대 방향으로 돌아갔다. 앙통 할아버지는 모든 감각을 바짝 곤두세우고 신중하게 이동했다. 지금까지 보여주었던 간간한 노인네 이미지와는 딴판이었다. 흡사 경험이 풍부하고 노련한 늙은 야수에 가까웠다. 나탕은 얼마나 산전수전을 겪어야 이만한 관록이 쌓일런지 생각해보지 않을 수 없었다.

그들이 붉은 나무로 벽을 이은 방에 다다랐을 때 바르텔레미가 다가왔다. 앙통 할아버지가 늙은 야수라면 바르텔레미는 절정기의 포식자였다. 바르텔레미가 힘을 모으고 소리 없이 나타났을 때 나탕은 점잖은 행동 속에 무서운 능력을 감추고 있었던 이 기묘한 아저씨에게 더럭 겁이 났다.

"누가 우리 얘기를 엿듣고 있었습니다. 아주 빠른 놈이었어요. 제가 잡으려고 했는데 놓쳤습니다."

"파미유의 누군가가 자네의 문을 사용했을까?"

앙통 할아버지가 넌지시 물어보았다.

"그렇다면 왜 굳이 숨으려 했을까요?"

"아까도 바르텔레미 아저씨의 문에 대해 들었어요. 도대체 그게 무슨 뜻이죠?"

"다른 세상의 집에서 나가는 문은 무수히 많지만 적어도 한 번은 문을 통과했던 사람이 다음에도 그 문을 열 수가 있지. 파미유는 스무 개 정도의 문을 사용해왔어. 그중 하나가 바르트의 집 아래 있는 문이다. 다른 문들은 세계 곳곳에 흩어져 감춰져 있단다. 우리 손에 닿지도 않고 우리가 알지도 못하는 채로."

앙통 할아버지가 설명해주었다.

"그래도 잘 모르겠어요."

나탕이 재차 이렇게 말하자 바르텔레미가 말을 받았다.

"바티쇠르들은 1707개의 문을 만들었단다. 그중 1700개의 문은 나무로 되어 있었는데 파미유들이 서로 평화롭게 살던 시대에 다른 파미유들에게 제공된 것이었지. 그래서 파미유들은 다른 세상의 집을 드나들 수 있었지만 네 할아버지가 방금 말씀하신 것과 같은 제약은 그때도 있었어. 나머지 일곱 문은 강철 문인데 다른 세상으로 통하기는 하지만 우리가 잘 모르는 위험한 미지의 장소에 숨어 있단다. 바티쇠르들만이 그 일곱 강철 문을 이용할 수 있었는데 그들이 멸족하면서 그 문들의 비밀도 묻혀버렸지."

"첩자였을까요?"

나탕이 슬쩍 말해보았다.

"우리 파미유 일원이 우리를 염탐하면서 재미를 볼 것 같진 않구나. 그리고 우리 네트워크의 문들을 엄중하게 감시하고 있기 때문에 집 안으로 들어온 자는 필시 다른 문을 이용했을 게야."

나탕은 그저 바르텔레미의 눈을 바라보았을 뿐이었지만 아저씨는 시체처럼 차갑고 섬뜩한 목소리로 이 말을 마저 내뱉었다.

"파미유들의 전쟁이 다시 시작됐다!"

11

나탕은 다른 세상의 집에 아주 오래 있었던 것 같은 기분이 들었다. 참으로 오랫동안.

하지만 마르세유의 밤은 그동안 한 시간도 채 지나지 않았음을 확인하고 무척 놀랐다. 그의 파미유 일원들―그들의 이름을 얼른 익혀야 했다―은 여전히 뷔페를 둘러싸고 4, 5개 국어로 신 나게 이야기꽃을 피우고 있었다.

나탕이 돌아오자 순식간에 그에게 주의가 쏠렸다. 말소리가 수그러들더니 서서히 가라앉았다. 뭔가를 묻는 듯한 시선들이 그에게 꽂혔다. 기슬렌 아주머니가 제일 먼저 침묵을 깨뜨렸다.

"통과는 어떻게 됐는지?"

"아무 어려움 없이 바르텔레미의 문으로 들어갔소. 테라스와 통로를 찾았고."

앙통 할아버지가 말했다.

나탕은 환호성이 터질 거라고는 꿈에도 생각지 못했다. 뜨거운 박수갈채와 열광적인 함성이 길게 이어졌다. 사촌, 아저씨, 아줌마, 너 나 할 것 없이 그에게 달려와 축하의 말을 전했다.

"브라보! 난 뤽과는 잘 모르지만 네 아버지도 널 자랑스러워하실 게다."

파올로 아저씨가 외치는 동안 타지로 아저씨는 강철 같은 손으로 그의 어깨를 두드려주었다.

"정말 잘해냈구나, 애야."

누라 아주머니는 귀에 대고 속삭였다.

"네가 해낼 줄 알았다, 넌 네 아버지를 빼다 박았거든!"

"축하해요, 청년. 이렇게 금방 실력을 보여주다니!"

나탕이 빠져나오기까지는 시간이 좀 걸렸다. 축하인사를 겨우 다 받고 나서 그는 눈으로 샤에를 찾았다.

"걔는 밖에 있어. 우리들과 함께 있는 게 그리 편해 보이지는 않더라. 성장 환경이 워낙 달라서……"

뒤에서 누군가가 일러주었다. 나탕은 뒤를 돌아보았다. 조금 전에 봤던 금발 소녀가 가까이 와 있었다. 소녀는 눈부신 미소를 지어보이고는 말을 이었다.

"내 이름은 에놀라야. 우리 아빠가 바르텔레미니까 난 너와 사촌 지간이 되겠지. 지금 이곳에 세계에서 손꼽히는 부자 스무 명이 와 있다는 거 알아? 그 사람들이 너 때문에 온 거야. 놀랍지 않니?"

"어디로 갔어?"

"뭐?"

"샤에가 밖으로 나갔다면서. 그래서 어디로 갔는지 묻는 거야."

에놀라의 미소가 굳어지고 파란 눈은 얼음처럼 싸늘해졌다.

"모르겠는데."

그녀는 거만하게 턱을 돌리고는 고개를 빳빳하게 든 채 발길을 돌렸다. 나탕은 에놀라를 조금도 신경 쓰지 않았다. 유리문으로 나가려는데 바르텔레미가 그의 팔을 잡았다.

"파미유 위원회가 이제 곧 시작된다."

"샤에를 찾고 있어요. 걔는 여기 아는 사람도 하나 없으니 편한 자리가 아닐 거예요."

"그럴 수도 있지. 그 애를 걱정하는 건 신의를 지키는 일이다. 그렇지만 네가 그 애를 책임진다는 생각은 하지 않도록 해라. 그리고 이별을 너무 질질 끌지도 말아라."

"이별이라니요? 무슨 말씀을 하시는 거예요?"

"그 애를 집에 데려다 주도록 지시를 내려두었다. 그 애의 후견인들이 연락을 받고 기다리고 있어."

"그래도……"

바르텔레미의 손에 힘이 들어갔다.

"잘 생각해라, 나탕. 너희가 위험한 상황을 아무리 함께 헤치고 왔다 해도 소용없어. 너희는 아무 공통점이 없잖니. 우리에겐 아직 해결해야 할 문제들이 산더미 같아. 우선 너희 부모님을 죽인 자들을 찾아내 처단해야 한다. 그다음엔 파미유에서, 그리고 이 세계에서 너에게 돌아갈 자리를 맡아야 해. 네 기력을 다 쏟아부어야 할 일이야. 내 말을 믿어라. 샤에는 네 앞에 열려 있는 미래의 한 부분이 될 수 없어."

"전 아저씨 말씀을 이해 못하겠어요. 어째서 아저씨는……"

나탕이 토를 달았다.

"5분을 줄 테니 작별인사를 해라. 그 이상은 안 돼."

바르텔레미가 딱 잘라 말했다. 그 목소리에서 다정함은 완전히 찾아볼 수 없었다. 나탕은 자신이 복종해야 한다는 것을 깨달았다.

"난 너 없이도 줄곧 잘 지내왔는데? 변한 건 아무것도 없어."

두 사람은 열 마리 남짓한 잉어들이 유유하게 헤엄치는 반짝이는 연못 근처의 벤치에 앉아 있었다. 나탕은 바르텔레미의 지시가 못마땅했지만 샤에에게 방금 전 상황을 어설프게 설명했다. 샤에에게 간신히 얻은 신뢰를 깨뜨리고 있음을 그도 자각하고 있었다. 샤에의 모진 반응은 놀랍지 않았다.

"그래도 내 생각은……"

나탕은 자기 뜻을을 말해보려고 했다.

"네 생각은 알 바 아니야."

샤에가 나탕의 말을 가로챘다. 그녀는 잠시 망설이다 나머지 말을 쏟아냈다.

"내가 널 버릴 거야. 난 너를 잘난 부자 가족들과 예쁜 사촌누이와 사람 좋은 할아버지와 불과 하루 만에 널…… 설설 기게 만든 그 바르텔레미 아저씨에게 두고 갈 거야!"

나탕은 흠칫 떨었다. 뺨이 화끈 달아올랐다.

"심한 말이야."

나탕은 겨우 말을 뱉었다.

"아니야." 샤에가 일어서면서 대꾸했다. "심한 게 아냐, 현실적이지. 너한텐 네 인생이 있고 나한텐 내 인생이 있어. 그리고 네가 뭘 알아? 현실을 모르고 무작정 믿는 사람이 불쌍한 거야!"

나탕은 반박하려고 입을 열었다.

하지만 샤에는 벌써 멀리 가 있었다.

12

앙통이 이끄는 대로 나탕은 이미 열다섯 명 정도가 둘러앉아 있는 거대한 탁자 한쪽 끝에 앉았다. 바르텔레미, 기슬렌, 파올로, 그 밖의 몇몇은 아는 얼굴이었지만 에놀라나 누라는 보이지 않았다. 파미유 일원이면 전부 다 위원회에 참석하는 것 아니었나? 할아버지는 나탕의 말없는 질문에 대답해주었다.

"파미유 일원은 전 세계에 수천 명이나 있지. 그러니 어찌 보면 파미유 외부에서 결혼상대를 구하는 일이 아예 없을 수는 없어서 묵인하는 분위기야. 그렇지만 파미유가 존속하려면 그러한 족외혼에서 태어난 아이들은 우리 파미유 안에서 어떤 역할을 맡기 전에 자신의 능력을 입증해야 하는 거다. 위원회는 파미유에서도 엘리트들만 참석하지. 112명의 사람들이 수백 년을 거슬러 올라가는 족보와 유례없는 능력을 지니고 있어. 이들이 전체든 일부든 시시때때로 모여서 파미유의 결속을 지키기 위해 의견을 나누지. 위원회는 우리의 전반적인 정책에 영향을 끼치고 각 일원의 행동이 모두의 이해관계에 어긋나지 않도록 감시하는 역할을 해. 이 회의에서 내린 결정은 되돌릴 수 없다."

"그런데 왜 제가 여기 끼는 거죠?"

나탕의 말은 본의 아니게 퉁명스럽게, 심지어 공격적으로 튀어나왔다. 샤에의 비난을 듣고 난 다음이라 할아버지의 장광설은 그의 평정심을 무너뜨리기에 충분했다. 그는 문득 이 탁자에 둘러앉은 사람들과 자신이 아무런 공통점이 없다고 느껴졌다.

"넌 우리에게 정보를 주기 위해 있는 것일 뿐, 어떤 경우에도 의결에는 참여할 수 없다. 게다가 나중에라도 네가 위원회에 들어오게 될 가망은 거의 없지. 이제 너는 우리에게 지난 사흘간의 일을 이야기해주기 바란다."

나탕은 문을 쾅 소리 나게 닫고 뛰쳐나갈 뻔했지만 가까스로 마음을 다스렸다.

그는 어휘를 신중하게 선택하면서 캐나다를 탈출하게 된 경위와 이곳까지 오면서 겪은 사건들을 차근차근 이야기했다. 나탕이 예상한 대로 파미유 사람들은 몇 번이나 그의 말을 가로막고 자세히 설명해줄 것을 요구했다. 특히 엘브륌과 리칸트로프에 대한 관심이 각별한 것 같았다.

"그들은 분명히 메조페의 존재들이지. 하지만 나는 바티쇠르들이 포스 아르카디로 냈던 문들은 폐쇄되었다고 생각했는데……"

나탕에게 호숫가에서 그를 공격한 괴물의 생김새를 자세히 말해

보라고 했던 기슬렌이 말했다.

"누군가가 그 문들을 다시 열었겠지. 우리를 공격하려고 그놈들을 이용한 게야."

앙통이 토를 달았다.

"우리를 공격하려고?"

"뢱과 나탕을 공격함으로써 파미유를 겨냥한 게지. 자넨 무슨 생각인데?"

"단정할 수는 없잖아요. 당신 아들은 우리한테서 떨어져 나갔어요. 16년간 뢱에게 개인적인 원한이 있는 자들이 있었을 수도 있잖아요."

"개인적 원한이 있는 자들이 바티쇠르의 문을 써먹어? 기막힌 우연의 일치로군! 게다가 자네는 바르텔레미가 집에 숨어 들어온 첩자를 간파했다는 사실을 잊고 있어. 잘 생각해보면 한 가지로밖에 설명이 안 돼. 우리가 생각했던 것만큼 힘이 빠지지 않은 어떤 파미유가 우리를 해치려고 하는 거야. 그게 어느 파미유인지 알아내는 일만 남았지."

기슬렌은 미심쩍다는 듯이 도리질을 했다.

"너무 성급한 결론이 아니기를 바랄 뿐이에요. 에메, 당신은 어떻게 생각해요?"

좌중의 시선이 탁자 끝에 앉은 왜소한 여인에게로 쏠렸다. 하얀 머리칼을 쪽찌어 올렸고 얼굴은 백 살 노인처럼 주름이 자글자글했지만 몸매는 소녀 같았다. 유리처럼 연약해 보였지만 입을 열자 또렷하고 힘찬 목소리가 흘러나왔다.

"실언을 하지 않으려면 먼저 몇 가지 정황들을 분명히 밝혀야 해요. 바르텔레미, 다른 세상의 집에 들어온 사람이 우리 파미유 일원이 아니라면 어느 파미유 사람일 거라고 생각해요?"

바르텔레미는 오래 생각하지도 않고 대답했다.

"스콜리아스트 아니면 메타모르프입니다. 그 외의 파미유는 그렇게 빨리 움직일 수가 없어요. 여러분도 아시다시피 저도 무척 빠릅니다만 그자는 이런 저를 어렵잖게 따돌릴 수 있었어요."

에메는 눈을 지그시 감았다.

무거운 침묵이 흘렀다. 마치 모두들 그 노파의 생각을 어지럽히지 않으려고 조심스레 살피는 듯했다. 한참이 흘렀을까, 에메라는 여인이 손으로 얼굴을 쓸어내리고는 검은 눈으로 나탕을 똑바로 바라보았다.

"네가 데려온 그 여자아이에 대해 좀 더 말해보려무나."

나탕은 피곤했지만 잠을 제대로 이루지 못했다. 어깨가 욱신욱신 쑤셔서 편안하게 잘 수 없기도 했지만 무엇보다도 에메가 던진 질문이 활활 타는 불 같았기 때문이다.

그 노파는 대단한 혜안과 유례를 찾기 힘든 직관의 소유자였다. 신의와 원칙, 그리고 그 밖의 다른 이유들 때문에 나탕은 깊이 고민하지 않고 샤에가 이따금 괴물로 변한다는 이야기는 하지 않기로 했다. 그렇지만 에메는 나탕의 이야기에서 빠진 부분들을 간파

한 듯 몇 번이나 유도 심문을 했다. 그럼에도 에메는 대놓고 진실을 시험하는 태도는 보이지 않았고, 나탕은 확실한 사실에만 집중해서 난관을 용케 벗어났다.

늙은 여인은 갑자기 샤에게 대한 질문을 그만두고 라피의 역할에 대해 캐묻기 시작했다. 여인은 그 후에야 자리에서 일어났는데 일어서봤자 앉아 있을 때보다 별로 더 크지도 않았다.

"잘 생각해보겠습니다."

여인은 그렇게 말하고 방을 나갔다.

얼마 지나지 않아 앙통은 나탕에게 물러가도 좋다고 했다.

나탕은 잠시 드넓은 빌라를 서성대다가 잠자리에 들어갔다. 꿈을 많이 꾸었는데 대부분 샤에가 나왔다.

깨어 있을 때의 꿈이든, 잠들었을 때의 꿈이든.

13

아침 7시 반, 에놀라가 나탕이 아침식사를 하고 있는 거실로 들어왔다. 푸른 눈동자와 잘 어울리는 비단 가운을 걸치고 있었고, 그을린 얼굴 주위로 금발이 폭포처럼 풍성하게 드리워져 있었다. 나탕은 피곤과 걱정으로 정신이 몽롱했지만 그런 와중에도 에놀라가 무척 매혹적이라는 생각이 들었다.

에놀라는 자신이 미치는 효과를 감지한 듯 나탕에게 눈부신 미소를 보냈다. 그러고는 가늘고 고운 몸매의 곡선을 부각시키며 나탕의 옆에 와서 앉았다.

"잘 잤어, 사촌?"

'사촌'이라는 말투에 놀림이 섞인 듯해서 나탕은 동요했다. 그는 그렇다고 대꾸하고 자기 몫의 커피를 마시는 데 집중했다.

"최근 며칠 동안 어떤 뉴스들이 있었는지는 알아? 대대적인 분쟁이 아프리카에서 세 건, 중동에서 두 건 터졌어. 멕시코 지진, 동유럽 홍수 피해까지 합친다면 세상이 정말 미치지 않았나 싶을 정도야."

사촌누이의 매력적인 자태에 잠시 흔들렸던 나탕은 다시 혼자만의 생각에 빠져들었다. 그는 아무 대꾸도 하지 않았다.

"가장 희한한 일은 어떤 기상예측 전문가도 수십 년 전부터 아무 탈 없이 잘만 살아왔던 나라들에서 이런 기상이변이 일어날 줄 몰랐다는 거지. 불가리아 홍수 사태에 대해서는 놀라움을 표할 정도고. 정말 어마어마한 참사야. 멕시코 지진은 그에 반해……"

에놀라가 입을 다물었다. 나탕은 에놀라가 이곳에 있다는 사실을 잘 알면서도 조금도 신경을 써주지 않았다.

"메타모르프 소녀에게 우롱당한 게 분해서 그런 건 아니겠지?"

이 질문은 거친 주먹이 되어 나탕의 복부를 정통으로 후려쳤다. 나탕은 눈을 번쩍 들고 에놀라의 눈을 정면으로 바라보았다.

"무슨 말을 하는 거지?"

에놀라는 은제 그릇에서 크루아상을 하나 집어 들어 한 조각을 물어뜯었다. 그러고는 가운을 다시 여미는 몸짓을 하며 슬쩍 속살을 보였다.

"무슨 말이냐니까!"

나탕의 언성이 높아졌다. 에놀라는 못마땅하다는 표정을 지으며 고개를 저었다.

"진정해, 사촌. 아무리 무지하다고 해도 매너가 나쁜 건 용서가 안 되거든."

"무지하다니?"

에놀라는 공범이라도 되는 듯한 표정을 짓고는 주위에 듣는 사람이 없는지 확인한 후에 나탕에게 살짝 몸을 기울였다. 그녀는 나지막한 소리로 설명했다.

"에메는 파미유에서 가장 추리력이 뛰어난 사람이야. 그런 에메도 상황을 분석해서 논리적인 가닥을 잡느라 거의 하룻밤을 다 잡아먹었더랬지. 네 친구 샤에는 메타모르프야. 메타모르프들이 네 부모를 죽이고 너를 없애려고 했던 거야."

"그건…… 웃기는 소리야!"

"정말 그럴까? 에메는 네가 어젯저녁에 모든 것을 털어놓지 않았다고 생각해. 그래서 에메는 애꿎은 시간을 낭비해야 했지만 그래도 자신이 내린 결론을 확신하고 있어. 메타모르프라니! 그 계집애가 우리 내부에 염탐질을 하러 들어온 동안 다른 메타모르프들은 우리 파미유에 대한 대대적 공격을 준비하고 있었던 거지. 잠시 후면 더 많은 것들을 알게 될 거야."

나탕은 힘겹게 침을 삼켰다.

"너희는……"

"'너희'라니, 사촌, '우리'라고 해야지. 네가 고의로 빠뜨리고 이야기를 했지만 에메는 악의가 있어서라기보다는 그저 현명하지 못한 처사라고 보았어. 그렇기 때문에 말해선 안 되지만 나도 이렇게 허심탄회하게 말해주는 거야. 난 우리 아빠와 앙통 할아버지가 나누는 말씀을 어쩌다가 듣고 너도 너의 샤에에 대한 진실을 마땅히 알아야 한다고 생각했어. 나에게 고맙게 생각하길 바라는……"

나탕은 냉정을 잃지 않으려고 기를 썼다.

"넌 우리가 곧……"

"……더 많을 것을 알게 될 거라고 했지. 우리 아빠가 샤에를 그 애가 다니는 고등학교에서 데려와서…… 심문하실 거야."

"그다음은?"

"우리 쪽에서 반격을 할 수 있겠지. 어쨌든 지구상에 적어도 메타모르프가 한 명은 있다는 것이 확실해 보이니까."

14

나탕은 얼굴에서 핏기가 가시는 것을 느꼈다. 오만 가지 감정이 격하게 일어났고 그 가운데 가장 지배적인 감정은 분노였다. 하지만 그는 이번에도 겨우 자신을 다스릴 수 있었다.

어쩌면 그가 냉정을 잃느냐 잃지 않느냐에 따라 샤에의 목숨이 달려 있는지도 몰랐다.

나탕의 입술이 비틀리면서 희미한 미소를 억지로 짜냈다.

"끝내주는군! 그 계집애가 나를 그렇게 쉽게 우롱했다 이거지. 창피해서 쥐구멍에라도 들어가야겠어."

"너무 자책하지 마. 네가 어떻게 그 계집애가 괴물일 거라고 상상이나 했겠어."

나탕은 짐짓 생각하는 척하다가 망설이며 입을 열었다.

"메타모르프들은 대가 완전히 끊긴 줄 알았는데……"

"네가 배워야 할 것들은 아주 많아." 에놀라가 잘난 척하며 대꾸했다. "파미유와 끊어져 있었으니 치러야 할 대가지. 그렇지만 나에게 기대를 걸어도 좋아…… 어디 가는 거야?"

나탕이 일어났다.

"산책하려고. 찬찬히 생각 좀 해야겠어. 나중에 또 이야기하자, 괜찮지?"

"우리 아빠가 허락 없이 정원 밖으로 나가지 말라고 했잖아. 아빠는……."

에놀라가 입을 다물었다. 나탕은 밖으로 나갔다.

바깥은 여전히 미스트랄이 불었고 선선했다. 나탕은 다시 들어가 윗옷을 들고 나올까 잠깐 생각했지만 그만두었다. 에놀라를 또 마주쳤다간 참지 못하고 거친 말을 마구 퍼붓게 될지도 몰랐으니까. 아니, 그 정도로 끝나면 다행일 것이다.

그는 거대한 사이프러스 나무 뒤에 몸을 숨겼다. 경비원들은 그를 한 번 쳐다보았을 뿐이지만 나탕은 그들이 자신의 존재를 전부 파악하고 있음을 알았다. 이곳을 떠날 때도 그 점을 잊어서는 안 될 것이다.

이곳을 떠날 때……

……샤에를 구하기 위해.

스스로 깨닫기도 전에 결심은 이미 굳게 서 있었다.

하지만 아무리 급박한 상황일지라도 생각할 시간은 필요했다.

에메가 어떻게 간파했는지는 모르지만 그녀가 제대로 짚었을 수도 있다. 아니, 거의 확실했다. 샤에는 메타모르프가 맞았다. 그렇게 보면 철로 옆의 간이건물에서 샤에가 하이에나로 변신했던 이유가 설명된다. 반면에 음모론은 믿을 수 없었다. 나탕은 내심 확신하고 있었다. 샤에는 자기가 메타모르프라는 것도 몰랐다. 그녀의 현실에는 쇼즈와 그 쇼즈를 상대로 힘겹게 싸우는 하루하루가 있을 뿐이었다. 장기적인 계획도, 버팀목도, 부모조차 없었다.

나탕은 바르텔레미에게 이야기해볼까 생각했지만 아저씨와 할아버지의 이야기, 파미유를 만난 순간부터 줄곧 들었던 이야기가 떠올랐다. 나탕은 아무도 설득할 수 없을 것이다.

그러니 혼자 움직이는 수밖에 없었다.

신속하게.

나탕은 곁눈질로 경비원들을 주시했다. 여섯 명이 정원 전체를 감시할 수 있도록 배치되어 있었다. 그중 단 한 사람도 나탕을 보고 있지는 않았으나 나탕이 나무에서 벗어나는 즉시 주목을 끌 것이다.

나탕이 눈을 들었다. 그가 등을 붙이고 있던 사이프러스 나무는 밑동의 직경이 1미터쯤 되었고 하늘 높이 똑바로 솟은 몸통에서 무성한 가지를 뻗고 있었다. 바로 옆에 크기는 뒤지지 않지만 다소 뒤틀린 소나무 한 그루가 잔가지들을 정원 너머까지 드리우고 있었다. 땅바닥에서 10여 미터 높이에서 그 두 그루의 나뭇가지들은 서로 빽빽하게 뒤엉켜 있었다.

나탕의 머릿속에서 어떤 생각이 떠올랐다.

경비원들은 파미유의 일부였다. 파미유 일원들이 모두 그렇듯이 경비들 역시 특별한 신체적 능력을 지니고 있었다. 그럼에도 땅에서 뛰어올라 3미터 높이의 나뭇가지를 잡아챌 수 있는 사람, 손목의 힘만으로 그림자처럼 조용히 나뭇가지들을 탈 수 있는 사람, 잔가지 하나 부러뜨리지 않고 다른 나무로 옮겨갈 수 있는 사람은 없었다.

나탕이 그들 위로 지나가 담장 위에 똑바로 섰을 때도 누구 하나 알아차리지 못했다.

가장 위태로운 순간이 남았다. 나탕은 동그랗고 묵직한 자갈을 하나 주웠다. 그리고 수영장을 향해 힘차게 내던졌다. 자갈이 수면에 부딪치며 풍덩 소리를 내는 바람에 경비들의 고개가 일제히 그쪽을 향했다. 나탕은 허공으로 몸을 던졌다.

무릎을 구부린 자세로 착지하여 충격을 완화하고 담장에 몸을 딱 붙였다. 담장 밖 거리를 감시카메라들이 찍고 있었지만 문제될 것은 없었다. 누군가 경계신호를 보내거나 탈출에 개입하기까지는 아직 여유가 있었다. 그는 거리낄 것 없다는 듯 덤덤하게 걸어 작은 골목으로 들어갔다.

감시카메라의 시야에서 벗어나자마자 달리기 시작했다. 바다를 굽어보는 가로수 길에 도착해서야 달리기를 멈추었다. 샤에의 학교까지 잘 찾아갈 수 있을까? 샤에는 비트롤에 산다고 했다. 나탕은 그 이상은 아는 바가 없었다.

택시를 잡아야겠다고 생각하는데 웬 자동차 한 대가 나탕의 옆에 와서 멈췄다. 보도 쪽 차창이 열리면서 한 남자가 그를 향해 몸을 기울였다.

그을린 피부와 거의 다 밀다시피 한 짧은 백발의 노인.

깜짝 놀랄 만큼 새파란 눈동자의 노인.

"내가 데려다 주길 원하나, 나탕?"

15

 나탕은 반사적으로 라피 따위는 지옥에나 가버리라는 생각이 들었다. 자신을 주차장에 내버려두고 가버린 인간 아닌가……
 라피가 뭔가 대단히 복잡한 인물이라는 것만은 명백했다.
 라피는 곤경에 빠진 샤에를 도와주려 하지 않았지만, 그 때문에 나탕과 샤에가 만날 수 있었다. 비록 거짓말을 하긴 했어도 아버지와 바르텔레미 아저씨가 엄마를 구할 수 있도록 도와준 장본인이기도 했다. 라피는 이 일에서 핵심적인 역할을 맡고 있는 것이 분명했다.
 나탕이 그 역할에 대해 더 알고 싶다면 한 가지 길밖에 없었다.
 그는 자동차 문을 열고 차 안으로 들어갔다.
 "네가 멋지게 너만의 길을 좇는 모습을 보게 되어 기쁘구나."
 라피는 오른손을 자신의 왼쪽 가슴에 얹고 말했다.

"당신은 대체 누구죠? 무슨 수작을 부리는 건가요? 지금 당장 대답하지 않으면 난……"

나탕이 공격적으로 몰아붙였다.

"지금 급한 일은 너의 아저씨보다 한 발 앞서 샤에를 만나는 거라고 생각했는데."

나탕은 정곡을 찔린 기분이 들었다. 그는 더듬거리며 물었다.

"당신이…… 샤에가 어디 있는지 알아요?"

"물론이지. 넌 내가 가이드, 즉 '기드'라는 사실을 잊었구나. 길들은 내 앞에서 어떤 비밀도 고수할 수 없지. 어떤 길이든 말이야. 가볼까?"

라피는 나탕에게 고개를 끄덕일 짬만 주고 힘차게 액셀을 밟았다.

오전 8시였으므로 마르세유 주요 도로의 교통은 꽤 혼잡했다. 자동차들은 서행을 반복했고 운전자들은 습관이 되어버린 체념 어린 불안으로 시계를 자꾸 들여다보았다. 라피는 능숙한 운전 솜씨로 버스전용차선을 타더니 경적도 울리지 않고 전속력으로 시내를 향해 질주했다. 빨간 신호등을 족히 열 번은 무시했고, 몇 대의 차를 들이받을 뻔하다가 간발의 차이로 피하곤 했으며, 세 번이나 주행금지방향으로 차를 몰았고, 단 한 번도 속도를 시속 80킬로미터 이하로 낮추지 않았다.

나탕은 그에게 묻고 싶은 말이 한두 가지가 아니었다. 그러나 도로에서 눈을 떼지 못하고 손잡이를 꼭 쥔 채 아무 말도 하지 못했다. 한 번도, 악몽에서조차도, 이렇게 빠르고 난폭하게 운전하는 사람은…… 그러고도 멀쩡한 사람은 보지 못했다.

라피가 고속도로에 접어들자 나탕도 서서히 긴장이 풀렸지만 손잡이를 놓을 수는 없었다. 날씨는 화창했다. 금세 속도계는 시속 200킬로미터를 가리켰다. 라피는 차량 사이를 요리조리 빠져나가며 갓길 추월도 서슴지 않았다. 간간이 경적을 울리기는 했지만 경적을 울려봤자 피할 틈도 주지 않고 아슬아슬한 추월을 감행했기에 나탕의 몸은 자리에서 심하게 들썩거리고 출렁거렸다.

출발한 지 15분 만에 비트롤에 도착했다. 만약 라피의 차를 타지 않았다면 상당히 곤란한 상황에 처했겠지만 나탕은 20년은 폭삭 늙어버린 기분이 들었다.

타이어 마찰음과 함께 라피는 철책에 둘러싸인 거대한 회색 건물로 향했다.

"다 왔네, 청년."

나탕은 비틀거리며 차에서 내렸다. 라피가 몸을 숙여 나탕에게 말했다.

"나에게 뭘 묻고 싶다고 했나?"

나탕이 몸을 부르르 털었다.

"그래요. 당신은 누구고 무슨······"

"시간이 없다!" 라피가 말을 잘랐다. "그 질문에 대답하려면 최소한 하룻밤은 꼬박 걸릴 텐데 넌 아직 갈 길이 멀어. 길을 가다 보면 우린 다시 만날 거야. 그것만은 믿어도 좋아."

그는 말을 마치자마자 다시 차를 몰고 아스팔트에 고무 타는 연기를 날리며 무서운 속도로 사라져버렸다. 나탕은 혼자 덩그러니 남았다.

지금부터 해야 할 일에 곧바로 생각이 쏠렸다. 학교 주위에는 아무도 없었다. 학생들은 등교를 마치고 교실에서 수업을 받고 있었다. 그는 철책으로 다가갔다. 정문에는 자물쇠가 걸려 있었다. 그는 담을 넘어갈까 인터폰을 쓸까 망설였다. 담을 넘다 걸리면 난처해질 것 같아 인터폰을 눌렀다.

"네?"

"죄송합니다. 지각했어요."

그는 이름과 학급을 물어볼까 봐 걱정했지만 수위 아주머니는 이런 일에 익숙한 모양이었다. 전자음과 함께 문이 바로 열렸다. 이제 그는 샤에의 반을 찾아 소란 피우지 않고 그 애를 설득해 학교 밖으로 데리고 나가기만 하면 되었다…… 쉬운 일이었다.

그는 일층 로비로 들어갔다.

이 고등학교와 나탕이 지금까지 다녔던 학교들 사이에는 아무 관련도 없었지만 나탕은 금방 갈피를 잡았다. 교무실은 일층에 있고 교실은 이층부터 있었다. 나탕은 최대한 자연스러운 척 계단참까지 걸어가다가 학생주임 교사와 마주쳤다. 교사는 손목시계를 흘끗 보고 말했다.

"빨리 빨리 다녀!"

"네."

나탕은 등 뒤로 꽂히는 시선을 의식하며 복도로 들어갔다. 운 좋게도 교실 창문은 모두 유리로 되어 있어서 까치발로 지나가면 교실 안이 들여다보였다. 나탕은 학생주임 교사가 사라지는 것을 확인하고 샤에를 찾기 시작했다.

열 번째 교실까지 살펴보는데 사람들의 말소리가 점점 가까이 다가왔다.

"그 아이의 품행에는 문제가 좀 있어 보였지만 그런 일에까지 손을 댈 거라곤 전혀 생각도 못했습니다."

"마약밀매를 하는 애들은 좀처럼 다른 쪽으로는 활동을 넓히지 않으니까요."

두 번째 목소리는 바르텔레미 아저씨였다.

나탕은 절박하게 숨을 곳을 찾았다. 겨우 화장실로 뛰어들었을 때 한 무리의 남자들이 복도 모퉁이에서 나왔다. 바르텔레미, 교장, 그리고 파미유의 경비원들이 분명한, 양복 차림의 사내들이 네다섯 명 따라왔다.

"합법적인 심문이 분명히 맞겠지요?"

교장이 물었다.

"판사가 직접 서명한 서류를 받으셨잖습니까? 뭐가 더 필요하신지요?"

"샤에는 미성년자입니다. 어떻게 그 애가 당신 말대로 그렇게 엄청난 짓을 할 수 있단 말입니까?"

"물론 그 여자애가 국제조직망의 우두머리는 아닙니다. 하지만 그 애를 잡으면 중추부를 추적해서 분쇄할 수 있을 겁니다. 그래서 이렇게 일반적이지 않은 절차를 밟게 된 거고요. 교장 선생님께서 이 일이 누설되지 않도록 힘을 좀 써주셨으면 합니다."

바르텔레미의 카리스마와 자신만만한 태도 앞에 교장은 두 손을 들었다.

"최선을 다하지요. 다 왔습니다."

나탕은 위험을 무릅쓰고 복도 쪽을 내다보았다.

불과 10미터 거리를 두고 사내들은 교실 문 앞에 서 있었다. 경비원들은 아무도 빠져나갈 수 없게끔 위치를 잡았고 교장은 몸을 일으켜 교실 안으로 들어갔다.

16

샤에는 이런저런 생각에 푹 빠져 있었다.

전날 저녁, 운전기사는 리무진으로 후견인의 집까지 샤에를 데려다 주었다. 기사는 샤에가 사는 건물 앞에 차를 세우고 문을 열어주더니 봉인한 봉투를 하나 내밀었다. 그러고는 아무 말 없이 차를 몰고 떠났다.

샤에는 자신이 어떤 처지인지조차 알 수 없었다.

나탕과 그런 식으로 헤어진 것은 마음 아팠다. 나탕에게 자기 입으로 내뱉은 말 하나하나를 곱씹어보면 더욱 그랬다. 나탕이 옆에 없으니 벌써부터 괴로웠다.

그게 다가 아니었다.

목숨이 왔다 갔다 하는 상황에서 괴물들과 대결했고, 한 편의 모험 영화처럼 나탕과 탈주했으며, 그는 샤에의 갈증을 진정시키는 작용을 했다. 게다가 그 파미유, 너무나 강력해서 무섭기까지 한 파미유가 있었다. 무엇보다 그 신비로운 집, 빛의 문 너머 지하에 감추어져 있던 집이 있었다.

샤에는 그 집에 들어가면서 제 집으로 돌아온 기분이 들었다. 경이로움에 사로잡혀 수많은 방과 문을 바라보았다. 그 문들은 제각기 다른 장소로 샤에를 인도해주었다. 샤에도 그것을 알고 있었다.

사람들의 손에 닳고 닳아 금빛이 도는 구리 손잡이를 어루만졌을 때, 그녀의 내부에서 어떤 목소리들이 속삭이기 시작했다…… 바로 그때 바르텔레미가 그녀를 쫓아왔다.

바르텔레미는 빠르고 결연했다. 그녀를 죽일 수도 있다는 살기가 느껴졌다. 샤에는 쇼즈가 자신의 몸을 지배하도록 내버려둘 수밖에 없었다.

쇼즈가 변할 수 있도록.

샤에는 더욱더 유연하고 고요해졌다. 더 강해진 것은 물론, 한층 더 위험해졌다.

바르텔레미를 따돌리는 것쯤 일도 아니었다.

봉투 안에는 상당한 액수의 돈이 들어 있었다. 샤에는 처음에 반사적으로 그 돈을 쓰레기통에 처넣을까 했지만 생각을 고쳐먹었다.

후견인들이 샤에를 맞아들이는 꼬락서니는 한심할 정도였다. 무관심 반, 못된 심보 반인 태도에 샤에는 구역질이 났다. 자신이 이 사람들과 헤어질 때가 왔음을 깨달았다. 신속하게, 전적으로. 바르텔레미의 돈은 샤에가 생계를 꾸릴 방법을 찾을 때까지 그럭저럭 버틸 밑천이 되리라. 비록 이 탈주가 나탕과 다시 만날 가능성을 완전히 포기하는 셈이 될지라도 오늘 저녁 당장 떠나리라 마음먹었다.

이제 그녀는 이방인이나 다름없는 사람들 틈에서 책상에 앉아 흥미도 없는 수업을 들으며 자신의 잘못에 대해 생각했다. 나탕과 그녀는 완전히 다른 환경에서 살아왔다. 계속 그 애를 생각해봤자 자신만 더 상처 입을 뿐이다.

문득 중얼대는 목소리가 들려와 퍼뜩 정신을 차렸.

교장이 교실에 들어와 있었다. 교장은 교사의 귀에 대고 한마디 속삭이더니 갑자기 진지해진 학생들을 쭉 훑어보았다. 교장의 시선이 샤에에게 딱 멈췄다.

"샤에, 몇 가지 물어볼 것이 있어서 그러는데요. 날 따라와 주겠어요?"

이것은 명령이었다. 불안한 떨림이 샤에의 가슴을 뚫고 지나갔다. 교장은 지금껏 절대로 수업 중인 교실에 들어오지 않았다. 여러 가지 문제로 교무부와 몇 번이나 충돌을 일으켰지만 그때마다 샤에를 데리러 온 사람은 학생주임이었다. 도대체 무슨 일이 일어난 걸까?

어쨌든 반항은 할 수 없었다. 샤에는 자리에서 일어났다.

"짐을 챙기세요."

의혹은 확신으로 변했다. 그녀는 지금 덫에 걸려드는 중이었다. 위험하다는 것 외에는 아무것도 알 수 없는 덫.

피할 방법이 없다는 것 외에는 아무것도 알 수 없는 덫.

쇼즈가 속에서 꿈틀댔지만 샤에는 어렵지 않게 쇼즈를 다스렸다. 같은 반 친구들은 샤에가 나가는 것을 지켜보았다. 그들의 눈이 평소와 다른 관심으로 반짝거렸다.

바르텔레미는 복도에서 기다리고 있었다. 그가 샤에의 어깨에 손을 얹고 귓가에 대고 속삭였다.

"날 따라와라. 반항할 생각도, 무슨 말을 할 생각도 하지 마. 수상한 움직임이 조금이라도 보이거나 변신을 하려 들면 죽여 버릴 테니."

그의 손길은 그가 한 말 못지않게 위협적이고 압도적이었다. 부드러운 음성과는 완전히 딴판이었다. 샤에는 바르텔레미가 단 1초도 망설이지 않을 것임을 의심치 않았다.

그녀는 고개를 주억거리고 바르텔레미를 따라갔다. 심장이 미친 듯이 뛰었다.

화장실 앞으로 지나가는데 미세한 인기척이 샤에의 주의를 끌었다.

나탕이 거기에, 그늘에 숨어 있었다.

나탕과 샤에의 눈이 마주쳤다. 완벽한 교감이 잠깐 스치는 사이에 일어났다. 나탕은 손가락을 입술에 댔고 샤에는 눈을 깜박였다. 단 한 번.

바르텔레미는 샤에를 계단으로 끌고 갔다. 나탕은 뒤에 그대로 남아 있었다.

샤에는 가슴을 죄어오는 불안이 사라지고 안도감이 퍼지는 것을 느꼈다.

나탕은 그녀를 버리지 않았다.

17

　나탕의 머릿속에 온갖 생각들이 앞다투어 일어났다. 바르텔레미 아저씨에게 달려들어 인질로 붙잡을까, 경비원 중 한 사람의 무기를 빼앗아 닥치는 대로 쏘아버릴까, 화재경보기를 울릴까, 복도에서 소리를 질러 학생들과 교사들을 선동할까……
　그는 이 계획들이 부질없음을 의식하며 움직이지 않았다. 심장이 고통스럽게 쿵쾅거렸다. 겨우 불끈 쥔 주먹의 힘을 풀고 나니 경직되었던 팔에 찌릿찌릿한 기운이 퍼져 나갔다. 살금살금 화장실 밖으로 나갔다. 바르텔레미 아저씨가 이끄는 무리는 일층 로비에 다다라 있었다. 나탕은 소리 나지 않도록 조심히 계단으로 향했다. 누구든 뒤를 돌아보면 냅다 뒤쪽으로 몸을 날릴 태세였다.
　학교 주차장으로 나 있는 로비의 통유리창을 통해 바르텔레미가 샤에를 크고 짙은 색상의 세단 뒷좌석에 밀어 넣고 자신도 차에 오르는 모습이 보였다. 두 남자가 그들과 같은 차에 탔고 나머지는 다른 차에 몸을 실었다.

재빨리 행동하지 않으면 그들을 놓칠 것이다.

샤에를 놓치고 마는 것이다.

불안해진 나탕은 그들의 뒤를 쫓을 만한 다른 차량이 없는지 주위를 둘러보았다. 하지만 담장에 기대어 주차된 오토바이 외에는 보이지 않았다. 생각할 겨를도 없이 오토바이를 향해 뛰어갔다. 고속주행을 위해 설계된 두카티였다.

"한 번도 몰아본 적 없는데…… 열쇠도 없고, 빌어먹을!"

그는 큰 소리로 욕을 내뱉으며 실패해도 할 수 없다고 마음을 단단히 먹었다. 그때 전선가닥을 연결해서 혼다에 시동을 걸었던 샤에의 모습이 채찍처럼 매섭게 떠올랐다.

단순한 기억이 아니라 앎이 물결처럼 밀려왔다고 해야 옳았다. 날것 그대로이지만 완벽한 앎이었다. 나탕은 이미 이런 식의 아련한 느낌을 자각한 바 있었지만 한 번도 시도해보지 않았다. 그런데 이번에는 앎의 물결이 눈앞을 다 가로막을 정도로 그를 향해 밀려들었다.

물결이 물러나자 나탕은 눈을 비비며 현실 감각을 되찾았다. 그는 어느새 오토바이 앞에 무릎을 꿇고 전선 한 줌을 손에 쥐고 있었다. 정확하게 세 번의 동작으로 어떤 것은 밀어내고 어떤 것은 한데 연결했다. 두카티의 엔진이 부릉거렸다.

샤에를 태운 차는 학교 모퉁이를 돌아가고 있었다. 나탕이 오토바이에 올랐다. 오토바이는 한 번도 몰아보지 않았지만 할 수 없었다. 그는 더는 망설이지 않기로 했다.

나탕은 알고 있었다.

그는 기어를 넣고 가속핸들을 꺾었다. 두카티가 로켓처럼 주차장에서 튀어 나갔다. 허벅지로 연료탱크를 단단히 지탱하면서 나탕은 발판이 아스팔트에 닿을 정도로 바싹 몸을 숙이고 완벽히 커브를 틀었다. 앞에서 달리는 차들은 이제 그를 떼어놓을 수 없었다.

나탕은 애써 호흡을 다스리며 방금 일어난 일을 분석해보았다. 그러나 어떤 답도 찾지 못했다. 늘 남달리 쉽게 배우는 나탕이었지만 이처럼 지식을 갑작스럽게 완벽히 흡수해버린 건 처음이었다.

오토바이는 앞서 가는 차에 바싹 근접했다. 나탕은 헬멧을 쓰고 있지 않았으므로 저쪽에서 알아볼 위험이 있었다. 나탕은 속도를 늦추었다. 샤에가 차에서 내리는 바로 그 순간에 경비원들의 손아귀에서 빼내야겠다고 작정했다. 샤에를 오토바이 뒷좌석에 태울 수만 있다면 어렵잖게 도망칠 수 있을 것이다. 바르텔레미가 샤에를 어디로 데려가는지 알아내야 했다.

두 대의 세단은 고속도로로 진입했고 나탕도 거리를 두고 그 뒤를 쫓아갔다. 오토바이에서 받는 맞바람은 매서웠고 추워서 몸이 덜덜 떨릴 지경이었지만 제대로 가고 있다는 확신이 들었다. 샤에는 그를 필요로 했고 그 역시 샤에가 필요했다. 아직 뭐라고 규정되지 않은 이 관계가 파미유에 대한 충성보다 훨씬 더 탄탄했다.

'네가 멋지게 너만의 길을 좇는 모습을 보게 되어 기쁘구나.'

라피의 말이 머릿속에 울려 퍼지며 지금 상황과 놀랄 만큼 맞아 떨어졌다. 그는 누굴까? 어째서 에메는 샤에의 특별함을 알아차렸으면서도 그 늙은 베르베르인에 대해서는 아무 말도 하지 않았을까?

소형 트럭 한 대가 그의 앞에서 갑자기 차선을 벗어났다. 나탕은 속도를 높여 앞으로 치고 나가 트럭을 솜씨 좋게 피했다. 뒤에서 크고 시커먼 차 한 대가 나탕을 따라하다 머리카락 한 올 차로 겨우 사고를 면했다. 그 차의 운전수는 선글라스로 얼굴을 가린 거구의 사내였는데 조금도 흔들림이 없었다.

샤에와 그 애를 데려간 사내들은 항만 있는 곳에서 고속도로를 빠져나갔다. 일순간 나탕은 그들의 목적지가 바닷가에 세워진 거대한 창고 중 하나가 아닐까 두려워졌다. 그렇게 폐쇄된 공간에서는 일이 까다로워질 테니까. 아니, 거의 불가능하다고 봐야 했다. 세단들은 계속 굴러갔다. 그때 나탕은 바르텔레미가 샤에를 어디로 데려가는지 알아챘다. 그의 집으로 가는 것이다. 단순했다. 나탕은 현장에서 저들을 기다릴 수도 있었을 텐데, 어쩌면 샤에가 도착하자마자 데리고 튈 수 있는 작전을 준비해놓을 수도 있었을 텐데, 그런데 지금은 이렇게 바보처럼 뒤에서 쫓아가는 신세가 됐구나, 라는 생각에 씁쓸한 미소를 지었다.

그는 빌라에서 100미터쯤 떨어진 곳에 두카티를 세우고 자동차들은 정문을 통해 정원으로 들어가도록 내버려두었다. 문은 지체 없이 닫혔다. 나탕은 담장을 살펴보았다. 아까 나올 때 써먹었던 방법으로 다시 들어가는 건 어려웠다. 멀찍이서 그를 지켜보고 있던 덩치 큰 사내에게는 신경도 쓰지 못한 채, 나탕은 문으로 다가가 오랫동안 비디오폰을 눌렀다.

"네?"

"나탕이에요. 산책하러 나갔었는데 들어가고 싶어요."

18

"어디에 있었지?"

"생각을 해야 했어요. 에놀라가 샤에에 대한 이야기를 해줬고 솔직히 말하면 정신을 차리기가 힘들었어요. 사람이 어쩌면 그렇게 교활할 수 있는지, 정말 생각도 못했었거든요."

바르텔레미 아저씨는 타격을 받은 표정이었다. 완강한 얼굴로 나탕 앞에 떡 버티고 서서 잔소리를 퍼부을 태세였는데 자기 딸 이름을 듣고 나니 굳게 먹은 마음이 흔들렸던 모양이다. 나탕은 에놀라의 소행을 고자질하면서도 전혀 양심에 찔리지 않았다. 되레 에놀라를 그 애의 아버지 앞에 제물로 내놓으면서 깊은 만족까지 느꼈다.

"어떻게 밖에 나갔지?"

"경비원들이 문을 열어줄 것 같지 않아서 담장을 넘어갔어요. 그러면 안 되는 건가요?"

바르텔레미는 나탕의 눈을 뚫어져라 노려보았다.

"무슨 수작이냐?"

아저씨의 목소리는 얼음처럼 싸늘했다.

"잘못했어요. 너무 많은 일들이 한꺼번에 닥쳤잖아요. 그런 와중에 견디기가 너무 힘들었어요."

바르텔레미의 시선이 누그러졌다.

"이해한다. 그래도 나에게 알리지 않고 밖에 나가는 일은 삼갔어야지. 에놀라가 말했다면 적어도 한 파미유는 우리를 해치려 하고 있다는 상황을 너도 알았을 거 아니냐. 우리가 이 문제를 빨리 해결하겠지만 그동안은 신중하게 처신해야지."

"메타모르프들의 파미유 말인가요?"

"그래, 우리는 그들의 마지막 일족으로 알려진 자들을 감시해왔다. 대부분은 카메룬에 살고 있지. 그들의 힘은 크게 떨어졌고 최소한 100년 동안은 메타모르프들을 볼 수 없었다. 그러니까 그들 따윈 위험 축에도 끼지 않는다고 생각했었지. 그게 우리의 착각이었어."

"하지만 샤에는 카메룬 태생이 아닌데요."

"파미유들이 전 지구로 흩어진 지 벌써 수천 년이 됐다. 메타모르프들로 이루어진 집단들이 중앙아프리카에서만 나타났다고 해도 그들이 전부 다 아프리카 태생이라고 생각한다면 어리석은 짓이야."

"걔는 어디 있어요? 샤에 말이에요."

"사라졌다. 그 애의 역할은 아마 우리 파미유에 잠입하는 데까지였겠지. 그 애는 자기 목적을 위해 널 이용하려고 했어. 그 애를 잡아서 심문하고 싶다만 후견인들도 샤에의 소식을 모른다고 하더구나."

"후견인들은 메타모르프가 아닌가요?"

"아니야. 그냥 고아를 거둬준 선량한 인간들일 뿐이지. 샤에는 널 속인 것처럼 그들도 속였어."

"할아버지는 어떻게 생각하세요?"

"상황이 심각하다고 보시더구나. 파미유 위원회의 일원들도 각자 자기들의 문을 이용해서 집으로 돌아가 반격을 준비 중이다."

"할아버지도 가셨어요?"

"그래. 주로 샹 드 마르스를 내려다보는 파리의 한 아파트에서 지내시지. 너도 알아차렸겠지만 앙통 할아버지는 파미유에서 아주 중요한 위치에 계시는 분이다. 프랑스 지부 조직이 할아버지 관할이야."

나탕은 대화를 다시 샤에에 관한 방향으로 돌아가야 했다. 샤에가 빌라에 도착한 지는 20분쯤 됐고, 바르텔레미와 나탕은 5분 전부터 대화를 나누고 있었다. 그 애는 멀리 있지 않을 것이다.

나탕이 실마리를 캐기 위해 새로운 질문을 마음속으로 준비하고 있는데 갑자기 바깥에서 사나운 울음소리가 들렸다. 바르텔레미 아저씨가 눈살을 찡그리며 나탕에게 조용히 하라는 몸짓을 했다.

그들은 한순간 꼼짝도 않고 있었고 이내 총성이 한 발 울리더니 이어서 열 발쯤 연속해서 울려 퍼졌다. 짐승의 울음소리가 총성에 화답했다. 그저 개가 짖는 소리라기엔 몹시 힘차고 흉폭한 울음이었다. 일층 어딘가에서 유리창이 박살 났다.

"가서 '집' 안에 숨어라!"

바르텔레미의 명령이 매섭게 떨어졌다.

"그래도……"

"지금 당장!"

바르텔레미는 기다리지도 않고 방에서 나갔다. 한 마리 야수를 연상케 하는 걸음걸이였고 엄청나게 강력한 아우라가 풍겼다. 파미유 일원들이 모두 바르텔레미 같다면 미치지 않고서야 그들을 상대로 전쟁을 선포할 수 없을 것이다……

나탕은 몸을 털었다. 무슨 일이 일어났든 간에 그가 노리던 기회, 샤에를 찾을 절호의 기회였다. 순간이지만 샤에가 그의 파미유를 파괴하려는 음모에 가담했다는 바르텔레미 아저씨의 말이 맞다는 생각, 지금 메타모르프들이 이 빌라를 공격하고 있다는 생각이 들었다. 나탕은 그런 생각을 몰아냈다. 이미 결정을 내렸으니 그대로 밀고나갈 것이다.

다시 한 번 짐승의 울음소리와 총성과 비명이 울려 퍼졌다. 나탕은 샤에를 찾아 나섰다. 그는 이층에는 샤에가 없을 것 같았지만 혹시 그런 과신 때문에 그녀를 놓칠지 몰랐기 때문에 방들을 재빨리 들여다보았다. 정원에서의 결투는 잠잠해졌다. 이제 누군가를 부르는 짧은 외침과 간간이 헐떡대는 듯한 짐승의 울음소리가 들릴 뿐이었다.

나탕은 로비로 내려갔다. 돌격소총을 손에 든 급사와 정면으로 맞닥뜨렸다. 급사는 나탕을 알아보고 총구를 곧장 아래로 내렸다.

"도련님은 여기 계시면 안 됩니다. 못된 것들이……"

"아저씨가 나보고 포로를 맡으라고 했는데요. 그 여자애는 어디 있죠?"

나탕이 급사의 말을 자르고 물었다.

"포도주 저장실 아래, 지하실에요."

급사가 주방을 가리키자 나탕은 그쪽으로 달려갔다.

관리자가 비워놓은 포도주 저장실은 쉽게 찾을 수 있었다. 지하실 문을 잠근 자물쇠에 손을 갖다 대는데 또 다시 총성이 들렸다.

"샤에, 나야. 나탕이야."

문이 열리고 어둠으로 내려가는 계단이 나타났다.

"샤에?"

나탕이 더듬더듬 스위치를 찾는데 으르렁대는 무시무시한 소리가 두 번이나 올라왔다.

한 번은 지하실에서.

다른 한 번은 등 뒤에서.

19

나탕은 천천히 뒤를 돌아보았다.

그의 앞에 버틴 괴물에 비하면 에디의 로트바일러는 강아지 수준이었다.

이빨도 없고 자그마한 강아지.

어깨까지의 높이가 1미터쯤 되는, 덩치 좋은 이 개는 무엇보다 거대한 아가리, 그리고 10센티미터는 됨직한 길고 흉측한 송곳니가 남달랐다.

죽음을 기약하는 구렁텅이가 눈앞에서 열렸다.

'사자(死者)의 개.'

짐승을 보자마자 나탕의 머릿속에서 이름이 튀어나왔다.

하지만 눈앞의 괴물은 개와 연관성이 거의 없었다. 짧고 탄탄한 등줄기를 보호하기 위해 뼈로 된 돌기가 삐죽삐죽 솟아 있었고, 다리에는 관절이 세 군데 있었으며, 털가죽은 불그스름한데 자홍색과 검정색 반점이 박혀 있었다.

괴물은 아가리에서 거품을 질질 흘리며 한 발짝 다가왔다.

'그룅들은 메조페의 추운 스텝 지대에서 살지. 혼자 사냥을 할 때면 무서운 킬러가 되고 무리를 지어 다니면 포스 아르카디에서 가장 큰 살육마로 변해.'

"그럼 바로 옆에서 나를 노리는 그룅을 처치하려면 어떻게 해야 하지?"

나탕이 이를 악물고 물었다.

머릿속의 목소리는 대꾸가 없었다.

사자의 개가 한 발 더 내딛었다. 나탕은 다리를 구부리고 무조건 주먹을 쥐었다. 그룅이 달려드는 순간에 피하고 달리는 것만이 수였다. 그런데 나탕은 괴물이 정작 달려들자 넋이 빠졌다. 그토록 사납게 미쳐 날뛰리라곤 예상하지 못했기에 자기도 모르게 바보처럼 비명을 지르고 말았다.

그때 검고 날쌘 그림자가 고요하면서도 힘차게 날아오르며 바로 그의 머리 위로 지나갔다. 흑표범이었다. 표범은 허공을 가르며 그룅을 들이받고 함께 바닥을 뒹굴었다. 표범은 재빨리 우위를 차지하고 날카로운 발을 휘둘러 그룅의 배를 갈비뼈에서 사타구니까지 갈라놓았다. 괴물은 날카로운 비명을 내질렀고 자기보다 더 억센 아가리가 목덜미를 물어뜯고 뼈를 부러뜨리자 꾸르륵 하는 소리를 냈다.

표범은 상대를 놓아주고 노란 눈을 나탕에게로 돌렸다.

"샤에?"

나탕이 떨리는 목소리를 진정할 수 있었더라면 좋았을 것이다. 하지만 나탕은 신경 쓰지 않았다. 모든 에너지가 눈앞의 야수에게 쏠렸다. 샤에일까? 만약 그렇다면 자신을 알아볼 수 있을까?

표범은 걸걸한 소리로 으르렁대며 앞으로 튀어 오르려는 듯 몸을 움츠렸다.

"안 돼, 샤에. 나야."

나탕을 찢어발기는 데 10초도 안 걸릴 거대한 맹수에게 애원하고 있는 웃지 못할 상황이었다. 맹수는 나탕의 말에 마음이 움직인 것처럼 주춤했다.

"샤에, 듣고 있는 거 알아. 너는 네 안의 쇼즈보다 더 강해. 쇼즈에게 널 그냥 내버려두라고 명령해. 샤에, 그렇게 해!"

표범은 이제 움직이지 않았다. 근육 하나 떨리지 않았고 숨결조차 잡힐 듯 말 듯했다. 살아 있는 표범이 아니라 조각상이라고 해도 믿을 것 같았다. 실물처럼 잘 만든 조각상 말이다. 표범이 콧방울을 찡그렸고 귀가 머리에 차분하게 가라앉더니 아가리가 벌어지면서 도드라지게 희고 날카로운 송곳니가 드러났다.

"샤에……"

나탕은 이 마지막 말에 온 마음을 담았다. 그가 팔을 내밀자 마술이라도 부린 것처럼 표범의 몸뚱이가 흐릿해졌다. 찰나의 순간이었다. 그 사이 맹수는 사라지고 샤에가 나타났다. 두 손으로 땅을 짚은 채 고개를 숙이고 웅크린 자세였고 긴 머리는 어둠의 장막처럼 그녀의 얼굴을 가리고 있었다.

나탕은 샤에에게 달려가고 싶었다.

"안 돼!"

샤에의 눈이 나탕을 쏘아보았다. 노란 눈에는 아직도 사나운 짐승의 안광이 남아 있었다. 무서운 눈이었다.

"안 돼, 기다려! 쇼즈가 아직 있어. 완전히 사라지지 않았어."

샤에가 다시 한 번 말했다. 나탕은 몸짓을 멈추었다. 머릿속 한편으로는 빌라의 요란한 소음이 들어왔다. 또 다시 싸움이 시작된 모양이었다. 총성, 비명, 살벌한 울음소리. 나머지 정신은 여전히 샤에에게 쏠려 있었다. 그는 샤에가 쇼즈에서 해방되기 위해 필사적으로 붙잡은 끈이었다. 나탕은 샤에가 필요로 하는 한 있어주고 싶었다.

그것이 아무리 큰 위험을 초래한다 해도.

한참이나 지났을까, 샤에가 일어섰다. 그녀는 머리카락을 뒤로 쓸어 넘기며 공포와 피로가 역력한 얼굴을 드러냈다.

"네 아저씨는 미쳤어! 그 사람이……"

샤에는 입을 다물었다. 그녀는 그룅의 시체를 내려다보고 눈앞의 광경을 쉬이 받아들이지 못했다.

"이건 개가 아니야. 그렇지?"

"그래, 이건 그룅이야."

"뭐라고?"

"나도 아는 게 없어. 다만 이것들이 엘브륌과 리칸트로프와 관련된 존재라는 것밖에. 이 괴물들 한 무리가 빌라를 공격했어."

"널 찾아서?"

"그럴 수도 있지. 하지만 그걸 물어보자고 그들을 기다릴 순 없어. 자, 바르텔레미 아저씨와 경비원들은 바쁠 테니까 도망갈 수 있는 데까지 가보자."

그들은 주방을 지나갔다. 나탕은 난로 근처에 놓여 있던 부지깽이를 집어 들었다. 슬쩍 들어 올리면서 무게와 길이를 가늠해보았다. 또 다른 그룅이 달려든대도 이제 상대할 무기는 생긴 셈이었다.

"나트……"

나탕이 돌아보았다. 샤에가 헤아릴 수 없는 눈빛으로 그를 뚫어져라 바라보았다.

"아저씨와, 네 파미유와 맞서겠다는 거야…… 날 위해서?"

목소리는 갈라져 나왔지만 나탕을 노려보는 검은 눈은 속눈썹 한 번 깜박이지 않고 그의 속내를 읽으려는 것 같았다. 나탕은 그 눈의 마력에 사로잡혀 목이 바짝 말랐다. 이 순간, 결정적인 이 물음에 그냥 그렇다고, 지나치듯 대답할 수도 있었다. 혹은 아예 입을 닫을 수도 있었다.

하지만 나탕은 대답하기로 결심했다.

그는 자기가 결심한 말의 무게를 덜기 위해 미소를 지었다.

"난 네 앞에 누가 나타나든 그 사람과 맞설 거야. 그러니까 그들과도 맞설 거야."

나탕은 숨을 한 번 들이마셨다. 그러고는 덧붙였다.

"우리 앞이라고 해야겠지."

20

감정과 기대를 실은 침묵이 주방에 내려앉았다. 모든 가능성들을 담은 침묵이었다.

잠시 후에 짐승의 울음소리가 다시 울렸다. 아주 가까운 곳에서. 다시 불안이 치밀어 올랐다.

"우리는 뒤로 지나갈 거야."

나탕이 결심을 내렸다.

두 사람은 복도를 지나 서가로 벽이 둘러싸인 서재에 들어갔다. 서재 끝에는 유리를 끼운 문이 안뜰로 나 있었다. 나탕이 그 문의 손잡이를 잡는 순간 그들 뒤에서 으르렁대는 소리가 났다.

그들이 돌아섰을 때 그렁이 아가리를 딱 벌리고 송곳니를 드러낸 채 거품을 흘리며 그들을 물어뜯으려고 달려들었다.

나탕은 믿을 수 없을 만큼 빠르게 대처했다. 그는 샤에 앞을 가로막고 부지깽이를 잡은 팔을 치켜들어 허리를 틀며…… 후려쳤다.

온 힘을 다해서.

그룅은 가슴팍을 정통으로 맞고 나가떨어져 뒤에 있는 서가에 처박혔다. 사자의 개는 고막이 터져라 비명을 지르고는 축 늘어져 더 이상 움직이지 못했다.

나탕과 샤에는 서재에서 나갈 틈조차 없었다. 문턱에 꽉 차는 한 남자의 실루엣이 나타났기 때문이다. 어찌나 덩치가 큰지 문을 통과하기 위해 몸을 숙여야 했고, 벌어진 떡대는 문틀에 양쪽 어깨가 닿을 정도였다. 근육과 힘줄이 엉켜 있는 믿을 수 없는 팔뚝, 무너뜨릴 수 없는 기둥 같은 다리통, 굳은 거석 같은 상반신의 사나이였다.

사람보다는 거인에 더 가까운 사나이.

그럼에도 나탕과 샤에는 그 사내의 기막힌 외모에 주의를 기울이지 않았다. 두 사람은 그저 낯선 사내의 눈에 최면이 걸린 듯 꿈쩍도 하지 않았다. 사내의 검은 두 눈엔 광채가 없어서 어떤 빛도 반사되지 않았고 되레 주위의 빛을 다 빨아들이는 것 같았다. 생명이 완전히 꺼져버린 눈빛이었다.

"내 이름은 자알라브. 나는 로트르의 포스요, 밤의 새벽이며 너희들의 죽음이다."

사내가 나지막한 소리로 말했다. 그러고는 한 발짝 앞으로 나왔다. 무겁고 위압적인 걸음에 나탕과 샤에는 하잘것없는 벌레로 전락한 기분마저 들었다.

그들이 무슨 몸짓을 시도하기도 전에 경비원 한 사람이 자알라브의 뒤에서 나타났다. 그는 돌격소총을 발사했다. 경고도 없이. 사정거리 안에서.

자알라브는 꿈쩍도 하지 않았다.

그는 총알이 배에 뚫어놓은 분화구 같은 구멍을 내려다보았다. 영혼 없는 얼굴에 놀라움이 번지더니 깜짝 놀랄 만큼 민첩하게 몸을 틀었다. 오른손이 경비원의 모가지를 잡아챘다. 뼈 부러지는 소리가 둔탁하게 울리며 간담을 서늘하게 했다.

자알라브는 발로 시체를 밀어내고 나탕과 샤에를 돌아보았다.

바로 그 순간 안뜰로 통하는 문이 열리며 바르텔레미가 나타났다.

바르텔레미의 손에는 피로 물든 일본도가 들려 있었다. 그는 샤에를 흘끗 쳐다보고 자알라브를 똑바로 쏘아보았다.

"내가 이자를 상대한다. 넌 그 여자애와 함께 피해라."

바르텔레미가 나탕에게 말했다.

"전……"

"네가 그 여자애를 풀어주지 말았어야 했어. 혹은 우리가 그 여자애를 적으로 지목하면서 실수를 저질렀을 수도 있다. 이 사내는 메타모르프가 아니야. 그냥 엘브륌일 뿐이지."

자알라브는 바르텔레미를 바라보며 미동도 하지 않았고 그의 태도에서는 어떤 두려움도 묻어나지 않았다. 그는 이전의 요소들보다 더 복잡한 새 요소를 머릿속에 입력하고 있는 듯했다. 그 외에는 아무것도 아니었다.

"우리가 막연히 생각했던 것보다 더 불길한 일이 일어나고 있어. 파미유에게 알려라. 제일 먼저 네 할아버지에게, 그리고 필요하다면 발렌시아의 고문서에서 해답을 구해라."

"어디에서라고요?"

바르텔레미는 대답하지 않았고 자알라브는 신음을 토했다. 들릴 듯 말 듯한 신음소리였지만 일본도는 뱀처럼 날쌔게 반응했다. 바르텔레미는 날카로운 칼끝을 치켜 올리며 완벽한 공격 자세를 취했다. 그의 눈빛이 강철처럼 매서워졌다. 그는 이를 악물고 외쳤다.

"어서 가라."

"안 돼요, 저도 아저씨를 돕겠어요. 우리가 함께 싸우면……"

"바보 같은 소리 하지 마라. 저자를 봐!"

나탕과 샤에의 눈이 자알라브를 향했다. 그의 짙은 색 풀오버는 아까 돌격소총의 총알에 갈가리 찢어져 있었지만 내장이 드러나고 피칠갑이 되어 있어야 할 복부는 조그만 상처 하나 없었다.

"내가 저자를 맡을 거다. 도움 따위는 필요 없어. 어서 꺼져!"

단호한 명령에 나탕은 자기도 모르게 문 쪽으로 한 발짝을 내딛었다. 바로 그 순간 자알라브가 공격을 가했다. 그는 몸을 수그려 경비병의 총을 가로채 곤봉처럼 휘두르며 바르텔레미에게 달려들었다. 검이 바람을 가르고 그 일격을 가로막으며 챙 소리를 냈다. 칼날은 번쩍이며 총신을 타고 미끄러져 자알라브의 팔을 깊게 갈랐다. 그러나 깊게 갈라진 살집은 피 한 방울 흐를 틈도 주지 않고 즉시 아물어버렸다.

"도망쳐!"

바르텔레미가 첫 번째 일격만큼이나 헛된 두 번째 일격을 날리며 외쳤다.

나탕과 샤에는 서재에서 마구 달려 도망쳤다.

21

 그들이 정원으로 나가려는데 열 마리쯤 되는 그룅들이 앞길을 가로막았다. 나탕은 무리를 이끄는 선두의 코앞에서 커다란 문짝을 쾅 소리 나게 닫고 서둘러 뒤로 돌아섰다.
 더 이상 총성은 들리지 않았고 집에는 아무도 없는 듯했다. 다만 사자의 개들이 으르렁대는 소리만이 집에 누군가가 있다는 사실을 입증하고 있었다. 이제 그 으르렁거림이 집 안 곳곳에서 들리는 듯했다.
 샤에는 나탕에게 멈춰달라고 했다.
 "더는 못 버티겠어."
 그녀는 헐떡이며 말했다. 나탕의 당황한 눈빛을 본 샤에는 단숨에 몰아쉬듯 말했다.
 "쇼즈 말이야. 쇼즈가 원해…… 쇼즈가 요구한다고……"

샤에의 창백한 얼굴과 말투에 위험을 알아차린 나탕이 다가가 손을 잡아주었다. 그러나 샤에는 매몰차게 뿌리치고 뒤로 주춤할 뿐이었다.

"쇼즈가 너무 강해."

"샤에, 넌 버텨내야 해. 네 안에는 괴물이 사는 게 아니야. 그건 네가 다뤄야 할 소중한 재능이라고."

"무슨 말을 하고 싶은 거야?"

"넌 메타모르프야. 네 핏줄에는 바르텔레미 아저씨가 나에게 말해준 여섯 파미유 중 한 족속의 피가 흐르고 있어."

"무슨……"

"너에겐 변신 능력이 있다고. 샤에, 그건 힘이지 저주가 아니야."

"하지만……"

"설명은 나중에 할게. 우리는 피해야 해. 그리고 나에겐 한 가지 방법밖에 보이지 않아. 날 따라와."

나탕은 어렵잖게 지하로 통하는 계단을 찾아냈다. 그들은 계단을 타고 너려가 넓은 내실의 연못을 따라 걷다가 돌벽으로 이루어진 통로로 들어갔다.

나탕의 말에도 샤에는 계속 쇼즈가 자신을 속에서부터 갉아먹는 이질적인 존재처럼 여겨졌다. 심장이 너무 빠르게 뛰었고 숨이 가빠왔다……

……그러다 문에서 뿜어 나오는 환한 빛을 알아차렸다.

그와 동시에 평화가 샤에에게 찾아왔다.

이 장소를 발견했던 그때처럼, 샤에는 단박에 자기 집으로 돌아온 듯한 느낌, 아니 확신을 가졌다.

  나탕이 멈춰 서서 눈을 찌푸리며 문의 흔적을 알아보려고 애쓰는 동안, 샤에는 사뿐히 손잡이를 잡았다. 샤에가 문을 열자 부드러운 온기가 그녀를 덮치고 파르스름한 빛이 통로에 비쳤다.

  첫 번째 방으로 들어가면서 나탕은 샤에가 충격을 받지 않도록 그들이 어떤 곳에 와 있는지 설명을 하려 했다. 하지만 샤에는 대번에 손짓으로 그의 말을 막았다.

  "알아."

  그들은 느린 걸음으로 거대한 방과 그 사이에 있는 삼십여 칸의 작은 방들을 지나 테라스로 나갔다. 그리고 석양에 물든 핏빛 초원의 믿을 수 없는 풍광 앞에 멈춰버렸다. 그들 뒤로 보이는 집은 예외적으로 복잡한 건축 양식을 펼쳐 보였다. 가장 높은 지붕은 짙은 보라색 저녁 구름을 찌를 듯했고 수없이 많은 창들에는 그 보라색이 제각기 미묘한 뉘앙스를 풍겼다.

  "나탕…… 너…… 너 맞아?"

  나탕과 샤에가 동시에 뒤를 돌아보았다. 에놀라가 심각한 얼굴로 팔짱을 끼고 그들 앞에 서 있었다.

  "나탕…… 무슨 일이야? 무서운 개들이 경비원들에게 달려드는 걸 봤어. 총소리가 나고 피가…… 사람들이 죽었어."

  에놀라는 울음을 터뜨렸고 나탕은 어색하게 그녀를 안아줄 수밖에 없었다. 에놀라는 샤에의 멸시 어린 눈길을 받으면서도 나탕의 품에 안겨 한참을 울었다. 그런 뒤 몸을 빼내고는 보란 듯이 눈가를 훔쳤다. 그녀는 나탕의 손을 잡고 미소를 지어 보였다. 완벽하게 계산된 그 미소를 보고 나탕은 조금 전 사촌누이의 북받치던 감정은 순전히 꾸며낸 연기였음을 깨달았다.

"저 괴물과 뭐하는 거야? 집을 공격한 놈들도 저 계집애와 한 패들이라고."

에놀라가 나탕에게 귓속말을 했다.

나탕은 에놀라를 거칠게 뿌리치며 물러났다. 그는 무뚝뚝하게 명령했다.

"함부로 말하지 마! 바르텔레미 아저씨가 자기 입으로 샤에나 메타모르프들은 아무 잘못도 없다고 했어."

에놀라가 한 발짝 물러났다. 미소는 이미 사라지고 없었다.

"함부로 말하는 사람은 너야. 아무 말이나 막 하는 게 누군데 그래? 넌 에메가 생각했던 것만큼 믿을 만한 인물이 못 되는구나. 어쨌든 간에 파미유에게 기별이 갔으니 조속히 지원군이 도착할 거야. 너의 저것은 마땅히 받아야 할 처벌을 받게 되겠지."

에놀라가 샤에 쪽으로 한 발 내딛더니 손가락으로 그녀의 턱을 치켜세웠다.

"듣고 있어, 이 같잖은 괴물아? 우리 파미유가 너를 곤죽으로 만들어버릴 거야. 하지만 지금은······."

"날 놓아줘."

"······이실직고하게 해야지. 넌 우리 파미유에게 네가 아는 것을 다 실토하게 될 거야, 그다음에는 울며불며……"

"이거 놓으라고!"

"……차라리 죽여 달라고 할걸. 넌 끝장이야, 이 괴물아. 넌……"

샤에는 에놀라의 멱살을 잡고 얼굴을 정통으로 받아버렸다. 에놀라는 날카로운 비명을 내지르고는 코피가 철철 흐르는 코를 움켜잡은 채 주저앉았다. 샤에는 경멸 어린 눈으로 에놀라를 무섭게 쏘아보았다.

사람들이 뛰어오는 소리가 났다. 검은색 방탄복으로 무장한 대원들 십여 명이 테라스에 나타났다. 그들은 전투용 헬멧을 쓰고 돌격소총을 들고 있었다.

여전히 바닥에 쓰러져 있던 에놀라가 피 묻은 손가락을 들어 샤에를 가리켰다. 에놀라가 마구 고함을 질렀다.

"저년이야! 저년이 메타모르프야!"

22

　방탄복 차림의 대원들은 척척 맞는 호흡으로 일사불란하게 총을 겨누었다.
　열 개의 눈동자가 총구멍 뒤에서 겨냥하고 있었다.
　열 개의 손가락이 방아쇠에 놓여 있었다.
　방아쇠를 이제 막 당기려는데……
　흑표범 한 마리가 전속력으로 첫 번째 대원에게 달려들더니 그를 다른 동료들에게 내동댕이쳤다.
　대원들이 상황 파악을 하는 동안 표범은 벌써 큰 방으로 뛰어 들어가 어느새 복도로 내빼버렸다. 총성이 몇 발 울렸지만 고속탄환은 벽에 부딪혔고 부스러진 파편들이 바닥으로 떨어졌다. 표범은 이미 저만치 달아나 있었다.
　"사격 중지!"

특공대장이 명령했다. 그의 지령에 침묵이 뒤따랐지만 이내 유리창 박살 나는 소리가 울려 퍼졌다. 요원들이 고개를 들고 몸을 틀었지만…… 너무 늦었다.

메타모르프와 함께 있던 소년이 말도 안 되는 높이로 뛰어올라 발코니를 붙잡고 손목 힘으로 버티다 유리창을 깨고 다른 방 안으로 뛰어들었던 것이다.

"저들을 잡아라! 죽이든 살리든 상관없다! 제2부대에도 알려라!"

대장이 고래고래 소리를 질렀다.

그가 이끄는 대원들은 훈련을 잘 받은 특공대들로 신속하게 대처했다. 그들은 큰 방으로 달려 들어가 두세 명씩 짝을 지어 여러 개의 복도들로 흩어졌다.

혼자 남은 대장이 에놀라에게 다가갔다. 그는 전투용 헬멧의 얼굴보호대를 위로 젖히고 에놀라 옆에 무릎을 꿇었다.

"아가씨, 괜찮으십니까?"

그는 대답을 들을 수 없었다.

위쪽 발코니에 매달려 있던 덩어리가 대장의 어깨 위로 세게 떨어지면서 그가 타일 바닥에 납작 쓰러져버린 것이다. 대장은 짧은 신음소리를 토하는가 싶더니 더 이상 움직이지 않았다.

나탕은 민첩하게 몸을 굴려 착지한 후 다시 일어섰다.

바닥에 나뒹구는 돌격소총을 가져갈까 잠시 생각했지만 그는 총을 쏠 줄 몰랐기 때문에 맘을 접었다. 그는 특공대원들보다 먼저 샤에를 찾아서 바르텔레미의 빌라로 들어가야만 했다. 다른 방법은 없었다. 다른 세상의 집에 있는 다른 출구들은 그들이 사용할 수 없었으므로 빠져나갈 방법은 그것뿐이었다.

그는 아연실색해서 멀거니 보고만 있는 에놀라를 의연하게 쏘아보고 아무 말 없이 집 안으로 들어갔다.

두 남자가 바르텔레미의 문 앞을 지키고 있었다. 나탕은 얼른 뒤로 숨어 그들의 눈에 띄지 않았기만을 바랐다. 대원들이 그에게 총을 쏘아댈지는 확실히 알 수 없었지만―그래도 나탕은 같은 파미유의 일원이었으므로―그들을 시험해볼 생각은 추호도 없었다.

그는 샤에가 어떤 선택을 할지 생각해보았다. 샤에에게 의식이 조금이라도 남아 있다면 바르텔레미의 문에 접근하여 통과할 기회를 기다릴 것이 분명했다.

나탕은 조심스럽게 가장 가까운 방들을 살펴보았다. 가구가 거의 없어서 그녀를 찾는 데 수월한 면도 있었지만 둘러봐야 할 방들이 워낙 많은 데다가 날은 점점 어두워지고 있었다.

샤에가 계속 표범의 모습을 하고 있다면 자신을 알아보지 못하고 순식간에 목을 따버릴지도 몰랐다. 나탕은 그런 두려움은 마음속 깊숙이 밀어 넣고 길을 잃지 않도록 조심하며 탐색을 계속했다.

나탕의 노력이 마침내 결실을 보았다. 샤에는 창 없는 방의 높다랗고 칙칙한 장롱에 바짝 붙어 숨어 있었다. 샤에가 나탕의 어깨를 슬쩍 쳤을 때, 나탕은 놀라 나지막한 신음소리를 뱉었다. 나탕은 그녀의 얼굴이 불안으로 가득할 줄 알았지만 샤에는 수줍게 미소를 지어 보였다.

"이제 이 능력을 어떻게 써먹는지 알 것 같아. 우리가 해야 할 일도……"

샤에는 조그맣게 속삭였다.

두 명의 대원들은 살벌하게 보초를 보았다. 조금 전 소녀의 변신을 보고 넋이 빠졌던 그들 자신이 어이없었다. 그런 일이 또 발생할 일은 없었다. 그렇지만 그들은 샤에가 몇 미터 앞에 등장하자 놀라 돌처럼 굳어버렸다.

샤에는 그때를 놓치지 않고 몸을 틀었다.

"표적을 발견했다! 아래층, 바르텔레미 씨의 문 근처다!"

한 대원이 무전기에 대고 소리쳤다. 그들은 총을 바짝 들고 불과 10미터 앞에서 도망치는 소녀의 꽁무니를 쫓았다.

나탕은 눈에 띄지 않게 그들 뒤로 지나가 집을 빠져나갔다.

샤에는 수를 셌다.

하나.

둘.

셋, 하면 둔갑할 것이다.

쇼즈는 이제 적이 아니었다. 그녀는 쇼즈를 제압하고 통제하며 시야에서 목표를 놓치지 않아야 했다.

때가 오면 자신의 본 모습으로 돌아와야 했다.

첫 번째 탄환이 바람을 갈랐다. 너무 높았다. 추격자들이 다시 조준하려고 하는 사이 때를 놓쳐버렸다.

표범의 모습을 하고 있는 이상, 그들을 따돌리는 데는 1초도 걸리지 않았다.

샤에는 이제 완전히 다른 방식으로 세상을 장악하고 있었다. 극

도로 발달한 청각으로 수많은 미세한 소리들을 들을 수 있었고 수많은 냄새를 일말의 오차 없이 정확하게 구별하고 분석할 수 있었다. 무엇보다, 이제 샤에에게 어둠이란 없었다. 새로운 신체에서 뿜어 나오는 힘과 이 비범한 감각들은 그녀를 미지의 세계로 끌어당겼다. 그냥 감각이 따르는 대로 하라고, 다 놓아버리라고 속삭였다.

샤에는 저항했다.

감각들이 위축된 허약한 인간으로 사는 것보다는 표범으로 사는 것이 훨씬 더 생기 넘치고 강렬했다. 포기해버리면, 이 새로운 삶에 영원히 빠져버리면 참으로 쉬울 텐데……

샤에는 여전히 저항했다.

그녀는 곡선을 그리며 자신이 왔던 길을 돌아가 대원들이 지키고 있던 방으로 쏙 들어갔다.

나탕이 지하실의 빠끔하니 열린 문 뒤에서 그녀를 기다리고 있었다.

그녀 안의 표범이 이 연약한 인간은 먹잇감일 뿐이라고 속삭이기 전에, 그녀는 다시 모습을 바꾸었다.

나탕이 문을 닫으려고 그녀에게 손을 뻗었다.

바로 그 순간 총성이 울렸다.

샤에가 앞으로 푹 고꾸라졌다.

무릎이 바닥에 떨어졌다.

몸이 바닥에 뻗었다.

움직이지 않았다.

붉은 피가 그녀의 주위에 넓게 퍼졌다.

23

"샤에!"

움직이지 않는 샤에 옆에서 나탕은 무릎을 꿇고 조심스럽게 피에 젖은 모직 풀오버를 들춰보았다. 멀리서 쏜 탄환을 등에 맞았지만 완전히 관통하지는 않았다.

그는 조심스럽게 샤에를 엎드린 자세로 눕혔다. 샤에는 계속 꿈쩍도 하지 않았고 숨도 거의 쉬지 않았다.

나탕은 끔찍한 광경을 보게 될 각오로 이를 악물었다.

샤에가 죽지 않기를 바랐다.

샤에가 죽지 않기를……

희망이 현실이 되어 눈앞에 드러났다. 믿을 수 없었다.

말라붙기 시작한 피의 막 아래, 있어야 할 상처가 전혀 보이지 않았다. 샤에의 살갗에서 눈이 가는 것이라고는 탄탄하고 고운 피붓

결밖에 없었다. 등에는 어떤 외상도 남아 있지 않았다.

"대체…… 이게 무슨……"

알아들을 수 없는 이 중얼거림에 금속성 울림이 화답했다. 티타늄 탄환 하나가 바닥에 굴러갔다. 바로 그 순간, 샤에가 신음을 토했다.

"샤에, 괜찮아?"

샤에는 나탕의 부축을 받아 한쪽으로 몸을 일으킨 후 벽에 기대어 앉았다. 그녀는 다시 한 번 신음하며 손으로 등을 쓸어보고는 피가 묻어 나온 손을 보고 놀라 바라보았다.

"샤에, 괜찮아?"

"그런 것 같아."

"샤에, 무슨 일이 일어난 건지 하나도 모르겠어. 넌 틀림없이 죽을 만큼, 아니 최소한 끔찍한 부상을 입었는데…… 최대한 빨리 여기를 떠야 해. 너에게 총을 쏜 놈들이 분명히 다시 이리로 들이닥칠 거야."

샤에는 고개를 끄덕이고는 나탕의 어깨를 짚고 일어섰다.

처음에는 쭈뼛쭈뼛 걸음을 떼는 것 같더니 금세 유연하고 자신 있는 걸음걸이를 되찾았다. 나탕은 자신의 눈을 믿을 수 없었다. 그는 혼란스러워 중얼거렸다.

"이럴 수는 없어. 있을 수 없는 일이야……"

그들이 연못이 있는 내실을 지나 빌라로 올라가는 계단까지 이르렀을 때에 뒤에서 사람들 목소리가 들렸다.

"더 빨리 움직여야 해. 저 위에서 그렇들이 떼거지로 우리를 기다리고 있지나 않으면 좋으련만."

나탕이 초조하게 말했다. 그의 불안에 대답이라도 하듯이 계단

위쪽에서 다른 이들의 목소리가 울렸다. 나탕과 샤에는 그 자리에 굳어버렸다.

"제길, 앞뒤로 포위됐군!"

그때 한 남자의 말소리가 들렸다. 무전기에 대고 하는 말이었다.

"바르텔레미 씨의 집을 샅샅이 뒤졌다. 바르텔레미 씨는 심한 부상을 입고 빠져나간 것으로 보인다. 반면에 너희가 쫓는 두 도망자의 흔적은 아무데도 없다. 아직 아래 있는 게 틀림없다. 우리가 빠져나가지 못하게 봉쇄하겠다."

무전기에서는 메시지 전송이 끝날 때 으레 그렇듯 지지직 소리가 났다. 이어서 지하실로 내려오는 발소리가 들렸다.

"이쪽으로 와. 우리에겐 아직 한 번의 기회가 있어."

나탕이 샤에에게 귓속말을 했다.

그들은 오던 길을 돌아가 그림자처럼 조용히 큰 방으로 잠입했다. 1초 후에 다른 세상의 집에 도착한 대원들이 곧바로 들이닥쳤다.

그 1초는 나탕과 샤에가 거대한 나무 컨테이너 뒤에 숨기에 충분한 시간이었다. 샤에가 조그맣게 속삭였다.

"저들이 우릴 찾아낼 거야. 이 방에는 다른 출구가 없잖아."

"그렇지 않아. 너 잠수해본 적 있지?"

지하실을 이 잡듯 수색하는 대원들이 나탕과 샤에가 숨어 있던 곳에 다다랐을 때는 아직도 마르지 않은 핏자국밖에 남아 있지 않았다. 그들은 도망자들이 연못 안에 숨었을 가능성을 검토했다. 고성능 회중전등으로 수심을 얼추 짐작한 그들은 도망자들이 숨을 참지 못하고 수면으로 떠오르기를 잠시 기다렸으나 이내 포기했다. 샤에와 나탕은 옷만 벗어놓고 자갈층 아래 수심 20미터 지점을 잠수 중이었다. 그러니 절대로 발각될 수가 없었다.

대원들은 메타모르프와 그 동행이 그들을 따돌렸다고 인정하고 하는 수 없이 상부에 보고했다. 그들의 보고 내용은 파미유에게 곧이곧대로 받아들여지지 않았고 대신 에놀라가 나서서 나탕이 어떻게 파미유를 배신했는지, 어떻게 그가 샤에의 도움을 받아 그룅들을 꾀어 들이고 빌라 습격을 꾸몄는지 설명했다.

이 공격과 그에 함축된 의미는 파미유에 심각한 동요를 불러일으켰다. 한 시간도 안 되어 나탕과 샤에는 전 세계에서 가장 맹렬한 추격을 당하는 인물들이 되었다. 그들의 결백을 밝혀줄 유일한 사람인 바르텔레미는 의사들이 상태를 낙관적으로 보고 있다고는 하나 여전히 가벼운 혼수상태에 빠져 있었다. 그룅들의 공격에서 살아남은 또 다른 생존자 에놀라는 끈질기게 나탕과 샤에를 헐뜯었다…… 에놀라의 수작은 먹혀들었.

전 세계 5대륙에서 수사관들이 앞다투어 나섰고 킬러와 그 밖의 전문가들이 추적에 돌입했다.

나탕과 샤에는 저택에서 몇 킬로미터 떨어진 프리울 섬의 한산한 모래사장에 상륙했다.

　일단 산소통, 오리발, 잠수복을 벗고 나자 두 사람은 티셔츠에 맨발 차림이 되었다. 온몸은 꽁꽁 얼어 동태가 되어 있었다.

　나탕은 조금 망설이다가 샤에에게 등을 비벼주겠다고 했다. 샤에가 빤히 던지는 눈길을 보아하니 자신이 말도 안 되는 소리를 한 것 같았다. 그래서 두 사람은 피가 다시 몸에 돌 때까지 제자리에서 깡충깡충 뛰고 팔을 마구 휘두르는 등 몸을 움직였다. 후에 어느 바위 아래로 들어가 빈약한 햇살을 던지는 겨울 태양을 마주보며 마음을 가라앉혔다.

　의미심장한 침묵이 내려앉았고 둘 중 어느 한 사람도 그 침묵을 깨지 않았다.

　그들은 마음이 편안했다.

　나탕은 자신의 어깨에 샤에가 머리를 기대주었으면 했다. 샤에는 두 눈을 감은 채 그렇게 하고 있다는 꿈을 꾸었다.

　그들은 미동조차 하지 않았다.

　한참이 지나고, 나탕은 혼란한 심정으로 입을 열었다.

　"나는…… 아무것도 모르겠어. 내가 누구인지도 모르겠고, 네가 누구인지는 더욱더 몰라. 이 능력들은 뭐고, 파미유들은 뭐고, 괴상한 존재들은 뭔지…… 단지 내가 아는 건…… 이런 행복은 처음이라는 것뿐이야."

　길고 검은 머리카락에 얼굴을 가린 채 샤에는 미소 지었다. 심장이 너무 힘차게, 아름답게, 생생하게 뛰어 터질 것만 같았다.

　나탕은 말을 이어나가고, 설명하고, 납득하고 싶었다…… 샤에가 손을 내밀더니 아무 말 말라는 듯 손가락을 그의 입술에 대며 바라보았다. 나탕은 꽃을 붙잡듯이 그 손을 잡으려고 했다. 그 손에 입을 맞추고 싶어서.

샤에는 얼른 손을 거두었다.

그녀는 이제 춥지 않았다. 나탕의 눈에서 읽은 키스의 약속과 그에게로 향하는 마음이 그녀에게 부드러운 온기를 불어넣었다. 샤에가 고개를 들었다. 그들은 눈이 마주쳤고, 짜릿한 전율이 일어날 정도로 서로의 감정이 하나가 되는 것을 느꼈다.

머리 위에서 울리는 목소리에 두 사람은 흠칫 놀라 고개를 들었다.

"천천히 하시게나, 젊은이들. 나는 요 옆의 작은 만에 대놓은 배에서 기다릴 테니."

라피가 오후 한나절의 맑은 하늘을 가리고 서서 그들에게 손짓하더니 바위 뒤로 물러나는 게 아닌가.

일곱 파미유

1

"당신이 누구인지, 당신이 어떤 역할을 하는지 말해주지 않는다면 이 배에 오르지 않겠어!"

나탕은 두 손을 허리에 대고 도전적인 말과 눈빛으로 라피를 가로막았다. 그렇지만 생각지도 않게 반말이 튀어나와 정말로 화가 난 것처럼 보이지는 않았다.

노인은 당황하지도 않고 그에게 윙크를 하더니 샤에를 돌아보았다.

"성격 좋은 코지스트는 드물다니까."

라피는 어쩔 수 없다는 듯이 어깨를 으쓱해 보였다. 그러나 샤에는 웃지 않았다.

"말하지 않겠다면 물속에서 숨 쉬는 법을 배워야 할걸."

샤에는 라피에게 협박조로 말했다. 샤에의 입에서 튀어나온 반말은 분위기가 험악했다.

라피는 길게 휘파람을 불었다. 그는 잠시 생각해보더니 대꾸했다.

"나는 아가미 없는 포유류이니 그런 대단한 일은 해낼 수 없겠군. 그렇지만 네 말이 속뜻을 새겨들어야 하는 협박일지도 모르겠군. 만약 그렇다면 나는 모태서부터 비폭력주의자였고—어머니 배 속보다 더 앞선 시기에 대해서는 내가 아무것도 보장할 수 없으니—네가 나를 괴롭혀 고통을 준대도 내가 기꺼이 우정으로 밝히고자 하는 것보다 더 많은 것을 알아내지는 못할 거라고 말해주고 싶네."

"도대체 이 헛소리는 뭐야? 알아듣게 말해봐!"

샤에가 사납게 내뱉었다.

"너희들의 물음에 뭐든지 답할 마음이 있다는 뜻이지. 사실은…… 뭐든지 거의 다라고 해야겠지만."

라피가 돌 위에 앉으며 말했다.

"당신이 누군데?"

나탕이 단호한 말투로 공세에 나섰다.

"내 이름은 라피 하디 맘눈 압둘 살람, 하지만 친구들은 그냥 라피라고 부르지. 나도 늘 왜 그러는지 이유가 궁금해. 아마 친구들은……"

"그만! 우린 지금 막 특공대원들을 거느린 대장과 흉악한 개들의 무리와 천하무적 거인을 피해 도망쳐 왔어. 우리가 당신하고 말장난이나 치려고 그랬는 줄 알아?"

샤에가 명령조로 말했다.

"자알라브."

"뭐? 뭐라고 했지?"

"자알라브. 네가 말한 거인의 이름이야. 게다가 그놈은 네가 생각하는 것만큼 천하무적도 아니지."

"사정거리에서 쏜 총을 맞고도 살아남았는걸!"

라프는 그런 지적에 신경도 쓰지 않고 말을 이었다.

"자알라브는 로트르의 한 부분이야. 로트르의 포스지."

나탕은 샤에와 눈빛을 주고받았다. 샤에가 확실히 진정되자 나탕은 라피와 마주 앉아 그를 똑바로 바라보고 정중히 대화를 시작했다.

"그렇다면…… 우리는 지금 위험한가요?"

"지금 당장은 아니지."

"그럼 전부 다 말해주셔야겠군요. 처음부터 다."

라피는 믿을 수 없이 새파란 눈을 반짝이며 나탕에게 활짝 웃어 보였다.

"네가 말하는 그 처음이란?"

"물론, 파미유들에 대한 것부터죠!"

기원전 4500년.

인간들은 땅에 정착했다. 그들은 가축을 기르고 곡물을 경작하고 삶을 수월케 하는 오만 가지 도구와 장비를 다루었지만 아직 야금술을 몰랐고 마을 규모로만 모여 살았다.

그리고 이즈음에 이르러 최초의 문명이 등장했다. 현재 인도 북동부에 해당하는 지역에서 상당수의 인간들이 티그리스 강과 유프라테스 강 사이, 비옥한 메소포타미아 평원에 삶의 터전을 이루었던 것이다.

솜씨 좋은 장인이었던 그들은 구리, 청동, 금, 심지어 보석까지 가공할 줄 알았다. 그들은 도기를 빚는 물레를 개발했고 하천에 배를 운항했으며 우르, 에레크, 라가시, 에리두 같은 최초의 도시들을 건설했다. 사제, 공직자, 장인, 노예 등 저마다 전문성을 띤 서로 다른 계급들이 복잡다단한 사회를 구성했지만…… 유럽은 아직 신석기 시대였다. 최초의 문자들의 자취, 설형문자들이 가득한 점토판들도 이 시대의 것이다. 이러한 그림문자 덕분에 수메르인들의 역사는 수세기 동안 이어질 수 있었다.

수메르의 황금시대는 모든 가능성의 시대였다. 인간 문명은 아직 초보 단계에 있었다. 아직까지는 인간이 현실을 일련의 규정된 과학적 개념들로 한정해서 받아들이지 않았다. 뭐든지 일어날 수 있었다.

그리고 뭐든지 용인될 수 있었다.

일곱 파미유가 수메르의 심장에서 태어났다.

일곱 파미유는 저마다 아주 특별한 능력을 지녔다. 수메르 사회에서 특정한 위치를 누릴 수 있게 해주는 능력이자 파미유의 발전을 가능케 하는 능력이다. 수적으로나, 권력이라는 면에서나.

첫 번째 파미유, 모두에게 존경받는 가장 강한 파미유는 바티쇠르 파미유다. 이 파미유가 수메르의 거대도시들을 건설했고 그 후에는 전설적인 바벨탑을 세웠으며 그로 인해 부와 명성을 거머쥐었다. 그러나 바티쇠르의 능력은 궁전과 지구라트[6]를 세우는 데만 국한되지 않는다. 그들은 보다 신비로운 또 다른 면모를 지니고 있었으니, 문을 만드는 기술이 바로 그것이다. 사실 바티쇠르는 우리의 차원을 넘어선 기묘한 공간, 장소와 세상이 만나는 요충지를 발견했고 그곳에 훗날 다른 세상의 집이 될 건축물을 세웠다. 바티쇠르들은 오로지 그들만 사용할 수 있는 문을 만들어 출발점에서 수천 킬로미터나 떨어진 지점을 드나들곤 했다. 문을 다룰 수 있는 능력, 그리고 그 능력이 상업에 끼친 영향 때문에 바티쇠르의 파미유는 세계에서 가장 부유한 왕가들과 어깨를 나란히 하게 된다.

다른 여섯 파미유는 모두들 수메르에서 손꼽히는 위치를 차지하며 작은 명성이나마 누리게 된다. 게리쇠르들은 시대 상황에 비해 놀라운 의학 지식을 지녔을 뿐 아니라 세포 재생 능력을 가지고 있었다. 스콜리아스트들은 모방을 통한 학습 능력이 탁월했고, 음네지크들은 조상 대대로 물려받은 기억의 혜택을 입었기에 빛나는 미래를 보장받는다. 한편, 코지스트들은 예외적인 지적, 신체적 능력을 드러낸다. 메타모르프들은 가장 비밀스러운 족속이다. 그들은 너무 크거나 너무 작은 동물만 아니라면 그 무엇으로든 둔갑할 수 있는 능력을 지녔다. 이 능력만은 수메르인들이 탐탁치 않게 여긴 탓에 메타모르프들은 대개 자신의 정체를 숨기고 살아가게 된다.

마지막으로 현실에 대한 날카로운 지각을 바탕으로 미래를 재미

---

6. '높은 곳'을 뜻하는 말로 메소포타미아의 각지에서 발견되는 종교적 건축구조물을 가리킨다. 점점 작아지는 사각형의 테라스를 겹쳐 기단으로 삼고 최상부에 직사각형 신전을 안치하는 형태가 일반적이다.

있고 복잡한 수수께끼를 풀 듯 밝히려 드는 기드들이 있다. 이 기드들이야말로 독자적인 야심 없이 서로 다른 파미유들의 관계를 엮어주고 전쟁의 근간이 되는 적개심이 뿌리 내리는 곳에 평화를 보장한다.

 기원전 2000년에 수메르 문명은 바빌론에 흡수되어버린다. 그럼에도 일곱 파미유들은 쇠퇴하지 않았다. 오히려 그 반대로 그들의 권력은 더욱 커졌다. 바티쇠르들은 동맹의 표시로 다른 파미유들에게 일부 문들을 제공했고 다른 세상의 집을 통해 그들이 아르카디라고 부르는 또 다른 세상으로 나가는 법을 발견했다. 그들은 아르카디를 탐험하고자 했으나 그러한 시도가 성공하기에 그 세상은 너무도 위험했다. 그곳에 사는 흉악한 괴물들이 원정대의 목숨을 앗아갔고, 기드들의 압력에 의해 아르카디로 통하는 문들을 폐쇄하는 것으로 결정이 났다. 아르카디는 포스 아르카디(거짓된 아르카디아)라는 이름을 갖게 된다.

 바로 그때 아르카디의 한 존재, 강력하고 사악한 힘을 지닌 존재가 강제로 튀어나온다. 로트르였다!

 로트르와 자기들의 세상이 파괴될지도 모른다는 하나의 두려움으로 일치단결한 일곱 파미유들은 가차 없는 전쟁을 벌인다.

 전쟁은 3세기에 걸쳐 계속되었고 마침내 파미유들의 승리로 돌아갔다. 로트르의 몸뚱이는 파괴되었고 그의 정수는 세 부분으로 쪼개졌다. 포스 자알라브, 하트 옹쥐, 소울 에크테르가 그 부분들이다. 이 부분들은 하나하나 바티쇠르가 고안한 문을 통해 아무도 침범할 수 없는 폐쇄된 공간에 갇혔다. 로트르를 광적으로 추종하는 포스 아르카디의 괴물들은 하나하나 죽임을 당했다.

   파미유들은 다시는 로트르를 잊지 말고 파미유들 간의 형제애를 지키자고 약속했다.

   "그 약속은 지켜지지 않았지. 세월이 흐르며 파미유들은 로트르를 잊어버리고 서로 멀어진 채 분열하고 대립했어. 코지스트들이 뭐라고 주장하든 간에 지금은 과거에 누리던 권력의 부스러기 정도밖에 남지 않았어…… 그리고 로트르가 돌아온 거야."

2

나탕과 샤에는 잠시 말문을 열지 못한 채 늙은 베르베르인의 이야기를 소화하려고 애썼다.

"어떻게 그런 걸 다 알죠?"

마침내 나탕이 물었다. 비록 그 대답이 짐작가긴 했지만 말이다.

"나는 기드란다. 마지막 남은 기드 중 한 사람이지."

"그리고 나는 코지스트, 샤에는 메타모르프죠. 그래요, 여기까지는 당신 말을 알아듣겠어요. 하지만 왜 로트르가 우리를 쫓는지는 설명되지 않네요."

"너희는 분명히 그 이상이란다."

"무슨 뜻이죠?"

"넌 코지스트지, 그건 사실이야. 하지만 넌 음네지크이기도 하고……"

"뭐든 간에요!" 샤에가 말을 끊었다. "나는 변신을 하면서 아무것도 선택하지 않아요. 난 다만 그곳에서 죽지 않으려고, 내 주위 사람들에게 피해를 입히지 않으려고 변신할 뿐이죠! 그게 쉬운 줄 아나요?"

샤에는 불안한 나머지 공격적인 어조로 말을 쏟아냈다. 나탕이 샤에에게 손을 내밀었지만 샤에는 도리어 물러났다. 샤에가 라피를 향해 외쳤다.

"당신 이야기는 순 사기야! 당신의 유일한 능력은 사람들을 헷갈리게 하는 것뿐이지!"

늙은 베르베르인은 괴로운 표정으로 고개를 흔들었다.

"너는 메타모르프란다. 네가 원하든 원하지 않든 간에 말이야. 너의 힘에 지배당하기보다는 네가 그 힘을 다스려야 마땅하지. 네가 설명을 요구했으니 그 설명을 이제 끝까지 들어야 할 게다. 로트르가 나탕과 너를 쫓는 이유는 너희를 죽이기 위해서다. 그리고 그가 너희를 죽이려 드는 이유는 너희를 두려워하기 때문이야."

"우리를 두려워한다고요?" 나탕이 끼어들었다. "리칸트로프, 그룅, 엘브륌을 부리는 존재가 말입니까? 자알라브라는 한 부분만으로도 바르텔레미 아저씨의 경비원들을 모두 합친 것보다 더 셌는데, 그런 존재가 우리를 두려워해요?"

"로트르는 너희 둘의 핏줄에 여섯 파미유의 피가 흐르기 때문에 두려워하는 거란다."

"여섯?"

이 외침은 나탕과 샤에의 입에서 동시에 튀어나왔다.

"그래, 여섯이다. 그리고 나는 기드일 뿐 선생이 아니니 너희가 조금만 생각해보면 알 수 있는 일을 굳이 말해달라고 하지 말렴. 로트르는 고립된 어느 한 파미유만으로는 아무리 강력하다 해도 자신과 맞설 수 없다는 생각을 갖고 있어. 오직 일곱 파미유의 힘이 합쳐졌을 때에만 로트르를 제압할 수 있거든. 그러니 너희 둘을 제거하면 그는 자신을 옭아매는 인류의 마지막 희망을 무너뜨리는 셈이야. 그러니 너희를 맨 먼저 없애야 하는 게지. 간단한 얘기야."

"아뇨. 전혀 간단하지 않아요."

나탕이 말했다. 라피도 고개를 주억거렸다.

"네 말이 옳다. 게다가 코지스트들까지 너희를 힘들게 하지. 그들은 너희가 적이라고 생각해!"

"코지스트들을 설득하면 되잖아요……"

"용기가 가상하구나."

자기 생각에 빠져 있는 듯했던 샤에가 불쑥 끼어들었다.

"우리는 도망쳐버리고 우리와 상관없는 이 이야기를 잊어버릴 수도 있어요. 우리가 숨을 곳은 수없이 많아요. 아무도 우리를 찾아내지 못할 곳이 얼마든지 있다고요."

"도망칠 수 있다는 네 말은 맞다만 이 이야기가 너와 상관없다고 생각한다면 오산이야. 로트르의 힘은 점점 더 커질 게다. 이제 곧 그의 힘이 충만해지면 네가 숨을 곳은 어디에도 없게 돼. 로트르는 너를 찾아내서 죽일 거야. 네가 어디에 있든지 말이다. 그리고 로트르가 너를 제거할 때 우리의 세상과 여기 사는 사람들도 끝장나겠지. 온 지구가 공포와 피바다에 빠지게 될 거야."

"그래서 태초의 일곱 파미유를 대표하는 우리 세 사람이 그걸 막아야 한다고요?"

라피는 그렇다고 했다.

"대강 그런 얘기다, 샤에. 그게 너희가 해야 할 일이라는 점만 빼고. 내가 할 일은 아니지."

"뭐라고요? 우리에게 온갖 술수를 늘어놓고 나서 우리만 남겨두고 빠지시겠다?"

나탕이 발끈했다.

"나는 비폭력주의자야. 너희는 이해하기에 아직 어리다만 나의 힘은 바로 거기서 나오는 거란다. 그리고 나는 전쟁의 수장이 아니라 기드야. 하지만 너희를 버리지는 않는다. 날 믿어다오."

"말이 안 되는 이야기를 하고 있잖아요. 당신이 빠지면 일곱 파미유가 아니라 여섯 파미유가 돼요. 어떻게 우리가 해낼 수 있겠어요?"

샤에가 말했다. 라피의 얼굴이 심각해졌다.

"너희가 해낼 수 있다고 단언한 적은 없다."

샤에는 기가 막혀 뭐라고 퍼부을 듯 입을 열었지만 아무 말도 못하고 나탕에게 지원을 호소하듯이 고개를 돌렸다. 나탕은 자기도 어쩔 수 없다는 듯 두 팔을 벌려 보였다. 나탕은 노인에게 물었다.

"우리를 안내할 건가요? 우리가 해야 할 일을 설명해줄……"

"너희가 알아야 할 모든 것은 이미 다 밝혔다. 네 아저씨 바르텔레미가 심각한 부상을 입기는 했지만 자알라브를 물리쳤다는 것, 자알라브는 기력을 회복하기 위해 자기 집으로 피신했다는 것밖에 더 말해줄 이야기가 없구나. 자알라브는 분명히 기력을 되찾고 임무를 완수하기 위해 다시 나타날 게야. 하지만 바르텔레미는 자기 나름대로 너에게 길을 보여주었지."

라피가 일어서서 가버리려는 듯이 몸을 돌렸다.

"기다려요! 이런 식으로 우릴 두고 갈 순 없어요!"

나탕이 소리를 질렀다.

"난 갈 수 있단다. 아니, 그래야만 한단다. 이제 곧 일어날 일에 내가 낄 자리는 없어. 내 역할은 나중이다…… 아마도."

라피는 비관적인 여운만 남기고 떠날 수 없었는지 믿음직한 미소를 두 사람에게 지어 보였다.

"너희는 정말로 잘 하고 있단다, 얘들아! 로트르는 아직 자신의 상대를 잘 모르지!"

라피는 재빠른 동작으로 어느새 바위 꼭대기에 올라섰다.

"내 친구들, 어둠의 길에 빠지지 않도록 조심하거라."

그는 바위 저편으로 펄쩍 뛰어내리며 자취를 감추었다.

3

배에는 따뜻한 옷과 신발이 준비되어 있었다. 나탕과 샤에는 조용히 옷을 갈아입고 배에 올랐다. 나탕이 무심히 엔진을 만지작거렸다. 배를 몰면 그들의 운명이 소용돌이 속으로 빠질 것 같아 도통 내키지가 않았다. 결국 나탕은 샤에게 물었다.

"이제 뭘 하지?"

"선택의 여지가 없는 것 같은데."

"그 말은?"

"우리는 로트르를 무찔러야 해. 라피는 그 점에 관한 한 분명하게 말했어. 그러려면 우선 로트르의 힘을 구현하는 그 거인부터 해결하고 봐야겠지."

"자알라브?"

"그래."

"대단한데! 난 그런 생각을 못했는데 말이야. 휴우…… 그런데 어떻게 할 건데?"

"자알라브를 어떻게 무찌르냐고?"

"그래."

샤에는 미소를 지었다. 나탕에게 처음으로 보내는 진실한 미소였다. 지금껏 보지 못한 다정한 미소에 나탕은 녹아내리는 기분이 들었다.

"나트, 너는 코지스트야. 곰곰이 생각해서 해결책을 찾는 건 네 몫이라고. 나는 내가 둔갑하려는 동물도 마음대로 선택할 수 없는 가엾은 메타모르프일 뿐이야."

"샤에, 너는 그 이상이야. 표범으로의 변신이 워낙 압도적이긴 해도 네가 말한 것보다는 훨씬 뛰어난 능력의 소유자야."

"그럴까?"

"너는 게리쇠르야. 잊지 마, 난 내 눈으로 네가 치명적인 총상을 입은 걸 봤어. 그런데 총탄에 입은 끔찍한 상처가 감쪽같이 아물었다고."

"그렇게 유쾌하지는 않았거든!"

"그게 다가 아니야. 나는 코지스트고, 엄마 쪽 혈통을 따라 음네지크이기도 하지. 그리고 내 경험에 비추어본다면, 그러니까 너를 데려간 놈들을 추적하기 위해 오토바이를 몰려고 했을 때 내가 해낸 일을 생각해본다면, 내 몸에는 스콜리아스트의 피도 흐르는 게 분명해. 그 얘기는 곧 네가 바티쇠르이기도 하다는 거야."

"라피가 아무 말이나 지껄인 게 아니라면 말이지!"

이 말은 진심이 아니었다.

그녀는 다른 세상의 집으로 들어서던 순간의 그 절절한 감정을 완벽하게 기억하고 있었다. 그곳이 그녀의 집이라는 사실에 아무런 의심도 일어나지 않았다. 마음속에서 그곳으로 돌아가고, 모든 방과 복도를 둘러보고 싶다는 욕구가 치밀어 견딜 수 없었다. 그 집에서 살고 싶었다.

나탕은 넘어가지 않았다.

"샤에, 넌 바티쇠르야. 라피는 자신이 무슨 말을 하는지 잘 알고 있어."

"그렇군요, 코지스트 대장님! 바티쇠르가 뭔데?"

"발렌시아에서 알게 될 테지. 그 밖의 다른 것들과 함께."

"발렌시아?"

"그래, 우리 할아버지가 발렌시아 도서관 특수 분과에 파미유들의 역사적 자취가 남아 있다고 그랬어. 그리고 바르텔레미 아저씨도 그곳에 가서 해답을 찾으라고 권고했지. 우리에겐 다른 실마리가 없으니 그렇게 첫발을 떼보는 수밖에."

"왜 아니겠어. 그런데 내가 마지막으로 도서관에 들어갔던 게 일곱 살 때야. 난 책들이 두려웠고 아마 도서관 사서는 더 무서웠을 거야."

샤에가 깔깔대고 웃음을 터뜨렸다. 그가 알고 있는 샤에의 모습과는 완전히 다른 모습이었다. 나탕은 놀라서 그녀를 새삼스럽게 바라보았다.

"왜 그렇게 보는 거야? 내 코에 뭐라도 났어?"

그녀는 눈부셨다. 진정한 본성을 가리고 있던 베일이 갑자기 찢겨나간 듯, 마침내 환하게 빛나는 모습이었다.

"네가…… 예뻐서."

샤에의 웃음소리가 딱 그쳤다.

그녀는 나탕의 영혼 속까지 들여다보았다.

"아니, 나트, 내가 행복해서 그래."

그들이 섬을 떠날 즈음 태양은 수평선까지 저물어 있었다.

도하까지는 20분 남짓밖에 걸리지 않았고 그들은 마르세유 서쪽의 작은 선착장에 배를 두고 나왔다.

두 사람은 계획에 착수했다. 파리로 상경하는 것이 계획의 첫 단계였다.

"왜?"

샤에가 물었다.

"무장을 갖춰야 하니까."

"무기를 사려고? 말도 안 돼!"

"우린 아무것도 사지 않을 거야. 내 말 잘 들어봐……"

나탕이 설명을 하자 샤에는 납득하고 그렇게 하기로 동의했다.

"잘 될지는 모르겠지만 그래도 시도는 해볼 수 있겠지."

파미유가 역과 공항을 감시하고 있을 게 뻔했으므로 기차와 비행기를 제외한 다른 교통수단을 찾기로 했다. 그들은 국도까지 걸어가 갓길에 서서 엄지를 치켜세웠다. 밤이 오고 있었고 그날 뉴스에는 오만 가지 비극적인 소식들이 넘쳐났지만 첫 번째 운전자가 그들을 보고 조금도 망설이지 않고 38톤 트럭을 세웠다.

두 사람은 그에게 기꺼이 차를 태워준 이유가 무엇인지 물어볼 수도 있었을 것이다. 만약 그랬더라면 트럭 운전수는 그들 두 사람에게서 눈부신 빛을 보았기에 도저히 그냥 지나칠 수 없었다고 대답했으리라.

4

가마타 사부는 일본도를 옆에 놓고 정좌한 열두 명의 제자들에게 꿰뚫어보는 듯한 시선을 던졌다.

세계적으로 손꼽히는 수련생들만 받을 수 있는 연수를 위해 각지에서 날아온 열두 명의 제자들이었다. 네 명은 호흡의 깊이로 헤아리건대 합기도를 하는 학생들이었고 두 명은 검의 손잡이로 보건대 검도를 하는 학생들이었다. 둘은 베트남의 콴키도 수련생이었고 다른 둘은 요세이칸 부도 혹은 거합도 출신이었다.

사부는 이런 숙련된 무도인들로 이루어진 이질적 집단을 좋아했고 그들 앞에서 유파라는 개념은 아무 의미가 없음을 보여주었다. 40년 이상 검도를 가르친 그에게 유파 따위는 존재하지 않았고 개방적인 자세와 조화만이 중요했다. 그렇게나 많은 유파들이 열린 자세와 조화를 핵심으로 가르친다는 점이 역설적이지만 말이다.

사부의 눈길이 다다미 왼편의 긴 의자에 앉아 있던 젊은이를 스쳐갔다. 가마타 사부가 연수를 하면서 청강생을 받아들인 적은 한 번도 없었다. 수업을 차분하게 진행하고 자신의 가르침을 비밀에 부치기 위해서는 반드시 그래야만 했다. 사부는 항상 제자들을 직접 선택하고 어떤 압력에도 굴복하지 않고 학생의 수, 수련 장소, 강의 형식을 정했다. 그 점에 관한 한 조금도 변화를 꾀할 뜻이 없었다.

그런 사부가 이 소년에게만은 예외를 둔 것이다.

일단 이 소년이 완벽한 일본어로 옛날식 존대법을 써 간청했기 때문이었다. 그리고 무엇보다 소년에게서 뿜어 나오는 기가 예사롭지 않았다. 싸움꾼은 아니다. 그 점은 아마도 확실했다. 하지만 그 '아마도'가 사부의 관심을 끌었다. 힘을 빼고 유연하면서도 정확하게 몸을 가누는 소년의 품새도 흥미로웠다…… 사부는 그에 대해 좀 더 알아보고 싶은 마음이 들었다.

인사.

다다미에 손을 대고 이마를 조아린다.

완벽한 경계 태세.

수업이 시작된다. 가마타 사부가 한 학생을 지목하자 그가 일어나 도복 허리춤에 칼집을 매고 자세를 취했다…… 사부의 일격이 이미 떨어졌다. 면도날보다 몇 곱절 날카로운 일본도의 날이 새파래진 학생의 모가지를 종이 한 장 차이를 남겨두고 딱 멈춘다. 검도 5단이라는 이 학생은 검이 날아오는 것조차 보지 못했다.

가마타 사부는 일본어로 짧게 설명을 한다. 수업은 계속된다.

사부는 학생들을 혹독하게 시험한다. 그는 학생들을 쩔쩔 매게 만들고 약점을 현장에서 지적하며 자신감을 뒤흔들어놓는 데서 재미를 느꼈다.

'안다고 생각하는 자는 더 이상 배움이 없다.'

단 한 순간도 사부의 주의는 긴 의자에 앉은 낯선 소년에게서 떠나지 않는다.

가마타 사부는 이런 집중력을 본 적이 없었다. 사람들의 아우라, 사람들이 뿜는 기운과 빨아들이는 기운에 민감한 그는 소년의 눈에 빠져 들어가는 기분마저 들었다. 소년이 자신을 바라보는 방식에서 현기증이 느껴질 정도였다. 전적인 집중이다.

자유 대련.

가마타 사부는 학생들을 한 명씩 상대하다가 둘씩, 셋씩 제압해 나갔다. 그의 검이 깃털처럼 가볍게 춤을 추며 치명적인 정확성과 우아한 멋을 동시에 풍긴다. 모든 동작이 딱딱 맞아떨어지고 상대의 움직임이나 의도에 완벽하게 호응한다.

낯선 소년은 유심히 보았다. 집어삼킬 듯이.

피로 탓이었을까? 분노 탓이었을까? 학생 한 명이 사부에게 은밀한 일격을 날린다. 상처를 입히려는 칼놀림. 피를 보려는 칼놀림이다. 가마타 사부가 칼을 피하며 반격한다. 손바닥으로. 가슴팍을 정통으로. 그 학생은 몸을 가누지 못하고 도장 저쪽으로 나동그라진다. 그가 낯선 소년의 발치에서 데굴데굴 구른다.

소년은 보고 있다. 절박하게.

대련, 설명, 자세 교정이 세 시간이나 이어진다. 칼날이 부딪히는 소리, 몰아쉬는 거친 숨소리, 공격, 방어, 페인트 모션. 다시 또 다시.

수업이 끝난다.

학생들과 사부가 서로 인사한다. 제자들이 감사를 표한다.

그들은 완전히 비워진 채 나간다. 힘은 다 빠졌다. 아는 것도 다 내려놓았다. 자신감도 잃었다.

이제 능히 배울 수 있게끔.

가마타 사부는 낯선 소년을 돌아본다. 그는 무슨 일이 일어날 것인지 이미 안다. 진정한 제자를 기다리기 시작한 이래로, 거의 20년 만에 처음으로 선생의 기(氣)는 흐름이 달라졌다.

느껴질 듯 말 듯.

나탕이 신발을 벗고 다다미로 올라온다.

그는 선생이 내미는 일본도를 정중하게 받아든다.

"도모 아리가또(정말 감사합니다)."

사부와 제자가 동시에 말한다.

나탕이 자세를 취한다.

새롭게 타오르는 앎이 그의 핏줄을 따라 흐르고 있다.

개방과 조화로 이루어진 앎이.

5

샤에는 울타리 사이에서 방황했다.

황폐해진 동물원은 뭐라고 표현할 수 없는 슬픔과 체념을 느끼게 한다.

잿빛. 모든 것이 잿빛이다.

65미터 높이에 달하는 저 유명한 콘크리트 바위산부터가 그랬다. 한때 저 바위산이 동물원의 자랑이었다. 동물원에 갇힌 야생 양과 히말라야 산양이 그깟 콘크리트더미를 어린 시절에 뛰어놀던 협곡으로 착각할 거라고 어떻게 단 1초라도 믿을 수 있었을까? 어떻게 저 따위 것을 조상들이 살던 협곡으로 생각할 수 있단 말인가?

그럼에도 샤에는 그 안으로 들어가 이 건축물의 위용을 여러 나라 말로 설명해놓은 푯말을 흘끗 보고 얼른 다시 나왔다.

폐쇄된 공간은 여전히 무서웠다.

그리고 그녀는 일개 인간일 뿐이다.

메타모르프라고 해도 어쨌든 인간이다.

샤에는 동물들의 불안을 생각한다. 공간과 자유 그 자체인 동물들이 갇혀 있다. 헛된 불안. 영원히 꺼지지 않을 불안.

샤에는 울고 싶다.

마음을 다잡고 잿빛, 또 잿빛 일변도의 코끼리 정원을 따라 걷다가 기린들이 있는 곳에 이른다. 그래도 나무들이 있다. 잘 자라지 못한 나무, 거대한 나무, 수풀, 콘크리트 바닥에서 졸졸 흐르는 개천을 넘나들 수 있게 해주는 나무 다리들……

그녀는 하이에나 우리를 찾는 중이다.

나탕이 그녀의 인생에 들어오기 전에는 쇼즈가 무엇과 비슷했던가.

이 동물원에는 하이에나가 없다.

샤에는 그 사실에 남몰래 만족한다. 쇼즈는 우리 속에 가두어둘 수 없는 것이다.

입구에서 이미 알아보았기 때문에 표범을 찾을 수 없다는 것도, 흑표범은 더욱더 볼 수 없으리라는 것도 알고 있다. 그게 바로 운명의 눈짓, 동물원의 한계다. 가두어둘 만한 것이 아니면 가둘 수 없다.

그럼에도 샤에는 치타 우리를 가리키는 푯말을 따라간다. 치타는 표범의 사촌쯤 되지 않는가? 좀 더 작고 날씬하고 덜 사납지만 어쨌든 사촌은 사촌이다. 옥사는 비어 있다. 마지막 치타는 2003년에 리스본으로 이송됐단다……

샤에는 거의 웃음을 터뜨릴 뻔했다. 해답을 구하러 왔는데 허무하기만 하다.

그녀는 다시 바위산으로 다가간다. 너무 크고, 너무 높고, 너무 잿빛이다. 야수들은 그 바위산 기슭에 사는가 보다. 샤에는 원숭이들에게 경멸의 눈빛을 보낸다. 쇼즈는 결코 저 인간의 우스꽝스러운 변종으로 둔갑할 만큼 자신을 낮추지 않으리라. 쇼즈는 영리한 영양과 가젤을 무시하며 관심을 갖기에는 너무 뚱뚱한 하마와 코뿔소는 쳐다보지도 않는다.

샤에는 자신이 어디 있는지도 모른 채, 자신이 왜 이곳에 왔는지도 잊은 채 걷는다.

나탕을 생각한다.

그의 피부, 목소리, 그녀가 훔쳐보는 것도 모르고 그녀를 유심히 지켜보는 눈빛……

이제 샤에는 아늑하고 편안한 자신만의 거품 속에 고립되어 있다. 잿빛 동물원도, 콘크리트도, 갇혀 있는 동물들의 손에 잡힐 듯한 절망도 잊었다.

거품, 그녀의 거품은 생생한 빛깔로 넘쳐난다. 서로 조화롭게 어울려 하나의……

번쩍!

샤에가 굳어버린다.

수직으로 곤두선 홍채의 노란 두 눈을 마주한다. 그 노란 눈들이 깜박이지도 않고 그녀를 주시하고 있다. 그녀의 영혼을 여기저기 꿰뚫고 구멍을 낸다.

호랑이다.

샤에는 우리의 창살을 꽉 쥐고 서서히 바닥에 주저앉는다. 신음소리가 새어 나온다. 몸이 뜨거워지고 속이 부글부글 끓어오르는 기분이다. 그렇게 다 녹아서 새로운 무엇인가를 만들어내려는 것 같다. 고통스러운 연금술. 독창적인 연금술이다.

'넌 누구지?'

누가 한 말인지도 확실히 알 수 없건만 이 말이 머릿속에 울려 퍼진다. 호랑이가 한 말인가? 그렇다!

'넌 누구지?'

그 물음은 명령이다.

호랑이. 호랑이의 눈. 그녀에게 물음을 던지고 그녀 자신을 비추는 두 개의 거울 같은 눈. 그 눈이 길을 가르쳐준다.

"나…… 나도 몰라!"

'배우렴.'

나중에, 한참 나중에 샤에는 다시 일어난다.

유모차를 밀던 젊은 여자가 샤에를 피하느라 멀리 돌아간다. 여자아이 두 명이 샤에에게 손가락을 들어 보이고는 바보처럼 실실댄다.

호랑이는 그녀를 줄곧 바라본다.

최초의 느낌은 목마름.

심한 갈증. 죽을 것 같은.

그다음에 갈증은 사라졌다. 마법처럼.

두 번째 느낌이 바로 그 순간에 찾아왔다. 사람을 완전히 뒤흔드는 느낌. 이제 하이에나의 숨결밖에 느껴지지 않았다.

쇼즈는 사라졌다.

그 자리에는 안개처럼 흐릿한 공허만 남았고 그마저도 서서히 스러져갔다. 기어이 그리 되었다.

그때 세 번째 감정이 엄습했다. 어떤 확실성과도 같은 형태로.

즉각적인 확인을 요구하는 감정이었다.

'난 할 수 있어. 내가 원할 때, 내가 원하는 대로. 이 힘은 내 것이야.'

샤에는 이미 앞으로 박차고 나갔다.

그녀가 선택한 바로 그 순간 모습이 바뀌었다. 흑표범이 된 것이다. 힘찬 몸뚱이는 여유 있게 우리 위로 뛰어올랐고 어느새 소리 없이 꿈쩍도 않고 있는 호랑이 옆으로 착지했다.

파리의 동물원.

어느 주부와 두 명의 여자아이는 믿을 수 없는 광경을 목격하고 입이 떡 벌어졌다. 길고 검은 머리의 소녀가 자기보다 여섯 배는 무거운 호랑이 옆에 무릎을 꿇고 있다. 소녀는 고맙다는 듯이 거대한 호랑이의 어깨에 머리를 기대고 호랑이는 신비한 눈빛으로 소녀를 바라본다. 그럼에도 목격자들은 그 눈빛이 무척 다정하다고 말하고 싶었다.

그들은 어떻게 소녀가 우리 안으로 들어갔는지 모른다. 하지만 그런 건 중요치 않다. 목격자들이 위험을 알릴 즈음에 소녀는 이미 사라지고 없을 테니까. 아무도 그들의 말을 믿어주지 않을 테니까.

6

 저녁이 되자 그들은 예정대로 트로카데로 광장에서 만났다. 먼저 도착해 있던 나탕은 샤에를 보고 벤치에서 일어나 그쪽으로 두 발짝 다가갔다. 샤에는 들뜬 마음으로 뛰어오며 그들 사이의 거리를 좁혀나갔다.
 쇼즈는 도망갔다.
 그녀는 자유였다.
 나탕의 품에 뛰어들 수 있었다.
 키스할 수도 있었다.
 그럴 수도……
 1미터를 남겨두고 샤에가 멈춰버렸다. 더는 다가갈 수 없었다. 나탕과 살이 닿는다고 생각하자 갑자기 기분이 이상해졌다. 그와 몸을 바짝 붙이고 싶어 죽을 지경인데도 서로 살이 맞닿는다는 생각은 참을 수 없었다……

배 속이 꼬였다.

쇼즈는 사라졌을 테지만 그 각인은 남아 있었다. 횡포한 각인. 샤에는 울어버리고 싶었다. 분해서. 지긋지긋해서. 낙심해서. 그녀는 마음을 다스리며 애써 얼굴을 가리는 머리카락을 밀어냈다. 쇼즈의 기억은 그녀의 몸에 족쇄를 채웠다. 그녀는 자신의 시선조차 마음대로 할 수 없었다.

"자, 그래서?"

샤에가 물었다. 나탕은 그녀의 동요를 눈치채지 못했다. 그는 벤치에 놓여 있던 1미터 남짓한 길이의 검은 비단보 꾸러미를 집었다. 꾸러미를 샤에에게 내밀었다. 샤에는 꾸러미를 받아 무게와 균형을 가늠해보고 꾸러미를 묶어놓은 끈을 풀었다.

일본도 한 자루가 나타났다. 니스를 칠한 나무 칼집에 들어 있는 단순한 형태의 검이었다. 금속으로 된 날밑에는 꽃이 만발한 벚나무 문양이 공들여 새겨져 있었다. 샤에는 칼자루를 잡고 칼을 살짝 칼집에서 뽑아보았다. 놀랍도록 예리한 날이 드러났다. 완벽한 그 날 위에서는 현실조차 굽이치는 듯했다.

"일본도야. 일본 역사상 가장 위대한 도공 마사무네가 만든 칼이지. 가마타 사부님이 나에게 이 검을 주셨어."

나탕은 노스승과의 만남과 자신이 수련을 지켜보면서 스콜리아스트의 능력으로 얼마나 대단한 것을 배워왔는지 이야기했다.

"가장 믿을 수 없는 일은 말이지, 내가 흡수해야 할 것을 몽땅 흡수해도 소용이 없더라는 거야. 사부님과 맞서고 보니 나는 그분에게 수백 광년이나 뒤처진 풋내기에 지나지 않았어. 스승의 기술을 다 갖고 있었지만 기술이 다가 아니더라고."

"그렇다니 차라리 안심이 된다."

샤에가 말했다. 나탕은 그녀의 지적을 새겨듣지 않고 곧장 말을 이었다.

"우리는 세 시간을 수련했지. 나는 그 세 시간 동안 끊임없이 발전했어. 그런데 그거 알아? 단 한 순간도 사부님의 무예에서 한계를 발견할 수 없었어. 우리가 헤어질 때 사부님은 이 칼을 나에게 주셨지. 그러면서 내가 나의 길을 가려면 이 칼이 필요할 거라는 예감이 든다고 하셨어. '이 검은 네 것이다. 이 검을 사용하면 검이 너를 보필할 것이다. 검을 소중히 여기면 검이 너를 놀라게 할 것이다. 이 검은 너의 도(道)를 열어줄 것이야.' 사부님이 직접 하신 말씀이야. 그분 같은 무예인에게 도가 얼마나 중요한 의미인지 안다면 이 검의 가치를 따질 수 없어. 너는 마사무네가……"

나탕이 입을 다물었다.

"미안. 넌 어땠어?"

"좋았어."

"지금도?"

"내 손 잡아봐."

샤에의 목소리가 흔들렸다. 자기가 시키는 대로 나탕이 행동해도 잘 참을 수 있을지 확신은 없었다. 하지만 나탕이 눈을 빛내며 손을 잡았을 때도 샤에는 자신을 다스릴 수 있었다.

"이제는 내 목덜미에 하이에나의 숨결이 느껴지지 않아. 그렇지만 전부 다 해결되려면 아직 멀었어. 메타모르프의 힘은 이해하기가 쉽지 않고 자유자재로 구사하기는 더욱더 쉽지 않아."

"무슨 말을 하고 싶은 거야?"

"쇼즈가 나를 지배했을 때는 어쩔 수 없이 하이에나로 변신했었어. 이젠 그렇지 않아. 하지만 흑표범 아닌 다른 동물로는 아직도 변신을 못하겠으니……"

나탕은 자신이 잡은 샤에의 손이 삐죽한 발톱을 드러내고 검고 무성한 털로 뒤덮이자 놀라서 소스라쳤고 실망의 기색을 감추지 못했다.

"……그래도 이제 내가 원하는 때, 내가 원하는 만큼 변신할 수는 있어."

팔꿈치의 털은 모직 풀오버의 소매와 뚜렷한 경계 없이 이어져 있었다. 신체의 나머지 부분은 조금도 변신하지 않았다.

나탕은 잠시 자신이 손으로 잡고 있는 동물의 발을 바라보고는 물결처럼 일렁이는 부드러운 털을 어루만졌다.

"정말 굉장하다…… 무섭기도 하고."

"……생각보다 재미있기도 해."

샤에는 자신의 눈을 맹수의 노란 눈으로 바꾸면서 대꾸했다. 나탕은 다시 한 번 소스라치게 놀랐다. 그러나 샤에의 눈은 이미 정상으로 돌아와 있었고 그가 잡고 있는 손도 다섯 손가락이 달린 사람의 손이었다.

샤에가 손을 뺐다. 급작스럽게. 나탕이 짐승의 털을 어루만지는 동안에도 떨고 있었지만 살갗을 만지는 것은 도저히 참을 수 없었다. 샤에는 화제를 돌렸다.

"나중에 더 이야기하자. 기차를 타야 하지 않아?"

나탕은 고개를 끄덕였다. 샤에를 이해할 수는 없었지만 꼬치꼬치 캐물어서는 안 될 것 같은 느낌이 들었다.

"한 시간 후에 출발이야. 이곳 주변을 한 번 돌아보고 싶은데. 같이 갈래?"

그들은 트로카데로 공원을 지나 이에나 다리로 센 강을 건너 에펠탑 아래에 이르렀다.

"사진에서 봤던 것보다 훨씬 높은데!"

샤에가 위압적인 금속 건축물을 올려다보며 외쳤다.

나탕은 겨우 웃음이 나왔다. 자신이 두려워했던 것만큼 샤에가 변하지는 않았기 때문에 마음이 놓였던 것이다.

"바르텔레미 아저씨 말로는 우리 할아버지가 사는 아파트에서 샹드 마르스가 다 내려다보인다고 했는데."

"할아버지 집에 가려고?"

샤에가 갑자기 불안해하며 물었다.

"아니. 당연히 아니지. 게다가 그 아파트의 정확한 위치도 모르는 걸. 난 그냥…… 그 장소를 느끼고 싶어서."

나탕이 심각한 말투로 대답했다.

"그 장소를 느끼다니?"

"가끔은 삶이 기대하지도 않았던 방향으로 흘러가잖아. 부모님이 돌아가셨을 때 바르텔레미 아저씨가 나를 맡기로 되어 있었지. 할아버지 댁에도 가볼 수 있었을 거야. 어쩌면 여기서 할아버지와 살게 되었을지도 몰라. 모래알처럼 사소한 계기로 나는 이제 모험에 발을 들였고 바로 그 할아버지에게 쫓기는 신세가 되었지만."

샤에가 멈춰 서서 나탕을 유심히 바라보았다.

"모래알은 나를 두고 하는 얘기야?"

나탕은 그윽한 눈으로 샤에를 바라보았다.

"아니, 나에게 넌 변화야. 끝내주게 멋진 변화."

7

발렌시아 도서관은 널찍하고 반듯한 거리에 오래된 교회와 근사한 전면을 뽐내는 고층 빌딩을 양옆으로 두고 있었다. 도서관은 유리와 강철로 이루어진 현대적인 건물이 아니라 몇 백 년은 된 듯한 커다란 붉은 벽돌 건물로 로비 위에 세 개의 층이 더 있고 그 위에 슬레이트 지붕이 이어져 있었다.

"좀 일찍 문을 열 수도 있을 텐데. 10시잖아! 넌 이게 정상이라고 생각해?"

샤에가 손목시계를 보면서 불평을 늘어놓았다.

나탕은 천천히 커피 한 모금을 마시고 말했다.

"오히려 때를 잘 잡은 것 같은데. 화요일이나 목요일에는 도서관이 오후에만 문을 열고 월요일은 아예 휴관이란 말이야. 그리고 비가 안 오는 것만 해도 어디야."

"하하, 대단하셔! 왜, 우리가 탄 기차를 폭파시킨 사람도 없었고 밤중에 낯선 도시에 내렸는데도 습격받지 않았고 이 나라의 절반을 휩쓴 폭풍이 여기까지 미치지 않았다는 점도 말씀하시지 그래?"

나탕은 샤에에게 윙크를 했다. 샤에뿐만 아니라 그도 이미 라디오 뉴스를 들어서 알고 있었다. 최근 들어 비극적인 사건들이 정신없이 일어나고 있었다. 테러, 자연재해, 전염병, 국제적 갈등, 지진…… 그는 속이 뒤틀렸지만 그들의 계획 외에는 아무것도 신경 쓰지 않기로 했다.

두 사람은 역 근처 호텔에서 밤을 보냈고 지금은 도서관 입구에서 10여 미터 떨어진 카페에 앉아 한 시간 가까이 개관을 기다리는 중이었다.

"파미유의 역사를 그런 고…… 네가 뭐라고 했더라? 고문서?…… 하여간 그런 데서 찾을 수 있다는 게 이상하지 않아? 그런데 그게 뭐야?"

샤에가 정말로 궁금해서라기보다는 화제를 바꾸고 싶어서 나탕에게 물었다.

"그 고문서들은 1500년 이전에 인쇄된 판본들이야. 어마어마한 가치가 있는 책들이지. 제일 유명한 건 구텐베르크의 성경이고."

"구텐베르크…… 그 사람은……"

"……그래, 인쇄술을 발명한 사람. 네 물음에 대답하자면, 나는 어떤 자료들은 필연적으로 파미유의 역사를 언급하고 있을 거라고 생각해. 특히 그 자료들이 우리가 말하는 고문서처럼 오래된 것이라면 더욱더 그럴 가능성이 크지."

"왜 하필 발렌시아야?"

"발렌시아 도서관은 방대한 고문서들을 소장하고 있으니까."

샤에가 얼굴을 찡그렸다.

"먼지가 풀풀 나는 옛날 책들을 세월아 네월아 붙잡고 있어야 해?"

"한 달씩 걸리지 않기를 바라야지. 발렌시아에는 136권의 고문서가 있어. 더도 말고 딱 그뿐이야."

샤에는 눈을 크게 뜨고 나탕을 바라보다 휘파람 소리를 냈다.

"어떻게 너 혼자 그런 걸 다 알아냈어? 그것도 파미유가 물려준 능력이야?"

나탕이 웃음을 터뜨렸다.

"그렇지는 않아. 호텔에 팸플릿이 있길래 네가 욕실을 차지하는 동안 읽어봤을 뿐이야…… 자, 이제 문 연다!"

나탕은 계산을 치르고 마사무네를 싼 비단꾸러미와 전날 산 배낭을 집어 들었다. 두 사람은 길을 건너 칙칙한 나무문을 통해 넉넉한 안뜰로 들어갔다. 빛나는 유리창이 있고 중간 높이가 널찍한 복층으로 되어 있는 그곳에는 공들여 정리한 서가들이 있었다.

회색 머리를 뒤로 쪽찐 여자가 데스크에 앉아 그들을 살갑게 맞아주었다.

"고문서들을 열람하고 싶은데요."

나탕이 말했다.

여직원은 미안하다는 듯이 미소를 지었다.

"예수회실에는 미리 예약이 된 분들만 입장할 수 있습니다."

"그게…… 아주 급하게 조사할 것이 있어서요."

여직원이 다시 미소를 지었다.

"학생들은 다 똑같죠. 미루고 또 미루고 질질 끌다가 발등에 불이 떨어져야만 온다니까요…… 도서관 회원 등록은 되어 있나요?"

"아직 안 했는데요?"

"최소한 발렌시아 주민이기는 한가요?"

"아뇨. 저희는 이 조사를 위해 파리에서 일부러 왔어요."

"파리에서요? 미리 전화도 걸어보지 않고서? 하여간 젊은 사람들은 뭐든지 다 될 줄 안다니까! 여기서 잠깐만 기다려요."

여직원은 나탕보다 아주 조금 더 나이를 먹은 듯한 청년 한 사람을 데리고 돌아왔다. 그 사람이 예수회실을 맡고 있는 도서관 관리자라고 했다. 관리자가 그들에게 물었다.

"제가 도와드릴까요?"

"저는 역사학도입니다. 연구 작업의 일환으로 이곳에 소장된 고문서 몇 권을 참조할 일이 있는데요."

"연구 주제가 무엇인가요?"

나탕은 살짝 경직되었다. 그렇지만 상대는 경계하거나 적대시하는 기색 없이 순전히 호기심으로 물어본 것이었고 나탕도 금세 긴장을 풀었다.

"수메르 문명의 전파와 수세기 동안 이어진 그 문명의 몇 가지 전통에 대해 알아보고 있습니다."

관리자 청년의 눈에 불꽃이 번쩍 일어났다.

"흔하지 않은 주제로군요. 제 생각에 제대로 찾아오신 것 같습니다. 우리 도서관에 꽤 모호하기는 해도 그 주제를 다루고 있는 고문서가 한 권 있거든요. 요컨대, 그 내용은 아직도 논쟁에 휩싸여 있습니다. 지난 50년 동안 최소 서너 명의 전문가들이 그 책에 수고와 시간을 쏟아부었지요. 절 따라오십시오."

회원 등록이나 예약은 더 이상 문제되지 않았다. 관리자 청년은 관심 분야를 기꺼이 함께 나눌 준비가 되어 있는 전문가들만이 지을 수 있는 미소를 보여주며 나탕과 샤에를 안뜰 밖으로 안내했다. 그들은 위층으로 향하는 넓은 돌계단을 올랐다.

"여기는 옛날에 예수회 기숙학교였습니다. 제가 지금 안내하는 곳을 '예수회실'이라고 부르는 것도 그 때문이지요. 우리 도서관의 옛 서적 중 상당수는 기숙학교 도서관에서 나온 것입니다."

"아까 말씀하신 고문서도 마찬가진가요?"

"그럴 거라고 생각합니다. 예수회 수사들은 모든 시대를 통틀어 보더라도 대단히 박학한 학자들이었고 수많은 영역의 지식에 목말라 있었죠. 그중에는 기밀에 부칠 만한 영역들도 있었죠. 더욱이 저는 이 도서관 지하에 숨겨진 비밀이 아직 우리에게 절반도 다 드러나지 않았다고 믿습니다. 자, 다 왔군요."

그는 문을 열어 둥근 천장 아래 폭이 20미터쯤 되는 넓은 방을 보여주었다. 바닥에는 오래된 마루판이 깔려 있었고 그 끝에는 장대한 벽화가 자리하고 있었다. 중앙에는 널찍한 호두나무로 제작된 작업책상이 있었다. 하지만 주의를 바짝 끌어당기는 것은 서가 쪽이었다. 서가에는 수천 권의 책이 꽂혀 있었고 15세기와 16세기의 그림들이 그 위에 걸려 있었다. 소장도서들은 완벽하게 관리되고 있었지만 놀랄 만큼 오래된 인상을 풍겼다.

"대단한 수집이지요? 여러분이 관심을 가질 만한 문서가 틀림없이 여기 있을 텐데…… 아, 여기 있네요!"

관리자는 자신 있게 손을 내밀어 사람들의 손길과 세월에 표지가 반들반들해진 주술서 한 권을 꺼냈다. 그는 책상에 그 책을 조심스럽게 놓았다.

"각별히 신경 써서 다뤄주셔야 합니다. 이 책의 판본은 전 세계에 열 권도 남지 않았을 겁니다."

관리자가 충고했다. 나탕과 샤에는 두근대는 가슴으로 다가갔.
구석의 감시카메라가 소리 없이 그들을 향해 돌아섰다.

8

고문서는 빽빽한 고딕체로 인쇄되어 있어서 글자들을 하나하나 판별하기 어려울 정도였다. 좌절감을 느낀 샤에가 투덜거렸다.
"이거 상형문자야?"
관리자 청년은 놀란 눈으로 샤에를 바라보았다.
"아니, 라틴어야."
나탕이 설명했다.
"이 글을 읽을 줄 알아?"
"내가 알아서 할게. 어떻게든 해야겠지."
나탕은 책장을 뒤적거리기 시작했다.
"필요하다면 망설이지 말고 저에게 도움을 청하세요. 고전문학 전공자였기 때문에 라틴어는 웬만큼 압니다."
"폐를 끼치고 싶지 않습니다."

나탕은 한시라도 빨리 관리자를 떼어놓고 싶었기 때문에 그렇게 말했다.

"페라니요, 전혀 그렇지 않습니다. 그리고 어차피 저는 여기에 있어야 합니다. 도서관의 규정상 예수회실에는 절대로 이용자들만 남아서는 안 됩니다. 정확하게 무엇을 찾으시는지요?"

"주요한 가문들이나 자알라브라는 인물에 대해 언급한 부분입니다."

"수메르 이름 같지는 않은데요."

관리자 청년이 지적했다. 나탕은 어깨만 으쓱해 보이고 다시 고문서를 읽기 시작했다. 자신 있게 말하기는 했지만 라틴어를 줄줄 읽을 만한 실력은 없었다. 그리고 모호한 내용은 그가 기대했던 바와 아무 관련도 없었다.

가능하다면 사전을 들춰보며 조용히 탐독하고 싶었지만 샤에는 널찍한 방에서 계속 서성대고 관리자 청년은 옆에 딱 붙어 있었기 때문에 여간 불편한 게 아니었다. 한참 있다가 나탕이 벌컥 화를 냈다.

"단 5분만이라도 가만히 좀 있으면 안 돼?"

샤에가 깜짝 놀라 나탕을 보았다. 그러고는 고개를 끄덕이고 창가에 가서 기댔다.

"내가 널 좋아하니까 이 정도다. 우리 프랑스어 선생님 같으면……"

샤에는 이를 악물고 투덜거렸다.

"여기요!" 관리자 청년이 책장을 세로로 길게 차지한 두 단 중에서 하나를 손끝으로 가리키며 외쳤다. "'그리하여 왕이 일곱 가문 중 하나에 명하여 그 가문의…… 치유…… 능력을' 맞아요, 이겁니다. 포테스타템 쿠란디(potestatem curandi), 치유의 능력이라는 뜻이죠. '왕의 아들에게 베풀어달라고 청하였다.' 그리고 여기, 좀 더 아래쪽이요. '가문들이…… 포르마스 무타티움……의 권고를 따라……' 포르마스 무타티움(formas mutatium)은 모습을 바꾸는 자들이라는 뜻 같은데 의미는 잘 모르겠군요. 하지만 분명히 그렇게 써 있어요. '……모습을 바꾸는 자들의 권고를 따라 동쪽으로 여행하였다.'"

나탕은 갑자기 열에 들떴다. 한 장을 넘기자 바티쇠르를 암시하는 대목, 음네지크를 암시하는 대목이 나왔다. 다시 두 장을 더 넘기자 '코지스트'라는 단어에 해당하는 라틴어가 나왔고 그다음에는 '보면서 배우는 자'라는 뜻으로 번역될 수 있는 표현이 등장했다. 이러한 발견들은 한 문단 한 문단 충분한 시간을 들여 의미를 해독할 만한 가치가 있었지만 나탕의 능력으로는 역부족이었다. 그는 책장을 넘기며 실마리를 찾고 또 찾았다. 그런 식으로 그 책의 4분의 3을 대충 훑어보기에 이르렀다.

그러다 지도를 발견했다.

사실 지도라기보다는 희미한 선들이 교차하며 다양한 크기의 정사각형과 직사각형을 이루는 아주 간략한 약도에 더 가까웠다. 표제가 붙어 있지 않았다면 전혀 알아보지 못했을 난해한 그림이었다. '도무스 인 알리스 로시스(Domus in Aliis Locis)'라는 표제가.

다른 세상의 집!

그의 눈앞에 다른 세상의 집 도면이 펼쳐져 있었던 것이다!

방 가장자리에 그어놓은 작은 선들은 분명히 문 표시였다. 그 옆에 현미경으로 봐야 할 것 같은 미세한 글자로 쓰여 있는 설명은 그 문이 어디로 통하는지 알려주는 듯했다.

나탕은 눈살을 찌푸렸다. 음네시시스 야누아(Mnesicis janua, 음네지크의 문), 코기티스 야누아(Cogitis janua, 코지스트의 문), 스콜리아스티스 야누아(Scoliastis janua, 스콜리아스트의 문)……

그랬다. 앙통은 그에게 바티쇠르들이 다른 여섯 파미유에게 문들을 제공했다고 말해주었었다. 이 도면은 그 문들을 가리키고 있었다.

나탕이 샤에를 부르려고 고개를 번쩍 드는데 바로 그 순간 가운데 접은 선 근처의 어떤 이름이 눈길을 끌었다. 도면에서 계속 반복적으로 등장하는 이름들과는 사뭇 다른 이름, 야알라비스 야누아(Jaalabis janua)가 그것이었다.

자알라브의 문!

"이 도판은 수수께끼죠. 책의 나머지 부분과 함께 인쇄된 그림이 아니에요. 여기 다른 책장들과 연결한 이음새를 봐요. 상당히 오래되기는 했지만 이 도판은 이 글이 인쇄된 시대와는 다른 시대에……"

관리자 청년이 학술적으로 설명을 했다. 나탕은 그의 말을 듣고 있지 않았다.

"샤에……"

샤에는 창밖에 시선을 고정한 채 나탕에게 전혀 신경 쓰지 않았다.

"샤에! 이리 와봐. 이건……"

"쉿!"

샤에의 '쉿!' 소리는 단호한 명령에 가까웠고 나탕은 입을 다물었다. 샤에가 뒤를 돌아보더니 방 안을 훑어보았다. 그녀의 눈이 구석에 매달린 감시카메라에 가서 멎었다. 샤에가 관리자에게 물었다.

"저게 뭐죠?"

"감시카메라죠. 야간 경비를 위해서 켜놓는……"

"야간에만? 정말인가요?"

샤에가 그들에게 한 발짝 내딛는 순간 카메라 렌즈가 그녀를 시야에서 놓치지 않으려고 재깍 돌아갔다.

"나…… 난 모르겠군요. 아마 시스템오류일 겁니다."

관리자 청년이 더듬대며 변명했다. 그러나 이내 정신을 차리고 조금 바보처럼 맹하게 웃었다.

"어쨌거나 그게 뭐 중요한가요? 카메라에 찍힌다 해도 딱히 불상사는……"

샤에가 휙 돌아섰다.

"여기는 함정이야, 나트. 너의 파미유가 자신의 적들을 끌어들이는 함정이라고. 우린 이 도서관을 너무 쉽게 찾았지. 속았던 거야!"

나탕은 눈썹을 찡그렸다.

"너두 과장하는 거 아냐? 카메라 한 대 때문에 그렇게까지 생각하는 거야?"

"내 말을 믿어, 나트. 이건 함정이라니까. 내가 창가에 서 있을 때부터 도서관에서 나간 사람이 열댓 명은 될 거야. 그런데 도서관으로 입장하는 사람은 단 한 명도 없었어. 지금 거리에는 고양이새끼 한 마리 없어. 이건……"

그녀는 얼음처럼 굳어버렸다.

청각을 총동원했다. 그녀의 청각이 얼마나 대단한지는 나탕만이 짐작할 수 있을 따름이었다. 맹수의 청력이었으니까.

잠시 후, 샤에의 얼굴이 창백해졌다.

"그들이 벌써 들어왔어, 나트."

"누구 말이야?"

"네 할아버지가 보낸 킬러들!"

9

나탕은 재빨리 고문서를 덮고 자기 배낭 안에 쑤셔 넣었다. 관리자 청년이 펄쩍 뛰었다.
"뭐하는 겁니까? 그보다, 당신들 누구예요? 킬러니 뭐니 하는 소리는 또 뭡니까? 우리 도서관에서는 절대로……"
"난 이 책이 정말로 필요합니다." 나탕은 그의 말을 잘랐다. "최대한 빨리 돌려드리겠다고 약속하지요."
"빨리, 나트!"
샤에가 문고리를 잡고 외쳤다.
관리자는 욕을 바가지로 퍼부었지만 나탕은 이미 샤에에게 가 있었다. 샤에는 문을 살짝 열고 귀를 기울이더니 고개를 끄덕거렸다. 그들은 예수회실을 박차고 나갔다.
"도둑이야!"

청년은 그 자리에서 조금도 움직이지 않고 고함을 질렀다.

도서관 안에선 아무 소리도 들리지 않았다. 나탕은 안뜰이 보이는 창문으로 흘끗 눈길을 던졌다. 열람실에는 사람이 없었고 안내 데스크에조차 아무도 앉아 있지 않았다.

"그들은 로비에서 대열을 이루고 있어. 지금 당장은 계단을 써도 괜찮아. 날 따라와."

샤에가 귓속말을 했다.

그들은 조심스럽게 계단을 내려갔다. 샤에는 소리 내지 않고 고양이처럼 민첩하고 우아하게 움직였다. 나탕은 배낭을 어깨에 둘러매고 비단꾸러미에서 마사무네 검을 꺼냈다. 과연 그 칼을 쓸 수 있을지는 잘 몰랐지만 필요하다면 뽑을 준비가 되어 있었다.

중간 계단참에 도착하면서 첫 번째 대원을 처리했다. 검은 방탄복으로 무장한 그 대원이 나탕과 샤에를 향해 올라오고 있었던 것이다. 대원은 그들을 보자마자 동료들에게 알리려고 했다.

샤에는 이미 난간으로 뛰어올라가 있었다. 그녀는 힘들이지 않고 순간적으로 변신하더니 두 발을 모으고 대원의 등짝으로 뛰어내렸다.

방탄복은 3미터 높이에서 낙하하는 육중한 무게를 감당할 수 있도록 고안된 물건이 아니다. 대원은 계단에 납작하게 엎어져 더 이상 꿈쩍도 하지 않았다. 샤에는 살짝 비틀거렸다.

나탕이 얼른 샤에에게 뛰어갔다.

"괜찮아?"

샤에는 대답 대신 엄지를 번쩍 치켜세웠다. 그들은 다시 앞으로 나아갔다.

대원들은 엄중한 명을 받았다. 가급적 생포하라고, 하지만 어떤 경우에도 빠져나가게 해서는 안 된다고.

가급적 생포해야 한다.

층계참으로 통하는 문 뒤에 숨어 있던 로페즈 중위는 그렇게 새겨들었다. 중위는 몸무게가 110킬로그램에 육박했지만 군살 없이 근육과 신경으로 이루어진 몸이었고 오래전부터 실전 가라데를 연마해왔다. 그는 자신이 위험하다는 것을 간파할 수 있었고 어떤 적이든 맨손으로 상대하는 데 능했다. 최근에 어느 클럽의 경비가 그에게 시비를 걸어 마찰이 좀 있었는데, 클럽의 취객을 다루는 네 명의 덩치들을 바닥에 메다꽂는 데 정확하게 딱 20초가 걸렸다. 지금 상대는 고작 어린애 두 명이니 아무 문제도 없을 것이다.

하지만 중위는 어떤 적도 얕잡아보아서는 안 된다고 배웠다. 그래서 표적이 그를 지나칠 때까지 기다렸다가 소년의 뒤로 달려들어 목 아래쪽을 손등으로 내리쳤다.

그렇게 하려고 했다.

찌르는 듯한 아픔이 팔 아래쪽에 퍼졌다. 소년이 뒤를 홱 돌아보더니—어떻게 이 자식은 움직임이 이렇게 빠르지?—그의 공격을 막대기로 가로막았던 것이다.

그것은 막대기가 아니었다.

로페즈 중위는 검의 손잡이가 방탄복이 무색하게 자신의 위장을 쿡 누르며 숨을 턱 멎게 하는 순간에야 알았다. 산전수전 다 겪은 싸움꾼인 그가 슬로모션으로 움직인 것처럼 올려다본 다음에야 비로소 칼이 회전하는 모습이 보였다.

관자놀이에 강한 쇼크가 왔고 명치 안쪽에 다시 한 번 쇼크가 일어났다.

'정확히 4초!'

중위는 그렇게 생각하고 바로 의식을 잃었다.

나탕은 자신의 발치에 쓰러진 대원을 바라보았다. 그는 칼을 뽑지 않았지만 단 한 순간도 대결의 결과를 의심하지 않았다. 그는 스승에게 고마운 마음을 품고 샤에를 향해 한 발짝 다가갔다……

샤에가 나탕을 쓰러뜨리고는 바닥에 데굴데굴 굴렸다.

총성이 일제히 울려 퍼졌다. 그들이 조금 전까지 서 있던 바로 그 자리에 탄환이 우박처럼 쏟아졌고 벽에서 거대한 석고 파편들이 마구 떨어졌다. 그들은 몸을 피할 수 있는 곳으로 기어가 조심스레 몸을 일으켰다. 샤에는 격분했다.

"너무 늦었어! 놈들이 출구를 지키고 있어!"

나탕은 지하실로 내려가는 계단을 가리켰다.

"저쪽으로 가보자."

"지하로 내려가면 독 안에 든 쥐 신세가 될걸."

그들의 머리 위로 다시 한 번 총알이 마구 날아왔다. 사수들이 다가오고 있었다.

"다른 방법 있어?"

"그래, 가보자."

두 사람은 숨어 있던 곳에서 튀어나와 황급히 계단으로 내려갔다. 총알이 빗발쳤지만 기적적으로 한 발도 맞지 않았다.

지하에는 컴퓨터와 잡지, 콤팩트디스크, 필름 등이 구비되어 있는 넓은 방이 있었다. 위층의 열람실들이 그랬듯이 그곳도 텅 비어 있었다.

"여기 숨을까?"

"아니, 출구가 전혀 없잖아."

"네가 어떻게 알아?"

"느낌으로 알아."

샤에의 목소리는 단호했다. 그녀의 눈동자는 기다란 모양으로 변해 있었다.

"계속 내려가자."

마지막까지 다 내려가 문짝을 부수는 데는 몇 초밖에 걸리지 않았다. 하지만 그들 바로 위에서 대원들이 미디어실을 장악하는 소리가 났다.

"그래, 여기선 뭐가 느껴져?"

나탕이 스위치를 켜면서 물었다.

두 사람 앞에는 천장이 둥근 지하공간들이 일렬로 이어져 있었고 상태가 안 좋은 가구들 사이에 종이상자와 궤짝들이 마구 쌓여 있었다.

샤에는 말없이 감각을 곤두세웠다.

그녀 안에 사는 표범은 행여 있을지도 모르는 출구에서 빠져나오는 미세한 공기의 흐름을 감지하지 못했다. 하지만 또 다른 감각이 주의를 끌어당겼다.

메타모르프의 능력과는 상관없는 감각이었다.

샤에가 앞으로 박차고 나갔다.

그들은 방 네 칸을 가로질러 똑같이 생긴 다섯 번째 방으로 들어섰다. 그때 샤에가 우뚝 멈춰 섰다. 그녀는 환한 미소를 지으며 손가락으로 어떤 벽을 가리켰다.

"보여?"

나탕은 습기가 차서 번들거리는 돌덩이들을 바라보았다. 이해가 가지 않았다.

"보이다니, 뭐가?"

샤에가 벽에 손을 얹었다. 눈부신 푸른빛이 지하실에 일렁거렸다.

"문 말이야, 당연하잖아!"

10

다른 세상에는 아직 해가 뜨지 않았기 때문에 집은 어둠에 휩싸여 있었다.

"너한테 손전등이 없을 텐데."

나탕이 중얼거렸다.

"없어. 필요도 없고. 나에게는 완벽하게 다 보여."

"난 하나도 안 보이는데, 불공평하네. 놈들이 우리를 쫓아올 거라고 생각해?"

"나도 몰라. 넌 그들이 이 문이 있다는 걸 알아챌 거라 생각해?"

"그럴 수도 있지."

"그럼 쫓아오겠지. 자, 내가 앞장설게."

"기다려."

나탕은 머리를 치열하게 굴려보았다. 도망, 계속 도망만 쳤다. 뭔가 다른 방법이 있을 것 같았다. 그의 머리로 짜낼 수 있는 방법이. 미친 듯이 뛰기만 하는 것보다 나은 방법. 이틀 전 프리울 섬에서 라피가 했던 말이 양을 모는 막대처럼 문득 그의 기억을 후려쳤지만 그 말이 지금의 상황과 무슨 관련이 있는지는 알 수 없었다.

'수메르. 아직까지는 인간이 현실을 일련의 규정된 과학적 개념들로 한정해서 받아들이지 않았다. 무슨 일이든 일어날 수 있다.'

"나트, 이리로 가야 해."

"기다려봐."

"젠장, 기다리긴 뭘 기다려?"

나탕은 정신을 모아 숨을 깊이 들이마셨다. 휴우, 하고 내쉬었다. 그리고 다시……

"나탕!"

생각이 떠올랐다. 명백하게.

"샤에, 네가 문을 닫아야 해!"

"무슨 소리를 하는 거야? 문은 이미 닫혀 있잖아. 자, 가자."

"아냐, 내 말 좀 들어봐. 네가 이 빌어먹을 문의 빗장을 채워야 한다는 말이야. 아무도 이 문으로 들어오지 못하게 네가 할 수 있어."

"나트, 너 미쳤구나. 이 문에는 빗장이고 뭐고 있지도 않은데……"

샤에가 입을 다물었다. 그러고는 결국 입을 열고 중얼거렸다.

"그럴 수 없어. 내가 어떻게……"

"난 미친 게 아니야. 샤에, 너는 바티쇠르잖아. 너는 문의 존재와 실체와 기능을 파악할 수 있어. 문들은 너와 화합하고 너는 문들과 화목하지. 그러니 너는 문들을 잠글 수도 있어."

"하지만 난…… 아무도 나에게 그런 걸 가르쳐주지 않았어. 내가 하고 싶은 말은…… 내가 어떻게 해야 하는데? 할 수 없어, 여긴 자물쇠도 없고 그냥 문고리만 있는데…… 난……"

"그만 해, 샤에."

나탕은 샤에를 자기 품으로 끌어당길 뻔했지만 그래봤자 샤에의 마음이 가라앉지 않을 것임을 알기에 자제했다. 그 대신 행동으로 보여주고 싶었던 애정을 고스란히 시선에 담아 샤에를 바라보았다.

"우리는 불가능이라는 말 자체를 없애야 해, 샤에. 우리 혈관 속에 흐르는 피, 그 피에서 나오는 능력이야말로 불가능이란 없다는 증거야. 문을 잠그려면 꼭 자물쇠가 있어야 한다고 누가 그래?"

"그래도……"

"라피는 나에게 의심의 씨앗을 심어주었지. 인간의 확신이란 현실이 아니라 그들의 한계에 바탕을 두고 있어. 그러나 우리는 운명에 의해서 보통 사람들과는 다른 한계를 지니게 되었지. 샤에, 우리는 우리가 확실하다고 믿는 것들을 다 쓸어버려야 해. 너는 바티쇠르이고 이 문을 잠글 수 있어."

나탕의 목소리가 긴박해졌다.

샤에는 문으로 다가갔다. 두 손을 쫙 펴서 문짝에 대고 마음을 애써 비우며 나탕의 유혹적인 말을 경첩에 박힌 나무 문짝이라는 실체와 연결했다.

확실하다는 믿음, 나탕이 쓸어버려야 한다고 했던 그 믿음 중 하나가 음험하게 마음속으로 비집고 들어왔다. 실패하고 말 것이라는 믿음이었다.

지하실과 그곳에 진을 친 대원들의 모습이 눈앞에 떠오르는 바람에 너무 놀라 어안이 벙벙해졌다. 샤에는 가벼운 비명을 지르며 저도 모르게 뒤로 물러났다. 샤에의 두 손이 문짝에서 떨어지자마자 눈앞의 광경은 사라졌다.

"무슨 일이야?"

나탕이 걱정했다.

샤에는 대답대신 다시 양손을 문짝에 갖다 댔다.

갑자기 문이 스르르 사라지듯이 5미터 전방에 방탄복으로 무장한 사내들이 자세를 잡고 돌격소총을 겨누고 있는 광경이 나타났다. 그들은 문이 어쩌고저쩌고 하면서 열심히 찾고 있었다. 처음에는 더듬대고 헤맸지만 차츰 정확한 위치로 좁혀 드는 중이었다. 샤에는 만약 저들 중 한 사람이 파미유의 혈통을 물려받았다면 이제 금세 문을 찾아 열고 말 것임을 깨달았다.

샤에의 입술이 비틀리며 쉰 목소리의 투덜거림이 새어 나왔다. 킬러들이 아무것도 모르는 주제에 문을 사용할 수 있다는 사실을 깨닫자 갑자기 앞뒤 가릴 수 없는 분노가 치밀어 올랐다.

문을 다루는 법은 야만인들의 것이 아니야!

물론 바티쇠르들은 그들의 지식을 기꺼이 나누어주었다. 그럼에도 그들은 여전히 다른 파미유들의 문 사용을 관장했다. 이미 문을 제공했더라도 사용자가 합당한 자격을 갖추지 못한 것으로 밝혀지면 문을 도로 거두어들일 수 있었다.

샤에는 차분하면서도 엄격하게 계산된 몸짓으로 문을 어루만졌다. 다시는 무를 수 없는 몸짓이었다.

댕, 하는 금속성 굉음이 울려 퍼졌다. 엄청나게 큰 소리에 나탕은 귀를 틀어막아야 했고 검은 옷의 대원들은 갑자기 뒤로 물러나 불안한 눈으로 주위를 이리저리 살폈다.

샤에가 나탕을 돌아보았다.

미소 짓고 있지는 않았지만 얼굴이 환하게 빛났다.

"문은 잠겼어, 나트. 사실 내가 좀 너무 세게 밀어붙였나 봐. 이 집에 있는 1700개의 나무문들은 이제 다 잠겼기 때문에 바티쇠르가 아닌 사람은 그 누구도 사용할 수 없어. 일곱 철문에 대해서는 나도 확실히 모르겠어. 하지만 그건 전혀 문제가 안 돼. 바티쇠르가 아닌 다른 프-미유가 철문들을 사용한 역사는 없으니까."

"정말 잘했어! 넌……"

"잠깐만. 나 할 말이 있어. 아주 간단하지만 중요한 말이야."

"말해봐."

"나트, 널 환영해. 우리 집에 온 것을."

11

그들은 테라스에 앉아 발을 위로 쭉 뻗고 해돋이를 구경했다.

샤에가 문을 잠근 지 10분쯤 됐다. 그녀는 커다란 주실(主室)을 어렵잖게 찾아내 나탕에게 주실과 그에 연결되어 있는 테라스가 이 집의 중심부라고 설명했다.

바티쇠르의 후손인 그녀는 본능적으로 심장이 뛰었다. 그녀가 길을 잃을 리 없었다.

"시간이 다른 거야? 우리가 있던 곳은 오전의 끝자락이었는데 여기는 새벽이잖아. 넌 이걸 어떻게 설명할래?"

"나도 몰라. 이 집은 내 안에서 말하고 있지만 이 집이 들어서 있는 세상 자체는 나에게도 완전히 낯선 곳이야."

나탕이 고개를 끄덕였다. 그는 겉옷 주름에 박혀 있던 석고 조각을 떼어내 손가락으로 튕겨 초원에 던졌다. 금세 통통한 줄기가 쭉 뻗어 오르더니 석고 조각을 촉수처럼 둘둘 말아 으스러뜨린 후 삼켜버렸다.

풀은 그리고 나서야 유순한 식물의 모습과……

……포식자의 경계 태세를 되찾았다.

"어째서 네 조상들이 이 세상을 탐험하려다 포기했는지 알겠다."

나탕이 인상을 쓰며 말했다.

"우리의 조상이지! 바티쇠르가 다른 파미유들에게도 문을 제공했다는 거 몰라? 수백 년 동안 코지스트, 음네지크, 스콜리아스트도 이 집의 복도를 걸어 다녔다잖아."

"자알라브는?"

"자알라브가 뭐?"

"어떻게 자알라브도 자신의 문을 갖게 되었을까?"

"만약 선물로 받은 거라면 놀라 자빠질 일이겠지. 하지만 더 알아보는 가장 좋은 방법은 직접 가보는 거 아닐까?"

"그래……"

샤에가 나탕의 얼굴을 유심히 살폈다. 지평선에 시선을 고정하고 있는 나탕의 얼굴에는 근심이 어려 있었고 선뜻 결심이 서지 않는 듯 보였다.

"무슨 일이야, 나트?"

나탕은 불안한 심정을 말로 표현할 수 없었기에 선뜻 대답하지 못했다.

"나트?"

그제야 나탕이 샤에를 돌아보았다.

"우리가 과연 그 괴물과 싸울 주제나 되는지 확신이 없어."

"왜 그런 소리를 해? 왜 하필 지금?"

"샤에, 그건 너무나 분명한 사실이잖아. 우리는 주구장창 도망치기 바빠. 엘브룀, 리칸트로프, 그렝, 게다가 나의 파미유까지…… 우리는 이해하지도 못한 채, 뭐 하나 손써볼 겨를도 없이, 매번 간발의 차로 목숨을 부지하기 바쁘지. 우리는 폭풍에 휩쓸리고 놀아나는 두 가닥의 지푸라기 같아. 그런데 그 폭풍의 원인을 제거하는 게 우리의 임무라고? 우리 힘으로 감당하기에는 너무 버거운 일은 아닌지 두려워."

"넌 우리를 과소평가하고 있어. 조금 전에 인간의 한계는 우리에게 해당사항이 없다고 말한 사람은 너 아니었어?"

"난 지금도 그렇게 생각해. 그리고 네가 방금 확실한 증거를 보여줬지."

"그럼 난 네가 무슨 말을 하고 싶은 건지 모르겠어."

나탕은 샤에의 눈을 똑바로 들여다보았다. 샤에에게 말로 표현할 수 없는 마음을 이해시키기 위해서……

때문에 결국 나탕은 말 없이 마음을 전할 수 없었기에 이렇게 말해야 했다.

"네 말이 맞아. 난 이제 일주일 전의 나와는 달라. 이젠 완전히 다른 사람이 됐지. 하지만 그게 무슨 능력과는 상관없어. 샤에, 오로지 너야. 네가 나를 변화시켰어. 네가 내 인생에 들어와서 나의 생각, 나의 꿈, 나의 영혼 속에 살게 됐어. 나에게 딱 하나 두려운 게 있다면 그건 바로 너를 잃는 거야."

샤에가 흠칫 떨었다.

마음속 깊이 감동받은 것이다.

샤에는 자신을 집어삼킬 듯 밀려드는 감정을 다스리기 위해 눈을 감고 천천히 숨을 골랐다. 그러는 동안 어떤 확신이 머릿속을 헤치고 떠올랐다.

말해야 했다.

꼭 말해야 했다. 말하지 않으면 평생 자신을 책망하게 되리라.

그녀는 꽁꽁 닫힌 마음을 열고 말머리를 끌어냈다.

"너의 변화는 나의 변화에 비하면 아무것도 아닌걸. 나탕, 나는 어두운 밤이었어. 네가 나에게 빛을 선사했지. 우리가 어떻게 되든, 난 너에게 영원히 고마워할 거야."

샤에는 눈을 뜨고 나탕을 똑바로 바라보았다.

"그래도 우리는 끝까지 가야 해. 너나 나나 라피가 했던 말이 진실이라고 믿고 있잖아. 우리가 저지하지 않으면 로트르는 세상을 집어삼킬 거야."

"우리는 여기에 머물 수도 있어. 이제 아무도 집 안으로 들어올 수 없어. 우리는……"

샤에는 한 번의 손짓으로 나탕의 입을 가로막았다. 이제 샤에의 입에서 말이 자유롭게 흘러나왔다.

"아니야, 나트. 네가 나타나기 전의 나는 지구 따위 알 바 아니었어. 이젠 그렇지 않아. 우리가 포기한다면 결코 스스로 용서가 안 되는 비겁한 죄를 짓게 될 거야. 그 죄가 독약처럼 우리의 삶을 망칠 거야. 우리가 발견하고 너무나 사랑하는 바로 이것을 파괴해버릴 거라고. 난 이제 겨우 널 찾았고 널 잃어버리는 게 세상 무엇보다 두려워. 하지만 난 초라한 영원보다는 짧고 굵은 삶을 택할래. 너와 함께라도 말이야."

샤에는 심장이 터질 것 같았다. 지금까지 다잡았던 감정이 마구 헤집고 들어왔다. 그녀는 부들부들 떨기 시작했다. 눈물 한 방울이 뺨을 타고 뚝 떨어졌다. 샤에는 손바닥으로 눈물을 닦아냈다.

나탕은 샤에를 꼭 안아주려 했지만 그녀는 밀어냈다.

"날 만지지 마, 나트."

"그래도……"

"너무 많은 변화들이 있었지. 다 따라잡지 못하겠어."

나탕은 눈썹을 찡그리며 절망적으로나마 샤에를 이해하려고 노력했다. 그럴 수 없었다. 애를 쓰는 나탕 앞에서 샤에는 미소를 지었다. 슬픔이 더 도드라지는 희미한 미소였다.

"이 일이 해결되고 나면 그때 전부 다 이야기하자, 알았지?"

나탕은 말없이 그러자고 했다. 지금 그는 갈피를 못 잡고 있었기에 물을 수도 없었다.

그들 앞의 초원이 가볍게 넘실거렸다.

12

두 사람은 주실에 묵직하니 놓여 있는 푸른색 돌 탁자에 앉아 오랫동안 고문서를 뒤적여보았지만 파미유에 대한 중요한 정보를 알아내지 못했다. 그 책을 쓴 사람은 어느 현학자로서 자신이 다루는 인물들의 정체를 짐작하지 못한 채 일화적인 사실들을 전달하는 데 그쳤던 것이다.

샤에에게 힘닿는 대로 해석을 해주던 나탕이 거의 포기하려고 할 즈음, 드디어 흥미로운 대목이 나타났다. 나탕은 그 부분을 큰 소리로 읽었다.

"'전쟁이 끝난 후에 로트르 몸의 껍데기는 파괴되었으나 그의 본질은 그리 되지 않았다. 하여, 그 본질은 세 부분으로 쪼개졌고 각각의 부분들은 거품 세상에 갇혔다. 그럼에도 가문들은 로트르를 완전히 없애고자 하는 소망을 간직하였다. 그런고로 여덟 번째 문이 만들어졌으니 그 문을 통하면 로트르를 전체로서 접할 수 있었다. 바티쇠르들은 거품 세상으로 통하는 세 개의 문을 지키되 여덟 번째 문을 지키는 소임은 모든 가문들이 영원히 받들어야 한다고 정하였다. 하여 그 문은 집의 바깥에 있으며 대리석 큐브로 봉인되었다.'"

"무슨 말인지 모호하군."

"사실 그렇지. 하지만 얼마나 오래 그 문을 지켜야 하느냐에 대한 언급은 분명해. 파미유들은 영원이라는 기한을 확실히 간과했어."

나탕은 책을 마저 뒤져보다가 뒤쪽으로 넘어가 집의 도면을 펼쳤다. 그는 희미한 선과 그에 해당하는 설화를 가리켰다.

"봐봐. 야알라비스 야누아, 자알라브의 문이야."

샤에가 그림을 좀 더 자세히 보기 위해 몸을 수그렸다.

"이 그림이 다른 세상의 집인 줄 금방 알아봤어?"

"'프라툼 보락스(Pratum Vorax)라는 단어를 보면 알 수 있어. 집어삼키는 초원이라는 뜻이니까. 나머지는 논리적으로 따져보면 금방 알 수 있는 일이지. 우리가 지금 있는 방이 여기, 바르텔레미의 문은 여기, 그리고 자알라브의 문은 집의 반대쪽 끝에 있어. 분명히 두 번째 층 아니면 세 번째 층일 거야."

샤에도 고개를 주억거렸다.

"가볼까?"

"그 문을 열면 어떤 세상이 펼쳐질지 모르는데? 자신 있어?"

"너의 낡아빠진 책이 헛소리를 하는 게 아니라면 우리는 자알라브의 거품 세상에 도달하겠지."

"거품 세상이라는 게 뭔지 알아야 한 텐데. 그리고 솔직히 말하자면 자알라브가 거기에 피신해 있기를 바라야 할지, 아니면 다른 데 있기를 바라야 할지 그것도 모르겠다."

"라피가 자알라브는 바르텔레미 아저씨에게 큰 부상을 입고 회복을 위해 자기 집으로 도망쳤다고 그랬잖아. 그는 자신의 거품 세상에 있는 거야. 내 말 믿어, 우리가 그를 쫓아내는 거야."

"훌륭한데."

나탕이 빈정거렸다. 샤에는 그저 어깨만 으쓱하고 자리에서 일어났다.

나탕은 한숨을 쉬며 따라서 일어났다.

그는 마사무네를 허리춤에 매달지 등 뒤에 지고 다닐지 망설이다가 후자를 택했다. 칼을 뽑은 속도는 아무래도 느려질 수밖에 없겠지만 결정적 순간에 검이 어디 걸리거나 동작에 거치적거리지는 않을 듯했다.

"고문서는 여기 두고 간다, 괜찮아?"

"좋은 생각이야, 어차피 돌아와서 챙기면 되니까."

나탕은 샤에의 낙관적인 말에 반응하지 않았다.

두 사람은 나란히 집 안쪽으로 들어갔다.

30분 가까이 걸었고 계단을 열 개도 더 지나갔으며 수많은 방들을 가로질렀다. 일층에 있던 방들보다는 가구가 좀 더 갖춰진 방들이 무수히 많은 복도들에 다닥다닥 붙어 있었다. 그리하여 두 사람은 결국 자알라브의 문에 이르렀다.

문을 못 찾을까 봐 걱정했던 나탕은 한낱 기우였음을 깨달았다. 집 안에서 보았던 다른 문들은 모두 나무 문짝이었지만 자알라브의 문은 거무스름한 금속판 문짝에 강철못까지 단단히 박혀 있었다. 문짝에서부터 불안한 기운이 뿜어져 나왔기 때문에 가운데 달린 빈약한 상아 문고리가 우스꽝스럽게 보일 정도였다.

"우리는 바보야! 바보천치야!"

나탕이 문을 발견하고는 이렇게 외쳤다.

"무슨 일이야?"

"이 집에 들어올 때 사용한 문이 아닌 이상, 우린 이 문으로 나갈 수 없잖아. 우리가 어떻게……"

나탕이 샤에를 일깨워주었다. 하지만 머릿속에서 어떤 목소리가 번쩍 튀어나오는 바람에 입을 다물었다. 그는 음네지크에게 조상으로부터 전해 내려오는 기억으로 넘어갔다.

'다른 세상의 집에 있는 1707개의 문 중에서 1700개는 바티쇠르들이 우리가 사는 세상에서 만들었지. 그 문들은 적어도 한 번은 그 문을 통해 다른 세상으로 넘어갔던 사람들에게만 열리지.

나머지 일곱 개의 문, 그 철문들은 다른 세상의 집에서부터 밖으로 나가기 위해 낸 문이야. 그 문들은 다른 공간, 기이하고 위험한 공간들로 통하지. 너무나 위험해서 바티쇠르들조차 자기 파미유의 일원들에게만 사용을 허락하는 게 좋겠다고 결정했어. 그리고 그 문들을 다시는 사용하지 않겠다고 맹세하며……'

나탕이 마뜩찮은 기색으로 투덜댔다. 그는 보이지 않는 목소리를 향해 외쳤다.

"이제 네 속을 밝힐 때야. 내가 알아야 할 것들이 또 있다면 당장 알려줘. 그래야 시간도 아끼고 성가신 일들도 피할 것 아냐!"

음네지크의 기억은 침묵을 지켰다. 낙심한 나탕은 땅이 꺼져라 한숨을 쉬고는 샤에에게 자신이 방금 알게 된 사실을 전했다.

"우리가 고문서에서 읽었던 내용과 맞아떨어지는구나. 그렇지만 나는 자알라브가 이 문을 사용했다는 느낌이 오지 않는데……"

"라피는 로트르의 세 부분이 다시 풀려났다고 했어. 자알라브가 어떻게 돌아왔는지 논리적으로 설명하려면 결국 여덟 번째 문 쪽으로 조사해봐야 할 거야. 하지만 일단 한 번에 한 가지씩만 하자, 괜찮아?"

"그러, 준비됐어?"

"됐어."

나탕은 검을 뽑아 자세를 취했고, 샤에가 상아 문고리에 손을 갖다 대자……

음산한 삐걱 소리와 함께 문이 열렸다.

13

지독한 냄새.

역한 유황 냄새, 구정물에서 진동하는 곰팡내, 썩어가는 뼈와 시체의 악취가 한데 뒤엉켜 있었다.

그리고 빛이 있었다.

괴롭지만 어슴푸레한 빛. 황혼이 하루의 끝이 아니라 인류의 끝을 의미한다면 바로 그런 황혼의 빛이랄까.

마지막으로, 녹지가 있었다.

습기가 가득하고 병 든 것처럼 누렇게 시들어가는 녹지였다. 투실투실한 식물들은 잎이 무성했고 뾰족한 잔가지를 곤두세우고 있었다. 발육이 나쁜 나무들은 몸통이 기묘하게 뒤틀려 있고 나뭇가지 하나하나가 위협과 저주였다. 수많은 위험을 속살거리는 가시덤불, 유독한 습기를 뿜어내는 이끼. 세상 끝의 녹지였다.

그 불길한 풍경 속에 좁은 오솔길 하나가 깎아지를 듯 뾰족한 바위 봉우리를 향해 뱀처럼 굽이치고 있었다. 기복이 심한 봉우리의 윤곽이 나뭇가지들 사이로 눈에 들어왔다.

그들은 안개 자욱한 하늘을 쳐다보고 동시에 고개를 돌렸다.

나탕과 샤에는 그리 높지 않은 절벽 아래에 서 있었다. 발밑에는 날카로운 가시가 돋친 굵다란 리아나 덩굴이 뒤엉켜 자라고 있었다. 두 사람이 방금 통과한 문은 검은 바위에 박혀 있었는데 반대편과 똑같이 상아 문고리가 달려 있었다.

"어디로 가지?"

나탕이 물었다.

"오솔길을 따라가자. 어딘가로 통하겠지."

"여기서 수천 킬로미터는 가야 할지도 몰라. 운이 나쁘면 그보다 더 멀지도."

"우린 거품 세상에 와 있어. 여긴 일종의 감옥이지. 내 조상들은 오로지 자알라브를 가두려는 한 가지 목적으로 이곳을 만들었어. 감옥을 그렇게까지 크게 만든다면 너무 바보 같잖아?"

나탕은 얼빠진 표정으로 샤에를 잠깐 바라보았다. 샤에는 나탕이 전에 보지 못했던 자신감을 드러내고 있었다.

"너 변했다."

"이미 몇 번이나 한 소리잖아."

"네가 말하는 태도가 변했다는 얘기야."

"알아들었어. 자, 가자."

두 사람은 걷기 시작했다.

거품 세상은 기이하리만치 적막했다. 나뭇잎이 간들거리는 소리, 보이지 않는 곤충들의 울음소리가 들릴 뿐이었다. 그랬기 때문에 난데없는 울음소리는 한없이 크게만 울려 퍼졌다.
 아주 먼 곳에서 일어난 소리였지만 나탕과 샤에는 그 소리의 주인을 알아차릴 수 있었다. 리칸트로프였다.
 "음네지크의 기억이 리칸트로프는 은으로 된 무기로만 해치울 수 있다고 분명히 말했어?"
 샤에는 숨도 안 쉬고 물었다.
 "응, 그런데 몇 분 있다가 곰 한 마리가 꼭 그렇지만은 않다는 것을 보여줬지."
 "난 표범으로 변신하는 법밖에 모르는데."
 "표범으로 충분하기를 바라자."
 그들은 아까보다 더 신중하게 발걸음을 옮겼다.

 바위 봉우리에 다가가자 이끼가 사라지고 돌멩이 길이 나와서 걷기가 힘들어졌다. 이제 오솔길은 완전히 오르막으로 접어들었지만 길가의 수풀은 여전히 울창하고 살벌했다. 늪지와 거의 다름없을 정도였다.
 그들은 몇 번이나 다리가 빈약하고 기형적인 몸집의 돼지과 동물을 보았다. 한 번은 엄니가 누렇고 덩치가 집채만 한 짐승이 오솔길에서 멀리 도망치며 사납게 으르렁대기도 했다. 이제 리칸트로프의 울음소리는 들리지 않았다.

그러나 놈은 멀리 있지 않았다.

반은 인간, 반은 늑대의 형상을 한 괴물은 사냥에 이골 난 살인마였다. 후각이 뛰어난 리칸트로프는 몇 킬로미터 밖에서도 먹잇감을 식별하고 필요하다면 며칠이라도 쫓다가 기회가 왔을 때 소리 없이 다가갔다.

놈은 아무 소리도 내지 않고 숨어 있었다. 그리고 아무 소리 없이 튀어나왔다. 샤에가 알아차렸을 때 녀석은 너무 늦어버렸다.

정말로 너무 늦었다.

샤이는 리칸트로프가 달려들기까지 아직 20미터 이상 거리가 남았을 때 이미 놈의 소리를 들었다.

"네 오른쪽. 리칸트로프야. 나무 뒤에 있어."

나툰은 고개를 끄덕거렸다.

"알았어."

한 발.

두 발.

다섯.

괴물이 잡목림에서 튀어나왔다. 아가리에서 침을 흘리며 피에 굶주린 송곳니를 드러내고 어마어마한 발톱을 치켜든 채.

마사무네가 공기를 가르며 휘파람 같은 소리를 냈다. 어떤 생명체도 피할 수 없을 만큼 날랜 검 놀림이었다.

칼날이 모가지를 내리쳤다.

치명적으로.

나탕은 칼을 잡은 손목에 무서운 충격이 올 거라 생각했다. 그는 강철이 털가죽과 살집과 뼈를 종잇장 가르듯 베어버리는 것을 느꼈다. 검에 걸리는 것조차 없었다. 그저 스윽 하고 끝이었다.

마사무네의 노래였다.

'이 검은 네 것이다. 이 검을 사용하면 검이 너를 보필할 것이다. 검을 소중히 여기면 검이 너를 놀라게 할 것이다. 이 검은 너의 도(道)를 열어줄 것이야.' 가마타 사부님의 말씀이 나탕의 머릿속에 다시금 의미심장하게 울려 퍼졌다. 그는 말없이 노스승에게 감사했다.

리칸트로프의 대가리가 샤에의 발치까지 데굴데굴 굴러갔다. 샤에는 알 수 없는 표정으로 그것을 잠시 바라보았다.

"잘 드는구나, 네 칼."

조금 더 멀리 가니 녹지가 환해지고 오솔길도 점점 넓어져 평평하고 탁 트인 바위 위에 이르렀다.

그곳에 봉우리가 우뚝 솟아 있었다.

구불구불한 협로, 평평한 바위, 툭 튀어나온 바위, 아득한 구덩이로 이루어진 가파른 봉우리는 높이가 100미터도 넘을 것 같았다. 그 정상에는 거무튀튀한 돌로 지은 건축물이 위압적으로 버티고 있었다.

샤에와 나탕이 서로 시선을 교환했다. 그들은 목표지점에 도달했지만 이제부터 봉우리를 올라갈 방법을 찾아야 했다.

그들이 바위를 깎아내어 만든 디딤돌과 그 돌들이 이루는 가파른 계단을 발견한 순간, 으르렁대는 소리가 들렸다.

아주 가까이서.

첫 번째 그렝이 바위가 갈라진 틈새에서 튀어나왔다.

곧바로 두 번째, 세 번째가 꼬리를 물고 나타났고 어느새 사자의 개들은 두 사람을 에워쌌다. 이빨과 사나움을 빼면 남는 게 없는 괴물들이 스무 마리 남짓 몰려든 것이었다. 스무 마리의 살인마들이 한 몸처럼 일사불란하게 달려들었다.

샤에는 순식간에 표범으로 둔갑했다.

나탕은 곁눈질로 샤에의 귀가 머리에 달라붙고 송곳니가 길게 변하면서 몸뚱이가 근육덩어리로 바뀌는 모습을 보았다.

인상적이었다.

그렝들마저 잠시 멈칫하는 것을 보니 웃음이 나오지 않을 수 없었다. 그렝들은 개에 지나지 않았고 개들은 원래 표범을 세상 그 무엇보다 무서워한다.

그럼에도 그렝들은 얼른 정신을 차렸다.

나탕은 경계 태세에 들어갔다.

사자의 개들이 공격을 시작했다.

14

 제일 가까이 있던 그룅이 나탕의 목을 향해 아가리를 벌리고 빠르게 달려들었다.
 마사무네가 그놈의 몸뚱이를 두 동강 냈다.
 깨끗하게. 가슴팍이 일말의 흔들림도 없이 매끈하게 갈라졌다.
 피로 물든 두 토막이 땅에 떨어지기도 전에 빛나는 칼날이 눈에 보이지 않을 정도로 빠르게 반원을 그리며 다른 놈의 한쪽 발을 베었다. 다시 올라간 검이 배를 가르고, 머리통을 내리치고……
 …… 살육은 계속되었다.
 나탕은 도깨비불이 되었다.
 검은 그의 주위에서 춤을 추며 아무도 파고들 수 없는 철통같은 막을 이루었다. 그리로 달려드는 사자의 개들은 나탕의 몸에 접근조차 하지 못한 채 나가떨어졌다. 눈 깜짝할 사이였다.

그는 죽음을 부르는 도깨비불이 되어 있었다.

그 옆에서 샤에는 자신의 싸움을 이끌고 있었다.

사나운 흑표범으로 변한 샤에는 무모하게 다가오는 그룅을 한 발로 내동댕이치고 생각 없이 뒤에서 덮치려고 했던 다른 놈에게 달려들었다. 샤에가 놈의 모가지를 잡고 거칠게 흔들자 그룅의 척추가 유리 조각처럼 허무하게 박살 났다.

샤에는 놈을 내던지고 방심한 적의 배때기에 일격을 가해 깊은 상처를 입혔다. 그리고 또 다른 놈의 머리통을 귀에서부터 콧등까지 뜯어버렸다.

…… 일방적인 혈투는 계속되었다.

그룅들의 호전적인 으르렁거림, 비열한 울음소리는 고통의 비명과 공포의 신음으로 변해갔다.

그룅들의 무리는 공황 상태에 빠졌다.

그나마 아직 성한 놈 얘기다.

그놈은 도망가려고 했지만…… 쓰러졌다. 자기보다 더 무서운 동물의 시커먼 몸집에 깔리고 말았던 것이다. 낑낑대는 단말마의 신음소리가 짧게 터져 나왔다. 샤에는 본모습으로 돌아왔다.

나탕은 까칠까칠한 그룅의 털에 검을 공들여 닦고 다시 칼집에 넣었다. 그들 주위에 펼쳐진 살육의 현장은 참혹했다. 전투의 열기가 가라앉자 나탕 자신도 구역질이 날 것 같았다. 그는 머리를 흔들어 정신을 수습하고 샤에에게 다가갔다.

샤에는 토막 난 사체들과 사방에 흥건하게 쏟아진 피를 아무 감정도 비치지 않고 바라보았다. 그녀는 나탕에게 육식동물과도 같은 미소를 지어 보였다.

"너무 시시했어, 그렇지 않아?"

"아니, 그렇지 않아. 우리도 목숨을 잃을 수 있었어. 최소한 부상을 입을 수도 있었고."

"내가 부상을 입긴 했지."

샤에는 아무렇지도 않은 듯이 평온한 목소리로 말했다.

"어디? 심각한 거야?"

나탕이 물었다.

샤에는 턱으로 풀오버의 소매 부분을 가리켰다. 소매는 피에 젖고 찢어져 있었다. 나탕은 놀라 샤에의 팔을 잡고 번쩍 들어 올려보았다…… 물어뜯긴 흔적은 전혀 없었다.

"게리쇠르잖아." 샤에가 짧게 대꾸했다. "오랫동안 이 힘은 쇼즈를 두려워하는 나의 마음 때문에 깨어나지 못하고 있었지. 이제는 내 안에서 그 힘이 점점 더 커지는 것을 느낄 수 있어. 굉장한 힘이 될 거야!"

"굉장하고 반가운 힘이지. 다음 공격도 예감이 와?"

샤에는 바위 봉우리와 거기에 새겨진 공중계단을 보았다. 저 높은 곳에서 사악한 존재가 그들을 기다리고 있었다. 수백 년 동안 원한을 곱씹고 기어이 돌아가리라 벼르고 있던 존재가. 그들을 죽이고자 하는 생각밖에 없는 존재…… 충분히 그렇게 할 수 있는 수단을 거머쥔 존재.

"문제없어. 가자."

모양이 고르지 않고 미끄러운 돌계단은 오랜 세월을 거쳐 바위와 완전히 한 덩어리를 이루고 있는 듯했다. 발 디딜 자리밖에 남지 않은 그 계단을 오르는 것 자체가 대단한 일이었다. 모서리가 세월에 닳아 무뎌지고 계단들의 간격도 제멋대로 들쭉날쭉했기 때문에 몹시 위험했다. 나탕과 샤에는 집중력을 발휘해 계단을 오르는 데 매진했다.

중간쯤 올라가니 거품 세상을 돌아다니는 동안 계속 따라다녔던 악취가 더욱더 심해져 기절하지 않으려면 코를 막고 입으로만 숨을 쉬어야 했다.

균형을 잡기 위해 한 손으로는 울퉁불퉁한 암벽을 딛고 있었던 나탕은 바로 그 순간 손을 얼른 뗴었다. 손에는 미세한 결정들로 이루어진 수상한 누런 가루가 묻어 있었다.

나탕은 뭔가 싶어서 손을 코에 가져가 냄새를 맡았다. 유황이었다! 그는 공기 중에 진동하는 악취가 어디서 나는지 바로 깨달았다. 가까운 곳에서 엄청난 양의 유황이 끓어오르며 유독가스를 뿜고 있었던 것이다. 샤에에게 이 발견을 알리자 그녀는 어깨만 으쓱했다.

그들은 다시 감각을 곤두세우고 계단을 올라갔다. 위험이 발생하면 즉시 대응할 태세였지만 두 사람은 아무 장애물도 만나지 않고 정상에 도달했다.

평평하고 거무튀튀한 화강암이 직경 40미터 정도의 둥그런 마당을 이루고 있었다. 한가운데는 거대한 돌덩이를 쌓아 만든 야트막

한 건물이 있었다. 돌덩이들은 서로 잘 맞물려 있었다. 지붕은 두께가 1미터도 넘은 검정색 편암 한 판으로 되어 있었다. 그 무게만 해도 수백 톤은 될 텐데 나탕은 도대체 누가 이 어마어마한 돌을 다룰 수 있었을까 궁금해졌다.

입구는 눈에 띄지 않았다.

나탕과 샤에는 조심스럽게 거석을 한 바퀴 돌아보았다.

뒤편으로 돌아가자 눈앞에 나타난 광경에 숨이 턱 막혔다. 그들이 지금까지 지나온 악취 나는 정글은 더 이상 없고 기이한 괴석, 하늘을 찌르는 저주처럼 솟아오른 봉우리, 깊이를 헤아릴 수 없는 낭떠러지에 불안하게 놓여 있는 포석 따위가 아수라장을 이루고 있었다. 그리고 그들이 있는 곳 저 아래로는 바위산 기슭이 수정처럼 맑은 물에 잠겨 있었다.

아니, 물이 아니었다.

물은 가스를 내뿜지 않는다.

산(酸)이었다. 나탕이 조금 전에 감지했던 그 산이었다.

산으로 이루어진 호수였다.

"이렇게 너희들이 몸소 내 밥이 되러 왔구나."

굵은 저음의 목소리가 그들 뒤에서 울렸다. 소스라치게 놀란 그들은 퍼뜩 뒤를 돌아보았다. 아주 잠깐이지만 눈앞의 파노라마에 정신이 빠져 자신들이 어디에 와 있는지도 잊고 있었던 것이다.

그들 앞에서 자알라브는 맨발에 갈색 토가를 걸치고 시커먼 나무 막대를 손에 쥐고 있었다.

새까만 눈으로 나탕과 샤에를 노려보는 자알라브, 하늘에 도전하

는 듯한 거인의 모습을 보자 나탕은 문득 고대의 신을 상대하고 있
는 기분이 들었다. 그 순간 포기하고 싶은 마음이 엄습했다.
 신에게 도전하고도 무사할 수 있을까?
 냉소적인 웃음소리가 바로 옆에서 들리는 바람에 나탕은 전기충
격이라도 받은 듯 정신을 차렸다.
 샤에의 웃음소리였다.
 "네 밥은 없어. 우린 널 죽이러 왔으니까."

15

자알라브는 샤에를 멸시하듯 내려보았다.

"감히 웃다니, 하찮은 계집 같으니. 딱하게도 입만 살았구나! 알기나 하느냐, 너 혼자서 해내겠다는 그 일에 3000년 전 네 조상들이 천 명도 넘게 달려들었다는 것을? 그러고도 그들이 실패했다는 것을?"

"그들은 실패하지 않았다. 너를 이 거품 세상에 가뒀으니까."

나탕이 끼어들었다.

"모르는 소리! 이미 여덟 번째 문이 열렸다. 이제 나는 이곳을 마음대로 드나들 수 있지."

"우리가 그러지 못하게 할 테다. 두 번 다시."

샤에가 뱉은 말이었다.

자알라브는 거침없이 껄껄대고 웃었다. 요란하고 사나운 웃음소리였다. 겨우 웃음이 잦아들자 자알라브가 외쳤다.

"나는 로트르의 포스다! 아무도 날 죽이지 못해, 아무도. 알아들었느냐! 그리고 네놈들은 왜 그런지도 알지. 너희는 내가 어떤 존재인지 알아…… 내가 불멸의 존재라는 것을!"

"불멸의 존재가 부상을 치료하러 숨기도 하는군! 불멸이라는 놈이 그릇들 따위를 앞세워? 하찮은 두 인간이 무서워 벌벌 떠는 불멸의 존재라! 웃기는 노릇 아닌가?"

나탕은 모욕적인 말로 자알라브의 평정을 무너뜨리려고 했다. 놈의 자존심에 상처를 입힐 속셈이었던 것이다. 나탕의 계획은 적중했다. 자알라브의 얼굴에서 웃음기가 싹 가셨다. 그가 턱을 앙다무는가 싶더니 근육덩어리 몸집에 힘을 주고 막대를 더 세게 거머쥐었다.

나탕은 검의 손잡이를 쥐었고 샤에는 변신할 태세를 취했다. 자알라브는 거친 숨을 내쉬며 말했다.

"너희에게 마지막 기회를 주지. 이곳을 떠나라. 도망치면 목숨만은 보전할 테니."

"어림없는 소리!" 나탕이 쏘아붙였다. "너는 내 부모님을 죽였고, 우리를 짐승처럼 몰아붙인 데다, 무고한 사람들을 학살했어…… 우린 끝장을 보러 왔다!"

"잘됐구나."

자알라브가 막대를 치켜들고 알 수 없는 말을 외쳤다.

단 한 낱말이었다.

야만적이었다.

알아들을 수 없었다.

아주 짧은 말. 공격적인 말.

죽음의 말이었다.

막대에서 붉은 빛이 확 터져 나오더니 사방으로 퍼져 불쾌하게 넘실거리며 나탕과 샤에를 에워쌌다.

갑자기 두 사람의 몸은 무서운 한기에 휩싸였고 호흡도 멎었다. 그들의 심장은 엄청난 고통을 일으키다 이내 완전히 멈춰버렸다.

하지만 그 순간 서서히 그들의 세포 하나하나 안에서 따뜻한 파장이 일어나더니 한기를 몰아냈다. 공기가 다시 그들의 폐로 들어갔고 심장도 뛰기 시작했다. 고통은 사라졌다. 아니, 언제 그런 고통이 있었던가 싶었다.

"과연 저주받은 피가 너희 몸에 흐르는구나. 그 피가 포스 아르카디의 힘에 방해가 되었다만 너희가 용케 빠져나갈 거란 생각은 버려라. 벌레를 죽이는 방법이야 차고 넘치니까."

자알라브가 중얼거렸다.

철컥 소리가 나면서 톱니가 달린 40센티미터 길이의 칼날이 막대에서 튀어나왔다. 면도날처럼 날카롭고 살을 쉽게 꿰뚫을 만한 갈퀴까지 달려 있었다.

다시 한 번 철컥 소리가 나면서 똑같은 칼날이 막대의 반대편에서도 튀어나왔다.

마사무네도 칼집에서 빠져나오며 부드럽게 슈욱, 소리를 냈다.

그들은 한참이나 서로를 노려보았다. 결국 자알라브가 선제공격에 들어갔다. 그는 리칸트로프나 그륑보다 훨씬 빨랐다. 예상보다 빨랐기 때문에 나탕은 마지막 순간에야 겨우 공격을 막고 마사무네의 칼등으로 놈의 막대와 위쪽 칼날을 겨우 밀어낼 수 있었다. 나탕도 공격하려고 했지만 두 번째 공격을 피하느라 몸을 숙일 겨를밖에 없었다. 막대의 아래쪽 칼이 가까스로 피하는 나탕의 머리칼 한 가닥을 갈랐다.

그때 괴물의 주먹이 복부에 정통으로 꽂히는 바람에 나탕은 숨이 턱 막히며 바닥에 쓰러졌다. 충격으로 검을 놓친 나탕은 반쯤 기절 상태가 되어 자알라브가 막대를 들어 올릴 때까지도 움직이지 못했다.

갈퀴 달린 칼이 불길하게 번쩍이며 그의 목을 향해 떨어졌지만……
……닿지는 않았다.

샤에가 나섰던 것이다.

네 발의 발톱이 자알라브의 가슴팍에 박혀 토가를 찢으며 살 속 깊숙이 할퀴었다. 상처에서 피가 콸콸 쏟아졌다.

거인이 뒤로 비틀거렸다. 그가 겨우 정신을 차리자마자 야수의 아가리가 경정맥을 물어뜯었다. 자알라브는 한 손으로 표범의 근육질 목덜미를 움켜쥐었다. 그는 새끼고양이 다루듯 가볍게 표범을 떼어내어 손으로 붙들었다.

거인이 흑표범을 한 손으로 쥐락펴락하는 믿지 못할 광경 앞에 시간이 멈춘 듯했다. 그 와중에도 나탕은 거인의 발치에 쓰러진 채 자신의 검을 잡으려고 안간힘을 다하고 있었다. 잠시 후 자알라브가 막대를 쳐들었다.

그는 샤에를 허공에 내던지고 샤에의 몸뚱이가 빙글빙글 돌며 아래로 떨어질 때 칼날을 휘둘렀다.

칼날이 표범의 갈비뼈 사이를 스쳤다.

강철 날은 검은 털 사이로 쑥 들어가 피를 튀기며 반대편으로 나왔다. 자알라브는 조금도 망설이지 않고 단호하게 흉기를 치켜들며 표범의 옆구리를 흉측하게 파놓았다. 표범의 윤곽선이 갑자기 흐릿해졌다.

샤에가 나타났다.

그녀는 위를 보고 쓰러진 채 심장 가까이의 끔찍한 상처를 손바닥으로 누르며 샘솟듯 터지는 출혈을 막으려고 헛되이 애썼다.

입가에서도 똑같은 피가 방울져 얼굴을 타고 흘러내렸다.

샤에는 몸을 부들부들 떨며 등을 활처럼 구부렸지만 다시 뻗어버렸다.

자알라브가 샤에를 향해 한 발 다가와 다시 한 번 막대를 치켜들었다. 순간 거인이 멈칫하더니 자신의 배에서 쑥 튀어나온 칼날로 손을 가져갔다. 그는 놀란 눈으로 잠시 마사무네의 예리한 날과 배에 쩍 벌어진 상처를 내려다보았다.

나탕은 물 흐르듯 유연하게 칼을 뽑았다. 나탕의 내면에서 무서운 분노가 끓어오르며 절대적인 확신과 하나가 되었다. 이 괴물을 죽이고 말 거라는 확신!

자알라브가 살기 어린 흉기를 손에 잡고 뱀처럼 민첩하게 나탕을 향해 돌아섰을 때, 나탕은 준비가 되어 있었다.

16

자알라브가 흉기를 휘둘렀다.

늘 그랬던 것처럼.

타고난 살인마의 치명적인 일격이었다.

그는 로트르의 포스였고 여덟 번째 문에서 운 좋게 거둬들인 그 몸뚱이는 그에게 기막히게 잘 맞았다. 정력적이고 맷집 좋은 거구의 몸집. 로트르의 힘은 이 안성맞춤의 노리개를 완벽한 무기로 탈바꿈시켰다.

메조페의 검이 폭발했다. 너무 순식간에 벌어진 일격은 그 누구도 피하기 어려웠다.

하지만 나탕은 피했다.

바로 그 순간, 자알라브는 그 빌어먹을 강철 검이 자신의 복부에 불타듯 화끈거리는 선을 그었음을 알았다. 지난번에 공격을 당한 바로 그 부위, 아직 흉터가 질 틈도 없었던 바로 그곳이었다.

자알라브는 성이 나서 으르렁대며 막대를 휘둘러 내리쳤다.

휘두르고, 또 휘둘렀다.

포스 아르카디의 부서지지 않은 나무막대와 마사무네의 칼날이 맞부딪치자 자알라브의 손이 흔들렸다. 곧바로 소년이 그의 방어 자세 아래로 파고들어 살집을 베는 순간, 끔찍한 고통이 배를 엄습했다.

어렴풋한 의혹이 자알라브의 머릿속으로 파고들었다. 거인이 뒤로 한 발짝 주춤거렸다.

나탕은 밀어붙였다.

그의 혼이 온전히 마사무네에 깃들어 있었다. 이제 전설적인 도공이 만들어낸 작품이 검인지 자기 자신인지조차 알 수 없었다. 검이 자신을 지배하는지, 자신이 검을 지배하는지 알 수 없었던 것과 마찬가지로.

자알라브가 다시 일격을 가했다.

나탕이 검을 들어 막대를 막았다. 힘이 아닌 요령으로 공격을 비껴냈다. 아무런 해도 입지 않았다. 나탕은 자알라브가 예상한 대로 배를 겨누는 척하다가 얼굴을 공격해 한쪽 뺨을 으스러지도록 베었다.

상처는 벌어지기 무섭게 아물었지만 나탕은 크게 신경 쓰지 않았다. 다시 한 번 공격했다. 이번에는 배였다. 이미 상처를 입힌 부위를 다시 한 번 마사무네로 공격하니 신이 났다. 그의 상대는 신이 아니었다. 한낱 괴물일 뿐이었다.

그리고 그는 그 괴물을 쓰러뜨릴 것이다.

나탕은 단 한 순간도 샤에 쪽에 눈길을 주지 않았다. 이 싸움에서 집중력이 흐트러지면 끝장이었다. 그 이유가 아니더라도 그는 샤에가 살아 있다는 것을 알고 있었다. 틀림없었다.

자알라브가 뒤로 두 발짝 물러났다. 이어서 다시 한 발짝 물러났다.

까마득한 옛날부터 지금에 이르기까지, 자알라브는 처음으로 고통을 느꼈다. 그의 배는 피로 물든 상처에 지나지 않았고 그의 능력으로도 도저히 그 상처를 아물게 할 수 없었다. 그는 피와 기력과 희망을 너무 많이 잃었다.

돌이킬 수 없음을 예감했다.

그는 모든 것을 걸었다.

마당처럼 넓고 평평한 바위 가장자리에 이르러 그는 방어자세를 낮추었다. 마사무네가 빈틈을 파고들어 그의 배를 찔렀다.

아픔.

참혹한 아픔.

받아들일 수 없는 아픔이었다.

자알라브가 막대를 잡은 손을 풀고 두 팔로 검에 달려들었다.

나탕에게 온몸을 던진 것이다.

1초도 안 될 순간이었지만 나탕은 그제서야 잘못 판단했음을 깨달았다. 최후의 일격을 날리려고 마음이 급했던 탓에, 상대의 돌발을 예상하지 못하고 너무 바짝 붙어버렸던 것이다.

이미 늦었다.

자알라브의 억센 손아귀에서 나탕은 숨도 쉬지 못했다. 갈비뼈에서 으스러지는 소리가 나며 힘이 쭉 빠졌다. 딸꾹질이 나왔고 폐에 공기가 도달하지 못했기 때문에 의식이 혼미해지기 시작했다. 근육에 힘을 모으려 해봤자였다. 바이스처럼 무자비하게 죄어오는 힘은 조금도 풀어지지 않았다. 아니, 되레 그 반대였다. 자신도 모르게 칼을 잡은 손가락들이 저절로 벌어졌다.

검을 놓아버린다면 죽은 목숨이었다.

이미 반은 죽은 목숨이었지만.

나탕은 젖 먹던 힘까지 짜내 온몸의 체중을 마사무네의 손잡이에 실었다. 그리고 검은 자알라브의 방어를 뚫고 놈의 창자까지 파고들었다. 자알라브는 참을 수 없는 고통에 짐승처럼 울부짖었다. 그가 나탕을 붙든 채 뒤로 물러났다. 발뒤꿈치가 돌멩이에 부딪치며 벼랑 끝에서 자알라브는 비틀거렸다.

나탕은 별안간 정신이 또렷해지면서 희망을 보기 시작했다. 자알라브가 낭떠러지 아래로 떨어진다면 분명히 물귀신처럼 나탕을 붙든 채 떨어질 것이다. 그래도 그렇게 된다면 세상은 최소한 저 사악한 존재를 영원히 떨쳐버릴 수 있을 터였다. 샤에는 무사할 것이다.

그렇지만 자알라브는 용케 균형을 잡았고 나탕의 마지막 희망은 날아가버렸다. 그는 이제 마사무네를 들 힘조차 없었고 적에게 아무리 깊은 상처를 입혔다 해도 그 상처로 적이 죽지 않은 이상 의미가 없었다. 자알라브는 결국 살아남을 것이다.

그리고 자신은 죽을 것이다.

거인이 손아귀에 더욱더 힘을 주었다.

나탕은 코에서 피가 줄줄 쏟아졌고 눈앞이 캄캄해졌다.

그 순간 사납게 으르렁대는 소리와 함께 흑표범이 자알라브의 상체에 달려들었다. 표범은 앞발을 두 번이나 가차 없이 휘둘러 자알라브의 얼굴을 무자비하게 공격했다. 동시에 표범의 아가리는 거인의 어깨를 죽어라 물고 있었고 결국 어깨뼈는 섬뜩한 소리를 내며 부러지고 말았다.

몸을 가눌 수 없게 된 자알라브는 자신이 그 둘과 함께 추락하는 것을 느꼈다.

정확하게 바로 그 순간, 샤에가 변신했다.

인간의 모습으로 돌아왔던 것이다.

샤에는 자알라브가 자신의 등과 얼굴을 후려치는 것도 아랑곳하지 않고 발을 쭉 뻗어 나탕의 가슴을 정통으로 밀었다. 있는 힘을 다해.

"넌 여기 남아!"

샤에가 소리쳤다. 나탕은 샤에의 발에 맞아 뒤로 나가떨어져 엉덩이로 주저앉았다. 검이 나탕 바로 옆 바위에 떨어지며 쨍강 하는 소리를 냈다.

나탕이 앞으로 박차고 나갔다.

낭떠러지가 보였다.

두 사람이 서로 뒤엉킨 채 추락하고 있었다. 점점 더 빨리. 점점 더 멀리. 점점 더 아래로.

산의 호수에 그대로 빠질 듯이.

자알라브는 몸부림치며 샤에를 떨쳐버리려고 했다. 표범의 모습으로 돌아간 샤에는 사력을 다해 발톱과 송곳니로 적의 복부를 마구 할퀴고 물어뜯으며 마사무네가 입힌 상처를 더욱 헤집고 벌려놓았다.

수면이 가까워지고 있었다.

울부짖는 고함소리가 일어났다. 절망의 외침이었다. 나탕은 한참이 지나서야 그것이 자신의 입에서 튀어나온 소리임을 알았다.

그는 연신 고함을 질렀다.

목이 쉬고 갈라질 때까지.

100미터 아래서 조그맣게 보이던 표범의 모습이 흔들렸다.

그러고는 보이지 않았다.

빈사 상태의 자알라브는 홀로 강력한 산성의 액체 속에 잠겨들었다. 그 표면에 닿자마자 몸뚱이가 분해되기 시작했고 유독한 액은 살을 태우고 뼈를 녹이고 근육과 힘줄을 독성 가스로 바꾸어버리며 파괴의 과정을 펼쳤다.

죽음의 액체가 더 이상 부글거리지 않게 되었을 때, 로트르의 힘에서 남은 것이라고는 한낱 잿빛 연기뿐이었고 그나마도 바람에 흩어져버렸다.

호수 위 저 멀리, 어두운 밤처럼 검은 깃털의 커다란 독수리 한 마리가 바람에 실려가듯 유유히 날고 있었다.

어떤 문

1

"난 네가 표범으로만 변신할 수 있는 줄 알았어."
"나도 그런 줄 알았어."
"그런데?"
"잘못 알았지 뭐야."
 로비에 이르자 샤에는 나탕을 바르텔레미의 문까지 데려가더니 문짝을 마주 보고 섰다. 그녀는 나탕의 물음에 끝내 대답하지 않고 손바닥을 문에 갖다 댔다.
"뭐하는 거야?"
 갑자기 불안해진 나탕이 물었다.
"보는 거야?"
 살갗이 문짝에 닿자 샤에에게는 그 문이 투명하게 보였다. 그녀는 자신이 어떤 것을 보게 될지 예상하고 있었는데도 깜짝 놀라 몸이 굳어졌다. 나탕에게 자신이 본 광경을 설명해주는 샤에의 목소리가 떨렸다.

"대원들이 있어. 둘, 셋, 아니, 다섯, 일곱…… 어마어마한 무기들…… 탐지 장치도 있고…… 그들은 우리가 이 안에 있다는 걸 알아, 나트. 우리가 나올 때까지 기다리는 거야. 이 문으로는 못 나가. 가망성이 조금도 없어."

샤에가 나탕을 돌아보았다.

"발렌시아의 문까지 걸어간대도 소용없을 거야. 도서관 지하에도 똑같은 환영인파들이 기다리고 있을 테니까."

"그럼 다른 문들은?"

"나는 바티쇠르일 뿐, 마법사는 아니야. 다른 세상의 집으로 들어갈 때 사용한 적이 있는 문만 쓸 수 있다는 규칙은 나에게도 똑같이 적용돼."

"철문들도 있잖아?"

"고문서의 도면을 참조하고 시간을 충분히 들인다면 찾아낼 수도 있겠지. 하지만 철문들을 통과할 수 있을지는…… 우리 조상들이 철문들을 봉쇄하는 편이 더 낫다고 판단했었다는 것 잊지 마. 그 문 너머에 뭐가 있을지는 네 상상에 맡길게."

"여덟 번째 문은? 자알라브가 말했던 문 말이야. 그는 여덟 번째 문으로 빠져나왔다고 했잖아."

"그 문은 이 집 안에 없어. 고문서에도 그렇게 쓰여 있잖아!"

"고로, 우리는 독 안에 든 쥐 신세라 이거군."

나탕이 결론을 내리듯 말했다.

두 사람은 어기적어기적 주실까지 돌아왔다.

이따금 샤에는 금지된 나무문들에 손을 대보고 문짝 너머에서 무엇이 보이는지 나탕에게 말해주었다. 고대의 건축물 유적, 원시림, 활기찬 거리, 사막과도 같은 풍광, 눅눅한 지하, 그리고 한 번은 사람들이 많이 찾는 시간대의 소란스러운 은행 내부가 보이기도 했다. 그러나 문짝 너머는 컴컴한 밤이거나 수백 년 동안 무거운 돌과 흙에 파묻힌 탓에 아무것도 알아볼 수 없는 것이 가장 많았다.

집에서 나갈 방법은 찾을 수 없었다.

2

 두 사람은 테라스로 끌어낸 편안한 소파에 앉아 있었다. 그들 앞에는 지평선까지 펼쳐진 초원, 곧 프라툼 보락스가 평화롭게 넘실대고 있었다. 참으로 기만적인 모습이었다.
 나탕은 자알라브와 대결하던 때처럼 막막한 기분이 들었다.
 눈은 아직도 욱신거렸고 어깨와 척추 상부도 마찬가지였다. 상체에 시퍼렇게 들었던 멍은 누렇게 변했다. 조금만 크게 움직여도 저절로 인상이 쓰일 만큼 통증이 왔다.
 그렇지만 육체적 괴로움은 사소한 걱정거리에 지나지 않았다. 그는 다른 세상의 집이 일종의 감옥이 되지는 않을지 걱정해야 했지만 그 문제에만 집중할 수도 없었다.
 그는 샤에를 생각했다.
 아주 가깝지만 그만큼 멀기도 한 그녀를.

샤에는 무심하게 기지개를 켜며 손으로 길고 검은 머리를 쓸어 올렸다. 머리칼이 떨어지며 얼굴을 가렸다. 그러자 섬세하고 가지런한 근육을 놀려 다시 몸을 쭉 늘이고는 하품을 하고…… 빙그레 웃었다.

'표범, 한 마리 표범 같아.'

나탕은 샤에를 경이로운 눈으로 바라보며 생각했다.

"나 배고파."

샤에는 나탕의 생각이 옳다고 시인하듯 으르렁댔다.

"집이 아무리 넓으면 뭐해. 여기엔 찬장 비슷한 것도 없는데. 찬장이 있대도 수백 년 세월에 음식물이 남아나질 않았겠지. 결국은 마찬가지야."

"샤에, 난 널 잡아먹을 수도 있어."

"과연 그럴까?"

샤에가 뒤로 물러나며 갑자기 방어자세를 취했다.

처음에 나탕은 샤에가 장난을 치는 줄 알고 웃을 뻔했지만 이내 그녀가 진지하다는 것을 알아차렸다. 그녀는 나탕이 자기 몸에 닿는 것을 참지 못하기 때문이다. 어쩌면 영원히 참지 못할 것이다. 이러한 거부의 반향으로 나탕의 영혼은 육체적인 아픔을 느꼈다.

그렇지만 나탕은 샤에의 고백에는 의심을 품지 않았다. '난 이제 겨우 널 찾았고 널 잃어버리는 게 세상 무엇보다 두려워'라는 고백, 자알라브와 맞붙기 전에 샤에가 했던 말 한 마디 한 마디가 고스란히 기억났다. 샤에는 나탕의 삶을 뒤바꾸고 의미를 주었다. 샤에 없이 계속 살아간다는 생각은 이제 할 수 없었다.

그런데 어째서 샤에는 두 사람 사이의 벽을 허물지 않는 걸까?

바로 그 순간, 나탕은 이 벽을 받아들이면 더는 나아갈 수 없을 거라고 생각했다. 그들의 관계도. 그들의 장래도. 그들의 삶도.

"샤에…… 난…… 이해가 안 돼. 이유를 모르겠어…… 아니, 바보 같은 소리야! 샤에…… 난 이제 너 없이 살 수 없어."

"왜?"

속삭이는 듯한 물음.

"왜냐하면……"

나탕은 자기 앞에 펼쳐진 미지의 세계가 두려워 아무 말도 하지 않았다. 앞으로 나아갈 수 없었다. 더는 나설 수 없었다. 샤에가 그에게 서글픈 미소를 보냈다.

"입 밖으로 내기 어려운 세 음절, 그거야?"

"샤에, 넌……"

"잠깐만. 난 그 말을 마지막으로 들었을 때 여섯 살이었어, 나트. 여섯 살이었다고. 자동차사고와 함께 그 세 음절은 내 인생에서 사라지고 내 속에는 커다란 구덩이가 파였지. 끔찍한 고독의 구덩이가. 그 구덩이 따위 세 음절의 말이면 충분히 채워질 수 있었는데 그 누구도 그 말을 해주지 않았고 대신 쇼즈가 들어앉았어. 나트, 이해할 수 있어?"

샤에는 짬을 두지 않고 말을 이었다.

"나에게 아이가 있다면 매일매일 그 세 음절을 말해줄 거야! 노래를 부르고 끝없는 시를 암송하듯 입에 달고 살 거야. 삶의 고통에 대한 해독제, 행복의 선언인 그 말을. 밤에 일어나 그 말을 아이들에게 속삭이며 재워주고 악몽을 몰아낼 거야. 그리고 아이가 멀리 있다면, 나트, 내 아이가 멀리 있게 되거든 바람이 그 말을 실어갈 수 있도록 하늘을 향해 외칠 거야. 그 세 음절의 말이 없다면 우리는 아무것도 아니니까."

샤에가 입을 다물었다. 나탕은 그녀가 너무 아름다워서 어떤 문이 열리는 듯한 느낌을 받았다. 모든 바티쇠르의 힘을 모은 것보다 더 큰 힘을 지니고 있는 문이. 마법 같은 세 음절이면 그가 사용할 수 있을 문이. 그 말이 나탕의 존재를 이루는 조직 하나하나에서 튀어나와 영혼 깊은 곳을 울렸다. 처음부터 나탕의 속에 있었던 말이었다. 그녀를 처음 본 순간부터 말이다.

세 음절.

나탕은 그 세 음절을 샤에의 귀에 속삭였다.

샤에의 눈빛이 흔들렸다.

기대했던 것과는 달리 그녀는 괴로웠다. 그 말을 들으면 평화를 얻을 줄 알았는데 그렇지 않았다. 나탕의 고백으로 모순적인 감정들이 한꺼번에 마음을 흔들어 되레 혼란스러웠다. 샤에는 몸을 둥글게 말고 싶었다. 사라지고 싶었다. 잊고 싶었다.

하지만 샤에는 그럴 수 없었다. 나탕은 그녀를 향해 길고 먼 길을 헤쳐 왔다. 이제는 자신이 다가갈 차례였다.

샤에는 주저하는 손길을 나탕의 뺨에 가져갔다.

그러고는 얼른 손을 거두었다.

나탕은 미동도 하지 않고 말없이 그녀를 바라보았다. 샤에의 숨소리가 거칠어졌다. 다시 한 번 용기를 내보았다. 그러나 할 수 없었다.
 배 속의 아픔이 기승을 부렸다.
 "나트, 나는……"
 무거운 갈증이 그녀의 입을 틀어막았다.
 갈증.
 샤에는 졌다는 것을 깨달았다. 이길 수 있는 가망은 애당초 없었다. 고독은 영원한 이름이 될 것이다.
 행여나……

3

프타툼 보락스에 어둠이 떨어졌다.

달은 부드럽게 일렁이는 풀들을 은빛으로 물들이고 다른 세상의 집에 기묘한 후광을 드리웠다.

분별없는 빛줄기가 주실까지 파고들어 장롱을 따라 미끄러지고 제자리로 돌아간 소파를 비추었다.

밤이 되면서 추위가 매서워졌다. 나탕은 모직 풀오버를 입고도 오들오들 떨었다. 그는 잠결에 샤에에게 다가가서 따뜻한 체온을 느끼며 안도의 한숨을 쉬었다. 온기를 얻은 그는 다시 꿈의 실마리를 좇아 깊은 잠에 빠질 수 있었다.

샤에는 나탕이 꿈틀대자마자 한쪽 눈을 떴다.

그녀는 나탕의 호흡이 다시 규칙적으로 돌아가기를 기다리며 자신의 목덜미에 와 닿는 숨결과 바로 옆에서 뛰고 있는 심장 박동을 가늠했다. 그다음에야 샤에도 나탕을 따라 다시 잠에 빠졌다. 곤한 잠이었다.

　따스한 숨결.

　검은 털.

　침묵.

2권에서 계속……